堺屋太一

チンギス・ハン

世界を創った男

1 絶対現在

JN278095

日本経済新聞出版社

世界を創った男　チンギス・ハン　1

目次

挿画・大沼映夫
装丁・菊地信義

盟友《アンダ》

天は碧《あお》く澄んで高く、羽毛のような白雲が漂う。

地は黄色く枯れて、絨毯を延べたように波打つ。

北には雪を頂くブルカン岳が望める。

草原は秋、冬も近い。(注1)

大地の果てに薄い砂塵が立ち、かすかに地響きが聞こえる。多数の人畜が移動している証だ。

やがて草原の地平にその先端が現れた。白い服が陽に映える長身の男を中央に、右には黒い皮衣の青年と弓矢を携えた警護の兵が、左には白髭の小柄な老人と警護の兵が、横一列で行進する。それより二馬身ほど後ろに、馬印を持つ大柄な騎士と鐙《あぶみ》に足が届きかねるほどの少年が続く。

白い馬の尾を長く垂らした馬印から、中央の男がモンゴル族では知られた勇士、キヤト族の氏族《ノヤ》

長《ン》イェスゲイと読み取れる。後方の少年はその長男、当年十一歳テムジンだ。（注2）

少年は時を計ろうとして天を仰いで陽を観た。太陽は真南の低い位置にいる。これで少年は、季節が晩秋であり、今は真昼に近いことを知った。少年の知る「時」は物心がついてからの数年、それより前は白髭の古老チャラカ爺の話で知るだけだ。

次いで少年は、所を探ろうとして背を伸ばして四囲を眺めた。目に映ったのは、正面に輝くブルカン岳の雪姿と左手遠くに連なる褐色の山並みだけだ。少年は今の位置が去年来た場所よりも少し西に、ブルカン岳の方に寄っているのを知った。

遊牧民は夏の牧地と冬の牧地を移動する。この間が少年の知る天地のすべてだ。少年は今年の春まで、母や弟たちと幌付きの車で移動していた。

もし、ここに現代の知識を持つ者がいたなら、こう教えてやることもできただろう。

「テムジン君、今は西暦一一七二年、人類の歴史のなかでは『中世』と呼ばれる時代なんだ。（注3）そして君のいる場所は、ユーラシア大陸という広い広い大地の東北寄り、後にモンゴル草原と呼ばれる場所の東北隅なんだよ」

と。

その時、少年はそれを知らない。前を行く父のイェスゲイも知らない。白髭の古老チャラカ爺も黒い皮衣を着た補佐役ムンリクも知らない。

テムジン少年がそのことを薄々ながらも感じるようになるのは三十年ほど経ってからだ。そしてそのあと少年はチンギス・ハンと名乗って、ユーラシアの大陸を誰よりも遠く旅し、誰よりも広く支配することになる……（注4）。

「ドーッ」

族長のイェスゲイが馬を止めた。前方に砂塵を上げて駆けて来る二騎が見える。先行させた斥候三組六騎のうちの二騎だ。

「この先、四馬行程に、こちらに来る群れがいます」

斥候は叫んだ。「馬行程《ガジャル》」とは「平原を行く騎馬が見えなくなる距離」、時と場所で差はあるが大体は六キロほどだ。三馬行程二十キロ弱は、騎行者には遠い距離ではない。

「みなを止めよ」

イェスゲイが小さな身振りで命じると、斥候の二騎が後続の群れの方に駆け去った。

イェスゲイの率いるのはキヤト族の一氏族の約百戸、従僕や幼児まで含めた人数は一千余り、馬と牛は各二千頭、羊と山羊は併せて二万匹ほどだ。これほどの大群になると、行進を止めるのには後ろから順にしなければならない。前の方を先に止めると家畜の大量圧死や暴走を招きかねない。

「ハイシッ」

斥候が駆け去ると、イェスゲイは馬を煽った。一行は並速で草原を走り、野の襞《ひだ》を越えたところで、地平にうごめく粒のような人馬の群れを見た。

「ジャダランですな……」

補佐役のムンリクがいった。赤く染めた馬の尾を横に張らせた馬印は、ジャダラン族の族長、カラカダンのものだ。

二つの群れは見る見る接近、声が届くほどになると馬速を落として手を振り合った。「敵意なし」の合図だ。

二つの集団はよく似ている。どちらも七騎。族長を中央に、左右に補佐役と古老がおり、両端に警護の騎士がいる。後ろに馬印を持つ騎士と少年がいるのも同じだ。違うのはキヤト族の少年テムジンが父の後ろなのに、ジャダランの少年は族長と古老の間に馬首を差し込むように前に出ている。

「あいつ、やるなぁ……」

テムジンはそんな思いで向こうの少年を見た。族長の父親に似た丸顔で、首は太く肩は広い。テムジンと視線が絡んだ瞬間、少年はふくよかな頬に微笑みを浮かべた。

「大活躍じゃな、ジャダランの……」

まず、イェスゲイがいった。「大活躍」とはこの夏、ジャダラン族が金国の境界を侵し、かなりの人畜物品を略奪したのを指している。この時期、遊牧民にとっては農耕地域で掠奪《りゃくだつ》するのは、罪悪よりも手柄なのだ。

「何の、あれしき……」

ジャダラン族のカラカダンは細い眼を一段と細めて満足気に笑うと、言葉を返した。

「キヤト族こそ、人も羊も増えているとか」

「いやいや、このところ運が良いだけだが……」

キヤト族のイェスゲイも微笑を返して続けた。

「われらはこれより西に向かい、ブルカン岳の南斜面で冬営するつもりだが……」

「結構、わしらは東に行き、オノン川を渡る。双方の間は一日行程ほど開けよう」

カラカダンが応じた。「一日行程」とは「騎馬で旅する者が一日で進む距離」、約六十キロを指す。遊牧民が奇襲の恐れも家畜混同の心配もなく暮らすには、それぐらいの間隔が適切なのだ。

「よかろう。われらの思いも同じだ」

イェスゲイが合意の頷きを見せると、

「ところで、イェスゲイ殿……」

とカラカダンが馬上で身を乗り出した。

「何ぞ、下さるものはないかな。わしらは綿布と小麦を余らしておるが」

「ならば、われらには銀狐の毛皮五十枚と羊の毛車十台分ほどある。これを綿千反、小麦三台分と換えたい……。絹の三反でも付けてくれれば……」

イェスゲイは、注意深く言葉を刻んでいった。ここでいう車とは牛二頭に牽《ひ》かせる二輪車、通常は六百キログラムほどの荷物が積める。

「どうかな」

カラカダンが脇の補佐役に目で訊ねた。だが、補佐役が答えるより早く、丸顔の少年が二歩馬を進めて族長に囁《ささや》いた。

「うん、それに岩塩を馬の荷分ほど付けてくれるかな、この子の願いじゃ……」

馬の背に積める荷物はおよそ百二十キログラム、塩なら大袋四つになる。

「あいつ、族長の談合に口を出すとは……」

テムジンは、ジャダランの少年の振舞いに驚いた。背丈はテムジンと同じほどだが、年齢は二つ三つ上かも知れない。

「よかろう」とイェスゲイは頷き、頰を緩めた。

「利発なお子だな、カラカダン殿……」

「ジャムカと申すわしの長男、十三歳になる」

カラカダンが満足気に微笑むと、イェスゲイもにこりとして後ろを指差していった。

「あれがうちの長男のテムジン、今十一歳だよ」

やがて漠北の地をゆるがす二人、テムジンとジャムカのこれが最初の出会いだった……。

取引談合が終ると、二人の族長は馬を寄せて肩を抱き合って友好振りを演じ、それが終ると、

「友《ノコル》よ、また会おう」といい合って、東西に分れた。あとの実務は双方の補佐役の仕事だ。

カラカダンの補佐役は、もともと用意していたのか、要領よく綿布と小麦を積んだ車輛を揃えたが、イェスゲイの方は岩塩の袋詰めに手間取った。

その間、ジャムカは交換の場から動こうとしない。テムジンもまたその場に馬を立てていた。

チンギス・ハンがテムジンと呼ばれる少年だった一一七〇年代前半、ユーラシアの東西を結ぶ交易は、発展途上の産業だった。

太古の昔から、ユーラシアの東西を結ぶ交流はあったが、それは技術と宗教と高価な珍品を運ぶ程度のか細い道に過ぎなかった。中国産の絹は、何回もの物々交換を経て、バグダードやコンスタンチノープルに運ばれていたのだ。

ここが経済的に成り立つ交易路になったのは、十世紀末に中華の北辺を統一した契丹人《キタイ》が遼王朝を建てて南の宋に圧力を加え、年々大量の絹と銀をせしめるようになってからだ。遼が得た絹は、いく人もの商人の手を経て西に運ばれたし、銀は綿布や茶や鉄器に換えて西域で売りさばかれた。

こうした交易は十二世紀はじめに、契丹人の遼に代わって、女真人《ジュルチン》の金が中華の北半分を支配するようになると、一段と盛んになった。

それから約五十年、テムジンが数え年で十一歳になった一一七二年の今は、中華農耕地域の北辺から西へ女真人の金、タングト人の西夏、天山のウイグル王国、契丹人の西遼（カラキタイ）の国々が並び、その先にはイスラム教徒のホラズム王国ができている。西方の大国、セルジュク・トルコの高官が自立した王朝である。

道は国境で千切られ、共通の暦も秤《はかり》も通貨もない。治安は悪く、法規も曖昧だ。それでも利に聡いウイグル人やムスリム（イスラム教徒）の商人は往来する。

しかし、この交易ルートから外れた漠北の草原には、交易の利益もお零《こぼ》れほどしか届かない。まして やその東北隅、ブルカン岳とオノン川の周辺には大した進歩はない。畜産狩猟の産物と掠奪品の交換ぐらいが「交易」である。

「テムジンよ、一度、骰子《さいころ》遊びでもしないか」

ようやく交換品の点検が終ると、ジャムカが馬を寄せてきて囁いた。

「三日後の真昼、オノン川のこちら側に来るよ」


約束の三日目、気温は下がり沼も沢も凍った。

イェスゲイが選んだ冬営地はブルカン岳の東南麓、昨年よりかなり登った斜面だ。百台ほどの幌付き車輌を配置してクリエンと呼ばれる円陣を組む。中央にはイェスゲイ家ら幹部の、周囲には一般氏人のゲル（住居用円形テント）を建てる。

北の草原の秋は夜明けが遅い。テムジンは、東の空が紫付く頃に、同じ年格好の従僕二人に替え馬を引かせて出発した。

テムジンが生れる前後、十二世紀中頃の漠北は戦国乱世、日本史に例えれば織田信長や武田信玄の幼少期に似ている。長くこの地を支配していた契丹人の遼王朝が滅んで権威も秩序も失われ、随所で五百人、千人単位の戦が繰り返されていた。

敗れた氏族は、多くが殺され、残りは勝者の家族に従僕として分配される。幸いテムジンのキヤト族は勝ち組、父のイェスゲイはその中の一氏族を率いる族長、いわば草原の小貴族だ。中世真っ最中の十二世紀、草原でも身分と階級の差別は厳しい。

キヤト族の冬営地からオノン川の畔《ほとり》まで五馬行程（約三十キロ）。馬を並速で走らせれば「万を数える間（約三時間）」はかからない。テムジンは陽が東寄りにあるうちに着いたが、半ば凍結していた川原には、既に子供の戯れる声が響いていた。ジャムカは同じジャダラン族の少年や従僕など十人を引き連れて、石投げに興じていた。

「上手いものだなぁ」

テムジンは感嘆した。ジャムカの投げた石は岸辺の氷原を越え、流れる水面で四度も撥ねた。

「テムジンもやってみるかい……」

テムジンが来たのに気付いたジャムカは誘った。テムジンは馬から降りて石を投げたが、一度撥ねただけで川に沈んだ。それでもジャムカは、

「テムジンもなかなかやるなぁ」

と褒め讃えた。

「ジャムカには及ばん、君は凄い」

テムジンは素直にいった。だが、そのうちにあることに気が付いた。ジャムカは投げる石を、川原から拾うように見せて、実は懐から出している。

「何で石を懐に……」

そんな疑問を感じた時、ジャムカが誘った。

「石投げは飽きた、骰子《さいころ》遊びをしよう」

ジャムカは、なおも石投げに興じる同族の少年たちを振り返ることもなく、氷結した川に下りた。

「テムジンよ、この辺がよかろう」

ジャムカは岸辺に近い氷上を指し、懐から白く輝く骰子（シア）を四つ出した。

「これは、ずっと南に住む象という巨獣の牙だ」

ジャムカは誇らし気にいった。

「こいつ、凄いものを持ってるなぁ……」

テムジンは感心するよりも呆れ返った。それに比べると自慢の銅の骰子も恥ずかしくて出せない。

「シア」と呼ばれた漠北の遊技具は、立方体に近い棒状で、四面に羊、山羊、牛、駱駝が彫られている。これを同時に四つ投げ、同じものが揃うと得点になる。また、羊や山羊よりも牛が、牛よりも駱駝が高得点だ。（注5）

ジャムカは早速に骰子を投げた。二つは氷上を滑り、二つはくるくると回ってから倒れた。出たのは羊二枚と駱駝が二枚、計四点だ。

次いでテムジンが投げた。四つがカラカラと転がり、山羊と駱駝と二枚の牛、得点二に過ぎない。三度五度と繰り返してもジャムカの勝ちが続いた。

「どうすれば、あんなに揃い目が出るのか」

テムジンはジャムカの仕様を注意深く観察した。まず骰子の目を揃える。二つは指で握り、他の二つは掌に包む。投げる際には指の方を先に弾ませ、掌の方は押すだけ、これで回転と滑りに分れる。

テムジンもそれを真似ると、十回目ぐらいにはいくらか骰子を操作できるようになった。

「巧くなったな、テムジン、君は才能があるよ」

ジャムカが誉め上げてから提案をした。

「それじゃ、替え馬を賭けて一発勝負をやろう」

テムジンは返答に窮した。骰子遊びには賭けが付きものだ。しかし馬一頭は高い。何よりもまだ、勝てる自信がない。余程「俺の銅の骰子でなら」といいかけたが、それでは戦場を逃げ出すような気がする。

「嫌だ、一発勝負は嫌だ」

テムジンは叫んだ。

「じゃあ、三番勝負でいくか」

ジャムカはふくよかな頰をほころばせた。

「百番勝負にしよう」

テムジンは強い口調でいった。

「百番……」

ジャムカの顔が一瞬凍りつき、鋭い視線でテムジンを睨んだ。だが、すぐ元の笑顔に戻った。

「よかろう、百番勝負をやろう」

ジャムカはそのあとに独り言のように続けた。

「テムジン、凄い奴だ……」

テムジンとジャムカの骰子百番勝負は、ジャムカの圧倒的優勢ではじまった。最初の二十番でテムジンは三勝十七敗。だが、ジャムカの仕様を真似るうちに成績が上がり、次の二十番は七勝した。

これに対してジャムカの投げ方はやや粗雑になった。そのせいか、次の二十番は十勝十敗だ。

「テムジンよ、今で俺の四十勝二十敗だが……」

ジャムカが勝敗ごとに並べた白と黒の石の列を指差していった。

「この勝負はお預けにしよう、馬を奪った嬉しさよりも、取られた悔しさの方が残るからな」

「いいとも、続ければ君が勝つと思うけどね」

テムジンが頷くと、ジャムカは笑顔で囁いた。

「テムジンよ、アンダ（盟友）になろう。この骰子を君にあげる。君の骰子と交換しよう」

ジャムカは象牙の骰子を丁寧に拭って差し出した。

「いいのか、これもらって……」

テムジンは相手の目を覗き込んでいった。

遊牧民の間には、男系血族以外の者と大事な持ち物を交換して協力関係を約する習慣があり、互いに「アンダ」と呼び合う。日本では「義兄弟」とも訳されたが、「盟友」の方が正確だろう。

「なあテムジン。俺の知恵と君の意志、この二つが結び付けば強い。この草原を支配することも夢ではない。キタイの奴らにも負けないぞ」

ジャムカは、テムジンの差し出した銅の骰子を両手で受け取って続けた。契丹族の遼王朝が女真族の金に滅ぼされたあとも、漠北の民は中華北部を「キタイ」と呼んでいた。今日のロシアにはそれが残る。英語で中国を示す「キャセイ」もその訛ったものだ。

「それに俺は物識りだ。君が知りたいことを何でも教えてあげるよ」

「例えば……どんな……」

テムジンは、ジャムカの丸い笑顔に訊ねた。

「例えば言葉。俺はウイグルの言葉もキタイの言葉も話せる」

「へー……」とテムジンは感心したが、教わっても一日や二日でできるとは思えない。

「星の読み方」

ジャムカはそういって天を指したが、空には陽が輝いていて星は見えない。

「それから数を算する術。数を掛け合わせたり、いくつかに割ったりする方法だ」

ジャムカは第三の例を挙げた。

「それがよい。数を算する術を教えてくれ」

今度はテムジンが身を乗り出した。父のイェスゲイも、補佐役のムンリクも、古老のチャラカ爺も知らない術を学べると思ったからだ。

「二を二倍すると四。これを〝ニニンガシ〟と憶える。三の六倍は十八、サブロクジュウハチだ」

ジャムカは氷上から暖かい陽だまりに場所を移すと、九列九段に小石を並べた。まずは「掛け算の詞」、つまり「九九」を憶えよ、という。

チンギス・ハンが子供だった十二世紀後半、ユーラシア東北隅の草原には、文明の四つの要素が欠けていた。文字と暦と通貨と算術だ。これらは農耕と交易に必要だったから発達し普及した。

漠北の草原でも中央部、今日のカラコルム付近には、ウイグル人や契丹人が交易と儀式のための城郭を築いたので、文字も暦も知られていた。だがテムジンの生れ育ったハンガイ山脈の北までは届いていない。ジャムカは、この夏、金国領を掠奪した際、様々な知識を得たらしい。

「この掛け算の詞を憶えれば、割り算もできる。例えば千匹の羊を十二の家族に分けるとしよう」

ジャムカは黒石を百、白石を十、灰色の小石を一と見たてて素早く動かした。

「千を十二に分ける。百ずつでは足りない。八十ではどうか。八十の十二倍は九百六十。残る羊は四十四。三匹ずつ配って四匹余る」

テムジンは感心したように頷いたが、内心では「これぐらいは俺にもできる」と思っていた。それを見透かすようにジャムカが続けた。

「今のは簡単だが、千五百四十三匹を十三家族に分けるとなると、ちょっと難しいぞ」

「確かに難しい……」

テムジンが首を捻っている間に、ジャムカは「掛け算の詞」を口ずさみながら答えを出した。

「一家当り百十八匹ずつ配って九匹残るんだな」

「うん、俺も掛け算の詞を憶える。教えてくれ」

テムジンも、今度は心から願い出た。

「いいぞ、テムジン。これからウイグルと取引するのにもキタイと戦うのにも、算術は大事だ」

ジャムカはそういって、「二二が四」から「九九八十一」までの三十六の詞を口伝えに教えた。

陽が西の地平に傾くまで十回も繰り返して……。

「有難う。明日か明後日、もう一度会いたい」

テムジンは誘ったが、ジャムカは首を振った。

「無理だと思うよ。明日から吹雪になるから」

テムジンは「まさか」と思いつつ一つ訊ねた。

「先刻、君は石投げの石を懐から出していたね」

「石が水で弾けるのは、投げ方よりも石の形だよ」

ジャムカは鋭い視線でテムジンを睨んでいった。

「俺たち族長は、何事でも衆に勝らねばならぬ」

冬の母親

翌日、未明から風が吹き気温は下がった。時と共に北風が強まり、小さく硬い雪が混った。夜が明けても天は暗く、地は生気を失った。今日の技術で測れば、風速三十メートル気温零下三十度ほどだろうか。漠北の草原、とりわけケンテイ山脈の北では、その程度は珍しくない。

家畜たちは、それぞれに岩陰や斜面を探して固まり、嵐の過ぎるのを待つ。動かず声も出さないのが寒気に耐える良策なのだ。

人とて変わりがない。それぞれがゲルに閉じ籠って時を待つ。キヤト族の氏族長イェスゲイの一家もそのようにしていた。(注6)

ゲルの直径は「両手を拡げた長さ（アルト）」の三倍、約五・四メートルほど、他に比べて特に大きくもない。

中央の炉では馬糞が小さく燃える。正面の北側には、二重に毛皮服をまとった主人のイェスゲイが、立てた膝に顎を載せたまま動かない。頭巾の間から見える顔は、薄い髭と濃い眉に飾られ眼光が鋭い。歳は三十過ぎ、漠北では中年の男盛りだ。

東側には主婦のホエルンが一歳半の幼女を膝に置いている。小柄で痩身だが、黒髪を束ねた顔には可憐さが残る。現代の歴史に記された運命を予感させるものは見当らない。この時代は男女に衣服の違いはなく、男性は腰を帯で締めるが、女性はそれをしないだけだ。

西側には二人の間に生れた四人の男児が並ぶ。十一歳のテムジンを頭に二、三歳差の四兄弟だ。

この七人がイェスゲイ家のすべてではない。東側のゲルには、イェスゲイの男児二人を生んだ側女のシャラ・エゲチ（黄色い姐ちゃん）母子が棲んでいる。呼び名の通り色白の大柄な女性だ。

裏手に当る北側にも二つの小さなゲルがあり、従僕の二世帯計十人が住んでいる。イェスゲイの家（アイル）は、都合二十人ということになる。(注7)

嵐の今は、どのゲルからも声も音もしない。それでも長い時間のあとで、ホエルンが立った。炉に馬糞を加え、銅鍋を吊るして牛乳を熱し、ヨーグルトとクリームを盛った盆を置いた。

遊牧民は乳製品だけで食事を済ます。それが最も高貴な御馳走なのだ。

そして夜は、みなそのままの位置で、毛皮の服と頭巾をかぶったまま膝を抱えて眠る。身体を伸ばして横たわると、内臓が冷えてしまうからだ。

次の日も強風は続き、気温はさらに下がった。雪は止んだが、天は暗く、地に生気は戻らない。

人々もゲルの中でうずくまったままだ。

イェスゲイのゲルでも、昨日と同じ沈黙が続いていた。だが、テムジンだけは違う。口の中で何事かを呟き、時に指を折ってみる。

「兄ちゃん、何をしてるの……」

隣りにうずくまった弟のカサルが訊ねた。

「ジャムカに教わった掛け算の詞を暗誦してるんだ、忘れんようにな……」

テムジンがそう答えた時、父の視線が光った。それに合わせるように母が訊ねた。

「ジャムカって、どんな人……」

「この間会ったジャダランの族長の子だよ」

テムジンは溜った思いを一気に吐き出した。

「それが凄い奴なんだ。俺より二つ年上だけど、何でも巧くて物識りなんだよ。石投げも骰子《さいころ》も巧いし、ウイグルやキタイの言葉もできる。数を算する術も心得ていて、俺に教えてくれたんだ」

これに母のホエルンは、「そりゃ、よかったね」と頷いただけで、また長い沈黙に戻った。

やがて牛乳とヨーグルトの食事が済むと、母が「テムゲ、お話をしてあげようか」といった。

「昔々、ある沼に二羽の鷲と一匹の蛙がいたとさ」

この日のホエルンの話はそんな出だしだった。

「ところが、ある夏、日照りが続いて沼の水が涸れてきた。さあ大変。二羽の鷲はもっと大きな沼に移ることにしたが、蛙さんは飛べないでしょ」

母は末っ子のテムゲに語りながら、時にはテムジンにも視線を向けた。

「そこで蛙は考えた。『君たちが柳の枝の両端をくわえて飛んでくれ。僕はその枝をくわえてぶら下がっているから』と。これはうまく行き、蛙も空を飛んで移動は成功しそうだったのよ。ところがある村に来た時、これを見た人が叫んだの。『何と賢い鷲だこと、上手に蛙を運んでるぞ』って。『ほんと。凄い知恵者だわね、あの二羽の鷲は』。行く先々でそんな声が聞こえたのね。それを聞いて蛙さんは悔しくなって、つい叫んでしまった。『これを考えたのは僕なんだぞ』って。途端に柳をくわえていた口が開いたから、蛙さんは墜落してしまいましたとさ」

幼いテムゲは「蛙さんかわいそう」と叫んだが、母の視線はテムジンの方に向けられていた。

「何のために母さんはこんな話をしたんだろう」

テムジンはそれを考えた。


強風は丸二日で収まった。次の日には夜明けと共に雲が千切れ、紅い陽が現れた。

地には黄色い枯れ草と白い氷が縞《しま》となり、大地が黄金色に輝いて見える。テムジンは、この季節のこの眺めが一番美しいと思う。

陽と共に人の動きも激しくなる。乗馬を呼んで跨《また》がり、牧地の家畜を見回る。弱った牛馬や余計な羊は屠畜《とちく》し、体温が冷えないうちに皮を剝ぐ。肉は氷の下に埋めて蓄え、皮は集めてなめす。草の乏しい冬を越せる家畜の数は限られている。ここ数日の間に造った肉で半年近い冬を凌がねばならない。木立ちもないブルカン岳の広い南斜面の随所で牛や羊の悲鳴が響いた。

族長のイェスゲイは、補佐役のムンリクらを連れて氏族の者の仕事ぶりを見て回った。テムジンらの兄弟もそのあとに従っていた。

遊牧民の族長は、農耕民の村長よりもずっと多くの判断と知恵を求められる。病気や怪我で働けない者には援けを出す。母子の家庭や子供だけの世帯には羊と馬糞を分ける。青年には励ましの、老人には労りの、そして子供たちには笑いの言葉を与える。そうした氏族共同体の親しみがあってこそ、戦いや狩猟でみなが勇猛に動くのだ。

テムジンは父の振舞いを見て、それを憶えようとした。父はキヤト族約百戸千人の顔と名と望みと悩みを、すべて知っているかのように思える。

その間に主婦のホエルンは、側女のシャラ・エゲチや従僕の女たちと共に毛皮をなめし、肉を刻んで干肉《ボルツ》を造る。比較的温かいうちにしておかねばならぬ仕事だ。

冬の陽は短い。イェスゲイの一行が、氏族のゲルと牧場を回り終えた頃には、陽は西の地平に這っていた。

だが、この日の仕事はこれで終りではなかった。ゲルの戸口には二人の男がいた。小柄な方はイェスゲイの末弟ダリタイ、肥満体は一番若い叔父トドエンだ。遊牧民の習慣では、末っ子が家を継

ぐ。それだけにこの二人は、キヤト族では重要な立場にいるわけだ。（注8）
イェスゲイはむっつりと頷くと、二人の客人と妻と補佐役のムンリクをゲルの中に誘い込んだ。
それから長い間、五人は炉を囲んで低い声で話し合っていた。
いつもの席を客人に奪われたテムジンら四人の兄弟は、入口近くにうずくまるより仕方がない。どうやら子供に聞かす話ではないらしいのだ。

晴れた日が続いた。風は和らぎ、気温は上がった。寒さに慣れた漠北の人々には、零下十度ぐらいは心地よい状況なのだ。

野では、牛や羊を屠《ほふ》る作業が続いた。三日目になると、牡馬の去勢がはじまった。将来の種馬以外は三歳で去勢する。

人の男は去勢されると体毛を失い皮膚が緩むが、馬の牡は体格が大きくなり耐久力が増す。馬の去勢技術は漠北の牧民の偉大な発明である。突厥（チュルク）、契丹（キタイ）、蒙古（モンゴル）と続く漠北騎馬軍団の強さの一因が、去勢馬の大量使用にあったといえる。

十一歳のテムジンも、族長の父イェスゲイと共に、この作業に加わった。三アルト（約五・四メートル）もある馬取り竿を抱えて三歳馬を追って引き倒す。三人が取り押さえて素早く去勢手術を行う。

これには、二歳弟のカサルや腹違いの兄弟のベクテルとベルグテイも同行した。ベクテルはテムジンと同い年で父に似た濃い眉と鋭い眼差しを備えているが、三つ年下のベルグテイは母親のシャラ・エゲチに似て色白で大柄、背丈も体重も兄のベクテルと同じぐらいだ。

父は兄弟がみな仲良く育つことを願ってか、四人に等しく話し掛ける。だが、この日に限って父の言葉は空虚だ。むしろ時々追ってくるムンリクとの会話の方に力が入っている。

晴天が続いた四日目の朝、イェスゲイのゲルの前には矢筒を背負った三組六人の騎士が来た。替え馬を引き、乳と水を入れた皮袋や厚手の毛皮服を積んでいるのは遠く旅する使者の標《しるし》だ。

「親父は、何かを企てている……」

テムジンは、そう察した。そしてその日から、母ホエルンの仕事も変わった。毛皮のなめしや干肉造りはシャラ・エゲチと隷従の女たちに任せ、自分はゲルに籠って青と白の絹を拡げた。ジャダラン族との物々交換で得た貴重な絹織物だ。

母の作業は翌日も続いた。青と白を二重にし、間には極上の柔らかい羊毛を縫い込んだ。胸と背には選び抜いた馬の尾で黒い十字を描き出した。キタイの地から連れて来た女に学んだ刺飾だ。

「それ、誰の服、何のために……」

テムジンは訊ねたかった。その服は、父よりも背丈が低く肥った者のために思えたからだ。

だが、テムジンはひかえた。その夜、父は東側のシャラ・エゲチのゲルに泊まり込んでいる。そんな夜は、母は無口になるのだ。

晴天は七日間続いたが、八日目にはまた、風が吹き出し気温はさらに下がった。

強風は三日間で止んだが、気温は上がらない。本格的な冬がはじまったのだ。

人々はほとんど外に出ない。家畜の処理も、馬の去勢もできる状況ではない。そんな中でも、丈夫な馬は硬い氷を蹄《ひずめ》で割って枯れ草を喰う。羊と山羊は斜面を這って樹木の枝を千切る。過酷な地に生きるものはみな、零下四十度にも耐える術を心得ている。

晴天が戻って三日目、嵐の前に出た使者の二人一組が帰って来た。彼らは出発時の姿のままだが、表情は暗い。

二日後、もう一組が戻った。この組は、替え馬を失い、残る乗馬も疲れ果てていた。使者の目的が果たせなかったばかりか、客人として遇されることもなかったらしい。

父の企てがうまく進んでいないことは、テムジンにも分かった。母は父の感情を刺戟しないように気遣った。隔たりのないゲルに閉じ籠って暮らす冬は、人間関係が大切なのだ。

ところが、さらに二日後に帰った第三の組は違った。連れて行ったのとは別の、よく肥《ふと》った去勢馬に、出た時よりも多い荷を載せていた。客人として厚遇され、馬と荷を贈られたのだ。

イェスゲイは、彼らの報告を聞くとすぐ、ムンリクに「旅の用意」を命じた。

「二十人の騎士と五十頭の馬を集めよ。各人は弓と矢と厚手の毛皮二枚と三十日分の食糧を持て」

これに母のホエルンは、

「何もそう急がなくても。今は一番日の短い季節だし、月も細い時期なのに……」

と、心配そうにいったが、父は濃い眉をつり上げて首を振った。

「日の短い今じゃからこそ、確実に会えるのよ」

「確かに……、それもそうだわね」

ホエルンは、少し考えてから頷いた。そしてすぐ夫の旅の準備をした。新しい毛皮の衣を二着と内に毛の付いた長靴二足を揃え、十分な量の乳とチーズと干肉《ボルツ》を調えた。牛の角を張り合わせた長短二帳の弓と出来の良い矢百本ほどを選んだ。大事な指南魚も忘れなかった。水面に浮かべると、必ず南を指す鉄の入った木彫りの魚だ。

そして最後に、長い時間をかけて縫い上げた青と白の絹の衣服を厚いフェルトで丁寧に包んだ。父は、最も重要な人物に遇いに行くらしい。

旅の支度が整った晩、イェスゲイは一家をゲルに集めた。北側にはイェスゲイが座り、東側に幼女を抱いたホエルンが、西側にはテムジンら四兄弟が座った。入口に近い南側には側女のシャラ・エゲチとその子、ベクテルとベルグテイがいた。

中央の炉には貴重な薪が盛大に燃え、銅の鍋では牛乳が沸き、木皿にはチーズが盛られた。イェスゲイは馬乳酒を呷《あお》り、子供たちは乳と蜜の入った茶を啜《すす》った。

「父さんは、どこへ、何をしに行くのか」

頃合いを見て、テムジンはかねての疑問を質した。父は一瞬戸惑った表情になったが、母のホエルンが口をそえてくれた。

「テムジンも春になれば十二歳、そろそろ天下のことも聞かせてやったら……」

「うん」と頷いてから、イェスゲイは話し出した。

「大地は広く、氏族は多い。テムジンがこれまで見たのは、タイチウト族もバリン族も、この間のジャダラン族も、みなモンゴル部の氏族だ」

「知ってるよ。みんな蒼《あお》い狼の子孫だよね」

テムジンの横から弟のカサルが甲高い声を上げたが、南側からベクテルが「違う」と叫んだ。

「蒼い狼の血は継ながってねえよ。日の光の精を浴びた女性から生れたんだよ、俺たちの祖先は」

「チェッ、ベクテルの奴、夢を潰してくれるわ」

テムジンは腹立たしく思ったが、父は「まあ、どちらもある」といっただけで話を先に進めた。

「われわれモンゴルは一つの部族に過ぎない」

父は、左手の掌に右手の指で小さく丸を描いた。

「周囲には強大な部族がいる。東にはお母さんの生れたコンギラト部族がいる。西には強力なケレイト部族がいるし、北には凶暴なメルキト部族がいる。南には悪賢いタタル部族がいる」

父は、言葉に合わせて掌の上の指を動かした。テムジンには、そこに広大な天地が広がるように思えた。やがてテムジンが縦横に戦いまくる舞台が、この時、父の掌に描かれていたのだ（注9）。

「タタルは、先々代のアンバカイ・ハンを騙し討ちで捕らえて、中華《キタイ》の奴らに売り渡したんだよ」

またもベクテルが知ったか振りの口出しをした。

「そう、アンバカイ・ハンはキタイの奴らに木馬に釘付けにされ、生皮を剝がされて殺された」

父がそのあとを続けた。

「汝らわが部族の者は、五指の爪がはがれるまで、十本の指先が擦り減るまで、わが仇敵を撃て、というのがアンバカイ・ハンの遺命なんじゃよ」

「タタル部族は、キタイの奴らと結んで押して来る。先代のクトラ・ハンは、俺の叔父に当る人だが、生涯タタルやキタイと戦われた……」

父イェスゲイの話には熱が入って来た。

「クトラ・ハンは豪傑じゃった。身体は大きく腕力も強かった。声は雷のように響いた。勇敢な戦いで何度もタタルや中華を破られた。わしもしばしば戦場に立ち、タタルの奴らを蹴散らしたり捕らえたりした……」

「それでも、結局は勝てなかったんだよなあ」

ベクテルが皮肉っぽい声を挟んだ。

「そうだ。タタルは悪賢いし、中華は豊かだ。奴らは品物をばら撒いてあちこちの氏族を手懐けて争わせる。だから、クトラ・ハンの力をもってしても、奴らを追い払うことはできなんだ」

父は悔しそうに呟くと、掌の下の方を指して、

「北のメルキトも凶暴だ」

と呻《うめ》いた。遊牧民の思想では北が下なのだ。

「四年前、クトラ・ハンが亡くなった直後に、メルキト部族が襲って来た。俺たちキヤト氏族はブルカン岳に逃げたが、女性や馬を奪われた氏族もいた。メルキトは十日行程を三日で駆け抜ける」

この事件はテムジンにも憶えがある。といっても、夜中に幌付き車で逃げたことだけだが。

「今は乱世だ。タタルやメルキトがいつまた襲って来るかも知れん。そんな時に、このモンゴル部族がばらばらではいかん。早く次のハンを選んで互いに結束せにゃならぬ」

父は馬乳酒を呷って、熱っぽく続けた。

「だから俺は、バリン氏族とタイチウト氏族にハンを選ぶ部族集会《クリルタイ》を開こうと呼びかけた。キヤト氏族は俺がまとめるからと……」

遊牧民のハンは、世襲ではなく部族集会で選出される。アンバカイ・ハンとその後継に選ばれたクトラ・ハンは遠い親類に過ぎない。クトラ・ハンの次には、甥のイェスゲイも有資格者だ。

「あの使者はそうだったのか……」

テムジンは、この一ヶ月ほどの動きがやっと腑に落ちた。

「それがどうだ。バリン氏族は『時機にあらず』という。タイチウトの族長は使者に会うのも拒んだ。会って断るだけの勇気さえない」

父は同族の中の他氏族のことを毒付いてから「西のケレイトは違う」といって頬を緩めた。

「ケレイト部族のトオリル・ハンは『わしが後ろ楯になるからモンゴルを束ねよ』と申された。左手をコンギラトと、右手はケレイトと結ぶ。それでこそ、メルキトやタタルに勝てるのだ」


翌朝、夜の明け切らぬうちに、イェスゲイは二十人の騎士と五十頭の馬を率いて旅立った。

先頭を行く二騎が掲げる松明《たいまつ》に、人と馬の吐く息が赤く映え、凍てついた地面に馬の蹄が金属音を響かせた。一見は勇壮な姿だが、旅立ちのイェスゲイも見送るホエルンも内心は不安だった。

この時期のイェスゲイの立場と心理を日本の歴史に例えれば、戦国時代の北信濃の小大名といったところだろう。南からは巧知に長けた武田信玄が勢力を伸ばして来る。北には強壮な上杉謙信が出張る。東の関東には三代の栄華を誇る北条家があり、西では新興の織田信長が勢いを増す。

そんな中でも地元の武士はばらばら、小さな利害と古い経緯にこだわって手を結ぼうとしない。

「ここは一番、妻の出里の東側と、新興勢力の西側と同盟して、その権威で地元を束ねて南北の強敵に備えよう」

善意と野心でそんな策を考える者が出たとしても不思議ではあるまい。大勢力に囲まれた中小集団の悩みはみな同じだ。

テムジンの父イェスゲイの生きた場所は厳寒で、恐ろしく広い。今、イェスゲイが訪ねようとしているケレイト族のトオリル・ハンの棲《すみか》は今日のカラコルム付近、一千キロの先だ。イェスゲイは、この旅を「往くに十日、帰るに十日、滞《とど》まるのは十日」の計一ヶ月を読んでいた。

イェスゲイの一行が旅立つと、キヤト氏族の指揮権は正妻のホエルンに移る。遊牧民の社会では、生産活動の大半を受け持つ女性のパワーは強い。

極寒のこの時期、族長の仕事は三つだ。

まず、人と獣の襲撃を見張る。特に羊や馬を襲う狼と流浪人の群れは要注意だ。

次は、病人と死者。重病人には祈禱師《ブゲ》を遣わし、死者には弔いの言葉を贈る。

そして第三は、氏族の者の不満や叛乱を用心深く見張ることだ。

ホエルンは、晴れた日には斥候を出し、補佐役のムンリクや古老のチャラカ爺にゲルを回らせた。だが、ほとんどの時間は、シャラ・エゲチや従僕たちと共に矢造りに充てた。

真っ直ぐな木の枝に硬い角を削った鏃《やじり》を付け、尾部に三枚の鳥の羽を挟むのは手間のかかる仕事だ。

ホエルンは自分でも矢を造ったが、他の者の仕事の点検もした。他のゲルを回って矢造りを促しもした。良質の矢を大量に揃えるのは、戦闘にも狩猟にも欠かせぬ重大事なのだ。

イェスゲイの留守中は、大した事件も起らなかった。流浪人も群狼も現れなかったし、病人も死者も出産も、想定の範囲に留まった。何よりの幸せは、イェスゲイの一行が、予定通り新月から五日目に帰って来たことだ。

「ホエルン、歓べ。俺はトオリル・ハン殿と盟友《アンダ》になったぞ」

イェスゲイが、出迎えた妻にいった最初の言葉がこれだった。

「その証に、俺はこの刀を頂いた。俺の銀の帯留と交換にな」

イェスゲイは馬上で刀を抜いて見せた。この辺りの遊牧民のものより反《そ》りの大きな長刀だ。

「これは西の方、ウイグルやカラキタイよりもずっと西のイランという地で造られたものだ」

イェスゲイは、妻よりも周囲に集まった氏人たちに聞かせるように、大声でいった。

この時点で、トオリル・ハンはケレイト部族数千戸全体の長《ハン》だ。モンゴル族の中のキヤト族の小氏族約百戸の族長《ノヤン》に過ぎないイェスゲイよりもはるかに上位になる。

イェスゲイを三万石の小大名とすれば、トオリル・ハンは五十万石の国持ち大名といった感だろうか。そのトオリル・ハンと対等の盟友になれたのを、イェスゲイは外交的成功と信じていた。

「明日はゆっくり休め。明後日は祝いの宴を張る」

イェスゲイは集まった氏人たちに宣言した。

冬の最中、最も昼の短い日を過ぎた直後に祭りの宴を開くのは騎馬民族共通の風習だ。今、それが西洋ではクリスマスに、モンゴル草原では「再生の祝い」となっている。

二日後、日の出と共にはじまった祝宴は楽しかった。牛一頭を丸焼きにし、乳とチーズとヨーグルトを山盛りにしておき、馬乳酒も磚茶《だんちゃ》も飲み放題にした。

その上、イェスゲイは火を付ければ燃える強い蒸留酒アルヒの壺も持ち出した。気前の良さを見せるのも、遊牧民の指導者の資格の一つだ。

人々は、喰い、飲み、歌い、踊り、笑った。凍りついた草原で相撲を取る若者も、氷滑りを楽しむ子供たちもいた。

だが、そんな楽しい気分も夕方までだ。夕暮れと共に雲が低く垂れ、生暖かい風が吹き出した。テムジンには経験のない冬の暖風である。

「これは、えらいことになるぞ……」

最初にそういったのは古老のチャラカ爺だ。

チャラカ爺の予測は当った。翌朝未明から雪が降り出した。それも、これまでのような細かく固い粒ではなく、花びらのような柔らかい大粒で、地に落ちるとそのまま積み上がった。深い所では肩まで、浅い斜面でも膝まで。

漠北の遊牧民が恐れるのは、夏の砂嵐でも冬の寒風でもない。夏の旱魃《かんばつ》と冬のベタ雪である。漠北の馬や羊は、硬い氷を蹄で割って下の枯れ草を喰うが、深い雪に蔽《おお》われてはなす術がない。気候温暖な冬には、えてしてそれが起る。

一九九九年暮れから翌年にかけての冬にもベタ雪が降り、モンゴル国では馬五百七十万頭が餓死する大災害が起きた。地球気温が高かった十一、二世紀にも、何度かベタ雪災害（ゾド）があり、歴史的な政変の原因ともなった。(注10)

「わしも、これほどの雪ははじめてじゃ……」

チャラカ爺が弱々しく繰り返した。族長のイェスゲイも、補佐役のムンリクも顔色を失った。人々は山野を駆け回って雪のない場所を探したが、多くの牛馬を養えるほどのところはなかった。

そんな中でもホエルンは、

「少しでも雪を掻き捨てましょうよ。じっとしてるよりはましかも知れないから……」

といい出した。自ら木の鋤《すき》を持って雪の薄い斜面を選んで雪を下の方に押しやるのだ。テムジンら子供たちも母に続いたし、従僕の男女も従った。他のゲルからも、これに習う者も出た。

だが、凍った雪は硬く、掬《すく》い捨てるのは苦労だ。日の出から日暮れまで働いても、幅一アルト（一・八メートル）長さ千アルトほどの黒い縞を作るのが精一杯だ。

「これでは馬一頭も養えねえよ」

異母弟のベクテルは投げやりにいって、二日目からは出て来なくなった。テムジンはそれに腹を立てたが、事実としてはベクテルが正しかった。

十日ほど経つと、馬や羊の大量死がはじまった。岩陰や窪地に、百匹二百匹と固まった羊の死体が見られた。横倒しで凍死した馬群もあった。

族長のイェスゲイは、最後の決断を下した。

「家畜の半分は捨てよう。今ある枯れ草飼料を牝の馬と羊にだけ与えて、雪が吹き飛ぶのを待とう」

家畜は遊牧民の唯一の財産だ。その半分を捨てるのは、倒産整理に等しい事業縮小である。

イェスゲイにとっては、氏族の者に自らの不明を詫びる辛い決断だ。それはまた、後の政治活動の「暫時中止」を余儀なくするものでもある。

別の「世界」

「この春は馬の出産が多い。二千頭近くになるよ」

ゲルに入ったテムジンは、正面の父・イェスゲイに告げた。あのベタ雪災害から一年半、十三歳になったテムジンは、族長の父を援ける役割を果たしている。背丈も八トウ（百六十センチ）を超えた。トウは「指を広げた長さ」約二十センチだ。

「羊と山羊が一万五、六千、牛千五百、馬二千か」

族長の父は指折り数えた。災害前の八割まで回復している。

災害直後には氏族の者の信頼も揺らいだが、その後「他の氏族よりはまし」と分かり、父の決断と母の勤勉が讃えられるようになった。

「それに、今年は乳の出もいいそうな……」

テムジンはゲルの東側の定席に座りながらもう一つの朗報を加えると、母ホエルンの出した乳とヨーグルトを一気に飲み干して立ち上がった。夕食は百を数える間（約二分間）で済ませたのだ。目下の興味はポロ、馬上から長い槌《つち》で木の玉を打ち合う西方伝来の競技だ。日の長い春には、夕食後でも一試合できる。

「ちょっと待て……」

チーズの塊《かたまり》を摑んでゲルを出ようとしたテムジンを、父のイェスゲイが呼び止めた。

「近く長旅に出る。お前の嫁を探しに行くのだ」

「え、俺の嫁さんを……」

テムジンは仰天した。そして呟いた。

「まだ、早いよ……」

これまで女性を意識したことがない。夢精も自慰も経験がない。股間の毛も生え揃っていない。つまり、「男」としての自覚と自信がないのだ。

だが、父は決定事項のようにいい渡した。

「お母さんの里のコンギラト族には眉目よき女子が多い。しばらく向こうにいると様子が分かる」

漠北の遊牧民は厳格な族外婚、結婚相手は男系で繋がる同族以外で求める。モンゴル部族にとっては、東隣りのコンギラト族が最大の結婚相手だ。（注11）

「ふーん、これも政治か……」

テムジンは内心で頷いた。父は一昨年、ケレイト族のトオリル・ハンと盟友になり、モンゴル族全体の長《ハン》になろうとした。だが、その野望は直後の災害で流れた。部族集会《クリルタイ》を招集してハン位に就くには、馬や羊や茶や綿を各氏族にばら撒くほどの資力が要る。

父は家畜の数と自らの評判が回復した今、豊かなコンギラト部族との結び付きを強めて、再びそれに挑戦しようとしているのだ。

三日後、テムジンは「嫁探し」の旅に出た。

父のイェスゲイは十二人の騎士と四十頭の馬を整え、補佐役のムンリクに指揮させた。馬の多くは、嫁の里への贈り物、つまり結納である。

テムジンは、同年輩の個人的従僕二人を伴った。(注12) 当時の風習では、未来の婿殿は数ヶ月嫁の里に住んで互いに品定めをする。見合い写真も釣り書もなく、デートの機会も少ないだけに十分な試行期間を取るのだ。

テムジンが従僕二人を連れたのは、その間の世話と話し相手のためだが、これがまた、従僕たちの結婚相手を探す機会にもなる。

目指すコンギラト族はアルグン川と大興安嶺の間を本拠としている。今日の地理では中国内蒙古自治区の東北端、かつて日本が擁立した傀儡《かいらい》政権・満州国の西部だ。キヤト氏族の牧するブルカン岳周辺からはおよそ六百キロ、十日行程になる。

その間には、同じモンゴル族のタイチウト氏族の牧地もある。先々代アンバカイ・ハンの一族だけに誇り高く、キヤト族にもイェスゲイ族長にも対抗心が強い。だが、ベタ雪災害で大損害を受けてからはおとなしくなり、イェスゲイの求めた通過許可にもすぐ同意した。災害前の族長は失脚、タルグタイという若手が抬頭しているという。

春の旅は快適に進んだ。長い昼間は馬を走らせ、短い夜には毛布にくるまって横になる。一日に二日行程、百キロ以上も進んだ。

「この調子なら明後日には着きますよ」

ムンリクがそんなことをいった三日目の午後、父のイェスゲイが馬を止めてテムジンを手招き、

「見ろ」と上空を舞う黒鷲を指差した。

野の襞《ひだ》の向こう斜面で一頭の大鹿が狂ったように駆け回っている。鷲の襲撃から逃れるために森に向かおうとするのだが、方向が定まらない。

「眼をやられている……」

イェスゲイが馬を寄せて囁《ささや》いた。

確かに大鹿は両眼から血を垂らしている。と、そこに黒鷲が急降下、鋭い嘴《くちばし》で大鹿の頸部を突き裂いた。大鹿は苦し気な悲鳴を上げてのた打ち回ったが、黒鷲の連続襲撃でやがて息絶えた。草原の惨劇は千を三度数える間（約一時間）で終り、黒鷲は大鹿の肉を存分に喰った。そしてこの頃には残飯を漁《あさ》る禿鷹の群れが空に舞い出していた。

「小が大を屠《ほふ》るにはああするのか……」

テムジンは、父が旅を止めて見せてくれたことの意味を悟った。まず眼、つまり情報中枢を破壊し、次いで首筋、補給経路を絶つのだ。

「ヨー！　ヨー、ヨ……」

甲高い声が左の丘から聞こえた。旅の六日目、アルグン川を越えて半日ほど来たところ、左右には大興安嶺山脈の前衛を成す山々が連なる。既にコンギラト部族の領域に入っている。

「何者か……」

キヤト氏族の騎士たちは、族長イェスゲイを取り囲んで声の方を探った。草原で出会うものにはまず用心する方がよい。

相手はすぐ現れた。十騎ほどが斜面を駆け下りながら手を振っている。馬印は立てていないが、装束と隊伍の組み方で、かなりの身分の者とその従者の群れと分かる。

「モンゴル部キヤト氏族のイェスゲイ殿であろう」

群れの中から進み出た首領らしい男がいった。

「わしはボスクル氏族の族長《ノヤン》デイ・セチェンと申すが、どこへ何をしに行かれるのか」

身体は大きくないが声は清く、眉は薄いが目は切れ長で鋭い。年は四十過ぎ、既に初老の感じだ。

「いかにも、キヤト氏族のイェスゲイです」

イェスゲイは硬い口調でいった。

「実は、この子、私の長男テムジンの嫁を探しに来ましたのじゃ。この子の母親もコンギラト部族の出身ですんでな」

「おお、存じている。わしらのすぐ隣りの氏族の出でしょうが。それではお互い縁続《クダ》きですわい」

ボスクル族の族長は愛想よくいって馬を降りた。一層の尊敬と親愛を示す行為だ。イェスゲイも馬を降り、双方の従者もテムジンもそれに従った。

「ほう、このお子さんか……」

デイ・セチェンは二歩三歩テムジンに近づき、まじまじと顔を見てからいった。

「素晴らしいお子様じゃ、この子は『眼に火あり、面に光ある』御人相(注13)じゃ。将来、みなの上に立たれるであろう……」

「嬉しいお言葉……」

とイェスゲイは照れた。テムジンはそれ以上に照れた。デイ・セチェンは「実は」と続けた。

「実はわしにはボルテと名付けた十四歳の娘がおりましてな、親の口から申すのも恥ずかしいが、なかなかの美人ですぞ。できればこれからわしらのゲルに来て下さらんか。せっかくの出会い、まあ一宿一飯を共にいたそう」

「それは……、有難いが……」

イェスゲイが、テムジンの方を見やって応えた。

「若様……」

補佐役のムンリクが馬を寄せて来て囁いた。旅の途中で出会ったボスクル氏族の族長デイ・セチェンに誘われて、彼らの宿営地に向かう途上だ。

「コンギラト部族というのは、七つの大きな氏族から成っております。母上ホエルン様の出里は大族の一つです。このボスクル氏族はコンギラト本族から分れた小氏族ですよ（注14）」

ムンリクは物識りだ。文字も書物もないのに大抵のことは諳《そら》んじている。中でも氏族の血統や由来は大事な知識だ。土地所有も城塞建築もない遊牧民には、それだけが身分と権威の拠《よりどころ》なのだ。

「まあ、うちと似たようなものだな」

テムジンは冷やかに応えた。父のイェスゲイもモンゴル部族の中のキヤト氏族の小分派の族長である。

「それはそうですがねぇ……」

ムンリクは不満そうに呟いた。この補佐役は、上昇気運のイェスゲイ家にはもっと強力な縁者が欲しい、と願っているのだ。

しかし、ボスクル氏族の宿営地に入った途端、テムジンはそんなことを忘れた。そこには純白の大型ゲルと巨大な幌付き車輛が並んでいる。

イェスゲイとテムジンが招き入れられたゲルは、イェスゲイ家のそれよりも二回りほど大きく、床には厚い絨毯が敷いてある。中央の炉では切り揃えた薪が燃え、銅の大鍋では牛乳が沸いている。

「家内のチョダン・ウジン（夫人）ですわ」

デイ・セチェンは長身の中年女性を紹介した。何と、その女性は黄色い絹を羽織っている。

「キタイ（中華）の酒はいかがかな……」

宴が進むとセチェンは青白い壺を回した。テムジンは酒よりも壺の滑らかな手触りに興奮した。

「それは中華で造られる陶器だよ」

セチェンがそういうと、イェスゲイは呟いた。

「この辺りは中華の領域と接しているので、いろんな物が入って来るんだなぁ……」

「そう、ここ十年ほど前から中華の奴らがいろんな物をくれる。わしらが暴れんようにな」

セチェンはキタイの酒に頬を染めて囁いた。

「キタイを治める女真族金王朝の力が、落ちておる証じゃ」

「物をくれるのは、豊かさではなく弱さの証か」

テムジンはデイ・セチェンの言葉を心に刻んだ。そして考えた。

「俺は物をくれてやる豊かな人より、物を献上される強い人になりたい……」

ボスクル氏族の族長デイ・セチェンは、いろんなものを見せた。絹の着物や陶器の大皿、銀の匙《さじ》、「銭」と呼ばれる孔の開いた円型の銅板などだ。それは、豊かさを誇るよりも、テムジンに様々なものを教えたい慈愛の籠った行為だった。

宴には途中から双方の補佐役も招かれ、「兄嫁にして妻」という老女も加わった。

遊牧民の間では、夫が死亡するとその妻や側女は、夫の兄弟か血の繫がらない夫の男子の妻となる慣例がある。現代人には女性の意志と人権を無視した蛮行に思えるが、当時としては寡婦の生活を保護し、婚姻家系の結合を保つ意味があった。

ここに現れた「兄嫁にして妻」とは、デイ・セチェンの兄の夫人だが、その兄がなくなったため今はセチェンの妻（側女）になっている、という意味だ。もう老齢だが、態度は堂々としている。

「親父が死んだら、俺もあのシャラ・エゲチを妻にするのか……」

テムジンはそんなことを想像して身震いした。醜くはないが十五、六歳も年上、それにあの憎たらしいベクテルの母親だ。

「テムジンさん、ではね……」

チョダン夫人の声で、テムジンは救われた。長い春の陽も地平に落ち、ゲルの中は既に暗い。

「こっちですよ、ボルテのゲルは……（注15）」

夫人は先に立って小型のゲルへと案内、「来られましたわよ」と声を掛けると、入口の厚いフェルトをたぐり上げてテムジンを押し込んだ。

その瞬間、テムジンは目が眩《くら》んで立ち竦《すく》んだ。

ゲルの中はまばゆい光が溢れ、濃淡の金色に輝いている。テムジンは、それが中央に立つ二本のローソクのせいと気付くのに十を数えるほどの間がかかった。そして、その向こうに白い絹をまとった女性がいるのを知るのに、もう十を数えるほどの時を要した。

「テムジンさんでしょ」

女性はしなやかな肢体を寝台の上に伸ばした。台を蔽《おお》う黒い毛皮が女体の白さを目立たせる。

「背は高い。腰は細いが胸は豊かだ。髪は黒くて長く、目は子鹿のように丸い。これがボルテか」

テムジンは斥候のように女性を観察した。

「何か飲む……」

女性は身振りでテムジンを誘った。

「いや、もう腹一杯だよ……」

テムジンはそういいながら、女性の脇に座った。そして自分の股間のものが縮み上がっているのに気付いて慌てた。

翌日、テムジンが目覚めた時、春の陽は高く昇り、ゲルの天窓からは強い光が差し込んでいた。

「寝過ごしたか……」

そんな思いで周囲を見回したテムジンは、ゲルの中が案外平凡なのを知ってほっとした。壁には銀狐の毛皮が飾られ、床には灰色のフェルトと白いムトンが敷かれている。自分の寝ている台は、黒く染めた狐の毛皮だ。昨夜、黄金模様に見えたのは、ローソクの光とキタイの酒のせいらしい。

ボルテの姿は既になく、入口には水を張った皮桶とハーブを混ぜた馬油の鉢がある。「身体を清めよ」という意味だ。

水浴びの習慣のない遊牧民は、身体を拭いて油を塗る。それが身体を清潔にし血行を活発にする。テムジンは丁寧に全身を拭った。昨夜は役に立たなかった股間のものが恥ずかし気に垂れていた。

「テムジン、慌てなくてもいいのよ。お互いはじめてだし、貴方は長旅で疲れてるんだから……」

そういってくれたボルテの声が、遠い夢のように思い出される。

テムジンがゲルを出ると、すぐ前の草原で、父のイェスゲイとデイ・セチェンがそれぞれの補佐役を交えて談笑していた。父は、「どうだった」と問うように眉を上げたが、セチェンの方は上機嫌で茶入りの乳とヨーグルトを勧めてくれた。どうやらボルテは「昨夜はダメだった」とはいわなかったらしい。テムジンは、ほっとして食欲が出て、鉢一杯のヨーグルトを飲み干した。

「ところで、ボスクルの……」

しばらくの世間話のあとでイェスゲイが訊ねた。

「あれほどの娘御、これまでに求婚した者はおられなかったですかな」

それはテムジンも聞きたい質問だ。

「二年前にジャダラン族が通りかかってな、中華《キタイ》の民の村を掠《かす》めた帰りとかで……」

デイ・セチェンはいたずらっぽい笑顔で答えた。

「そこの族長の息子が望みましたわ」

「それはジャムカ……」

テムジンは飛び上がる思いで叫んだ。

「そう、ジャムカと申した。利巧な子でしたぞ」

セチェンはゆったりと答えた。

「で、お気に召さなんだのですか」

父のイェスゲイが訊ねてくれた。

「二年前は娘が十二。ちと早いと思って……」

デイ・セチェンは気のない返事をしたが、テムジンはジャムカの丸顔を思い出して息が弾んだ。

父のイェスゲイは、それから四日間、ボスクル氏族の宿営地に滞在した。デイ・セチェンは、イェスゲイらキヤト氏族の主従十四人のために三つのゲルを造り、毎日宴を催した。昼は乗馬を共にし、狩りや釣りにも誘ってくれた。

テムジンは、父に寄り添ってこれに加わり、新しい体験と珍しい話を聞いた。

「あの山の東は中華に金王朝を建てた女真族の故郷、あの湖の南は金国の番犬タタル族の牧地。物も人も流れて来ますぞ……」

デイ・セチェンは雄大な大興安嶺の山地と広々としたフユル湖の水面を指し示していった。ボスクル族の宿営地の近くには、中華《キタイ》の民の住む木と土の家があり、皮をなめす男や羊毛を紡ぐ女たちがいた。

「中華から連れてきた奴らだ。わしらよりずっと器用でいい物を造る」

デイ・セチェンは楽しそうにいった。確かに、そこに積まれた皮や毛糸は、柔らかく滑らかだ。

「なるほど、物を奪うだけではなく、人をさらって造らせる方法もあるんだ……」

テムジンは感心した。この人――のちのチンギス・ハン――が製造業に目覚めた瞬間である。

テムジンには、毎日が好奇心を満たす楽しみの連続だった。だが、夜の事はまだ進まなかった。ボルテの贅沢なゲルに宿まり、褥《しとね》を共にしても男の機能は働かない。互いに抱き合い身体を合わせてもうまくできない。その都度ボルテは、

「テムジン、慌てることないわよ」

と慰めてくれた。そして朝になると快活に、父のデイ・セチェンや母のチョダン夫人に接した。

テムジンは、自分の未熟を責めも語りもしないボルテが嬉しかった。そして心に誓った。

「俺の嫁さんはこの女しかいない」

「デイ・セチェン殿、大変お世話になった」

六日目の朝、父のイェスゲイが出発を告げた。

「この上もない娘御に出会えて幸せです。息子はしばらくお預けしておく。秋の移動までには迎えに参るので、よく仕込んで下され」

イェスゲイはそう告げてから付け足した。

「この子は犬を怖がりますでな、ま、それだけは気を付けてやって下さい」

テムジンは、父の細やかな心遣いに感謝した。

父は朝日を背に受けて西に去った。だが、その騎馬姿が何故か天に昇って行くように見えるのが、テムジンには不吉に感じられた……。


父のイェスゲイが去って一ヶ月ほど経った夏の朝、ボルテのゲルを出たテムジンは、人々が異常に興奮しているのに驚いた。

「何かあるのか……」

テムジンは、先に起きていたボルテに訊ねた。

「隊商が来るのよ、西の国から珍しい品物を積んだ商人の隊列が来るのよ」

ボルテの声も高ぶっている。

「見に行こう」

二人は意見が一致し、そそくさと乳とクリームの食事を終えると馬に乗った。万を数えるほどの間（約三時間）馬を駆って着いたのはコレン湖の畔《ほとり》。小さな湖だが、川が東南西の三方から流れ込み、北に流れ出す分かり易い場所だ。

既に騎馬や荷車がいくつもいる。北のコンギラト本族や南のタタル族の者もいれば、モンゴル部族に属する者もいる。普段は対立する氏族も隣り合って馬を立て車を置いている。そこには「暗黙の平和」が成り立っているのだ。

やがて湖の彼方に隊商が姿を現した。

それを見た時、テムジンは息を呑んだ。何十人かの騎馬の先駆けの後に、山のような荷を積んだ駱駝の列が五十頭ほども続く。荷を運ぶ駄馬は二百、幌付き車は百台を超える。テムジンがこれまでに見た馬と牛車の荷物運びとは桁が違う。

この時のテムジンの気分を今に例えれば、二両連結のローカル線しか知らない山間の少年が、新幹線を見たような驚き、といえばよいだろうか。

「誰が……、どうやって……、何のために……」

テムジンは息を弾ませた。これにボルテは、

「三年前より大きくなってる。ここに半月は滞《とど》まるわよ」

と教えてくれた。

テムジンはそれから毎日、コレン湖畔の隊商の市に通い、いくつかのことを知った。この隊商の主なメンバーは、濃い髭と高い鼻を持った異人種で、ホラズムという西の国から半年もかけて来たこと。毎日決まった時に西の方向に身を伏せて頭を下げる、それはイスラムという信仰の故であること。そして牧畜や狩猟ではなくして、専ら荷物を運んで交換することで生活の糧を得ていることなどだ。(注16)

しかし、知れば知るほど、知りたいことが増える。テムジンはこの隊商の誰かと知り合いになりたいと思った。そして四日目には、手頃な相手を見つけた。頭から白い布を冠《かぶ》った小柄な少年だ。歳は十二、三歳、背丈は七トウ半（百五十センチ）に及ばず、身体は吹けば飛びそうに細い。だがタタルの大男たちを相手に激しい交渉にもたじろがない。言葉は西方の商人訛りだが、声はよく通り、理屈は上手い。

七日目、テムジンは、デイ・セチェンの代理で「木と土の家に棲む中華《キタイ》の民」の造った毛糸やなめし皮を車に積んで湖畔に行った。

「この辺りの物としてはようできてますなぁ」

例の少年は一応そういったが、すぐ、

「南の中華本国や西のウイグルの都会へ持って行ったら並のものですよってに、これで銅の大鍋十個は無理でっせ、せいぜい五個ですわ……」

「それはないだろう。最近は銅の鍋も出回っている。東の中華の人も持ってくるよ」

少年のやり様を観続けていたテムジンはいい返した。少年は交渉に飽きることを知らない。時には天候に触れ、時には道中話を混えて、万を数える間（約三時間）ほども話し合った。その挙句、二人は「小型の鉄鍋を四つ付ける」ことで手を打った。

「お宅、この辺の人としてはなかなかでんな」

先にそういったのは、小柄な少年の方だ。

「実は俺、ケンテイの山の北側の者なんだよ」

テムジンがいいかけると、少年はすぐ「モンゴルの方で」と反応した。

「そう、モンゴル部族キヤト氏族のテムジンだ」

「私は、この隊商を率いるモハメド・アリの養子のハッサンでんね」

と自己紹介したあとで、ニヤリと付け加えた。

「私ら、イスラムの商人の間ではこういいます。徳ある者は才がない、可愛い奴は利を生まない」

「なるほど、可愛い者だけを使っていては大きな利益は得られんというわけか……」

テムジンは深く頷いた。

「将来、モンゴルのテムジンが呼んだら来てくれ。可愛くなくとも君の才が欲しい」

「呼ばれんでも行きとうなるようなお人になりなはれ」

少年はあくまでも可愛くない風を演じたが、大きな瞳は限りなく可愛い。

モンゴル帝国の特色の一つは、交易の拡大と経済の成長にある。この少年ハッサン（漢字史料では阿三）は、これ以降四十五年間テムジン（チンギス・ハン）と親交を持ち、その生涯に、引いては人類の歴史に、大きな影響を与える……。

旅芸人《チョールチ》

この夏（恐らく一一七四年）、テムジンは幸せだった。コンギラト族の支族長の娘ボルテとの同棲は、日々新しい発見と興奮の連続だった。

ここには、東からキタイ（中華）の商人が来たし、西からウイグルの商人集団も来た。特に遠い西の国から来たイスラム教徒の大隊商はテムジンに多くの知識と想像を与えた。そしてその頃から、テムジンは、男性としての機能を発揮できるようになった。

「秋になって、ボルテを連れて故郷《くに》に帰れば、馬飼いと狐狩りに精を出し、イスラムの隊商が来たくなるほど沢山の品物を集めてやる」

テムジンは、そんな夢を膨らませた。

だが、秋が来ても、父は迎えに来なかった。強い北風が吹き、川や湖が凍るようになっても、故郷からは何の音沙汰もなかった。

それでも冬のはじめまでは、モンゴル族の娘を妻にして連れ帰って来るコンギラト族の青年もいて、キヤト氏族の様子も少しは伝わった。

「父のイェスゲイは元気で人も馬も増えている。張り合っていたタイチウト氏族も、イェスゲイに従うようになっている」

といったものだ。

しかし、冬の寒さと風が厳しくなると、それも絶えた。モンゴル族とコンギラト族は隣り同士で縁続きも多いとはいえ、その間隔は十日行程、約六百キロもある。自ずから情報が伝わるわけではない。


歴史を語る時、私は常に二つのことに想像を巡らせる。組織の機能と情報の環境だ。世に山積する文献史料は政治と戦争に詳しい。地に残る遺跡遺物は技術と産業を教えてくれる。だが、これらから組織の実態と情報の実情は伝わって来ない。歴史のほとんどは、歴史の結果を知る後世の者が記述しているからである。

特に、テレビや電話や新聞ばかりか、文字すらなかった大昔の情報環境には、推理と想像力が欠かせない。中国本土や日本列島のような人口稠密な地域なら、人から人へ、村から村へと「風」が噂を運んでくれる。

だが、空漠たる草原では、それさえも絶える。人が動かなければ、情報は伝わらない。強烈な寒風は、人も噂も閉じ込めるのだ。


昼が短くなり、寒さが厳しくなると、テムジンは不安になった。

「親父は何故迎えに来ないのか。事故か、病気か、余程の事情か……」

そんな思いで悩むうちに、異母兄弟のベクテルがいった不吉な話を思い出した。

「テムジンよ、お前はホエルン・イェケ（母さん）がメルキト族に犯された時に生れた子なんだよ。親父はいずれお前を捨てるさ」

「バカなことをいうな、この嘘つき」

その時テムジンは、ベクテルの濃い眉の辺りに拳骨を見舞ったが、それがかえってこの言葉を忘れ難くした。そんなテムジンに嬉しかったのは、ボルテの愛撫とその両親の優しさだ。

「まあ、春まで待つしかない。この厳寒に人も報《しら》せも来ないから……」

テムジンは腹を括った。そんな時、思いもかけぬ一組の旅人が来た。それも男と女と男女の子供のたった四人、駱駝一頭馬四頭という最小集団だ。

「よくぞ辿《たど》り着けたな、チョールチ」

族長のデイ・セチェンは、旧知なのか、そういって男を迎えた。チョールチとは「チョール（笛）を吹く人」の意、つまり旅芸人だ。今日の史書や歴史物語では「吟遊詩人」とも書かれてい

るが、その現実は、この言葉の響きほど優雅ではない。

「私もそない思います。生きて来れたのは御仏のお導き。泊めて頂けるのは族長様のお情けや」

　男はガチガチに凍った頭巾を押し上げて両手を合わせた。濃い髭、高い鼻、西方訛りの言葉。夏に来た隊商に似ているが、木像に両手を合わせて拝む仕草はまったく違う。

「チョールチはウイグル人の仏教徒なのよ」

　ボルテの母親、チョダン・ウジン（夫人）が教えてくれた。

「それにしても、チョールチ。何故にこの厳寒に一家四人でさ迷っておったのじゃ」

　暖をとらせ、温かい乳と煮込んだ羊肉を与えると、デイ・セチェンが訊ねた。

「へえ、それが、ケレイトのトオリル・ハン様のとこで……」

男はそこまでいうと「エヘへ」と口を歪めた。

「ああ、そうか。話も噂もお前には商品なんだな」

デイ・セチェンは苦笑しながら頷いた。

「安心しろ、チョールチ。少なくとも一ヶ月は人も駱駝も泊めてやる。芸と話がおもしろければ、もう一ヶ月と馬二頭を追加するぞ……」

翌日、チョールチ一家の芸がはじまった。族長デイ・セチェンのゲルにはセチェンとチョダン夫人、息子夫婦と幼い孫たち、今はセチェンの側室になっている兄嫁とその孫たち、二十人ほどが集まった。テムジンも娘婿の資格で招かれ、ボルテと並んで座った。

「私、チョールチのケムルスン。こちらは女房のスカヤ、笛の名手にござります」

派手な羽根飾りの付いた赤い衣装をまとったチョールチは、脇の女性を紹介した。大柄で色白、長い髪の房は何と黄色だ。

「こちらは娘のベルギナと息子のコルコスン。いずれも音楽と踊りを仕込んでおります」

二人の子供は跪《ひざまず》いて頭を下げた。女の子は十歳ぐらい、両親に似て白い肌と淡い色の髪をしていたが、一、二歳年下の男の子は黒髪黒眼、典型的なウイグルの美少年だ。

四人はまず一曲を演じた。チョールチは四トウ（八十センチ）ほどの三本弦の竪琴を弾きながら歌う。黄色い髪の女性が横笛を吹き、女の子が鐘と太鼓を、男の子が小型の竪琴を奏でる。

短い一曲が終ると、男の子が剣を持って舞った。身の丈ほどもある剣を巧みに操り、手足を伸ばし見せ場を決める。身の丈六トウ（百二十センチ）の子供にしては見事な演技だ。

だが、次の女の子には、もっと驚かされた。一本の手で体を支えて身を反《そ》らし、頭を尻につけ顔を股の間に出す。二十一世紀の今も、モンゴルの芸人が世界一を誇るアクロバットだ。

千を三度数える間（約一時間）で演技は一巡、チーズと焼肉と小麦粉の菓子を振る舞われた。冬が後半に入ると乳は欠乏、氷の下に蓄えた肉と中華から持ち込んだ小麦粉で凌がねばならない。

「ところでチョールチよ。そなたがこの冬場にさ迷い出た理由《わけ》を聞かせてくれんかな」

頃合いを見てデイ・セチェンが訊ねた。

「さらばでございます。族長様《ノヤン》」

チョールチは芸人らしく大袈裟な仕種で答えた。

「私らはこの冬、ケレイトのトオリル・ハン様にお世話になるつもりでした。お招き頂いてたので。ところが行ってみたらトオリル・ハン様は御不在、それも叔父のグル・ハン様の決起で追われて、メルキト族の方に逃げ出しておられましたんや……」

「それはまた、どうして……」

テムジンは息を呑んだ。トオリル・ハンは父イェスゲイが尊敬する盟友《アンダ》だ。

「さてさて、お若いの。人の世にはどこ上も揉《も》め事の種はござりまするわ」

チョールチはテムジンの方に答えた。

「ケレイト族の御先代には四十人もの男の子がおられてな。その中でトオリル・ハン様が正妻の長男ということで跡を継がはりました。何しろ末っ子はまだ二歳でしたからな」

当時の遊牧民は一夫多妻。有力な男性には多くの子が生れたが、幼児死亡が多いこともあって、健全に育つ男子は五、六人が普通だ。男の子だけで四十人というのは流石《さすが》に珍しい。

一方、遊牧民の慣習では末子相続、男の子は独立できる年齢になれば財産の家畜を分けてもらって親元を離れる。最後に残る末っ子が一家の財産を継ぎ老親の面倒を見る。このため末っ子はオッチギン（炉の火を守る人）と呼ばれた。

この慣例は、父親が長命で末っ子が自立の年に達していればうまく行くが、末っ子が二歳ではそうもいかない。そこでトオリル・ハンが「正妻の長男」の権威と実力で、ハンの位に就いた。

「ところがトオリル様、ハン位に就くと競争相手の御兄弟を次々と殺された。殊に一昨年のベタ雪災害からは疑い深くならはりましてな、三人の有能な弟君を殺されたのでございます」

チョールチの話にテムジンは衝撃を受けた。父の盟友が冷酷な兄弟殺しとは驚きだった。だが、デイ・セチェンはありふれた話と聞き流している。チョールチは韻《いん》を踏んだいい回しで話を盛り上げ、黄色い髪の女が低く笛を吹いて調子付ける。

「これに危うさを感じたのが御先代の御兄弟、トオリル様の叔父に当るグル・ハン様。夏の終りの雨上がりを選んでトオリル様の本拠カラトンに奇襲を掛けた」

雨上がりの日は、砂煙も立たず地響きも小さい。奇襲攻撃には適しているのだ。

「ところがそこはトオリル様。危機一髪で虎口を遁《のが》れ、百人ほどの股肱《ここう》の臣を連れて北へ走り、メルキト族の牧地に入られてござります」

チョールチはここで一拍置いて調子を落とし、声を下げた。

「私ら一家がカラトンに着いたのはその直後、トオリル・ハン様に招かれたというだけでスパイと疑われ、慌てて逃げ出し、南のタタル族に向かいましたわ」

「それでそのあとトオリル・ハンは……」

テムジンはそれを訊ねようとしたが……。

「それでそのタタル族はどうであったかな……」

テムジンが口を開くよりも先に、デイ・セチェンが訊ねていた。ここ、コンギラト族の位置からは、メルキトは遠い北だが、タタル族は近い南だ。

「タタルも割れとります」

チョールチの男は、身を乗り出した。

「一昨年のベタ雪被害が大きかったんで、キタイ（中華）の金王朝に援けを求めたが、ええ返事がもらえない。かえって金からは、『内輪揉めに乗じてケレイト族を討て』というて来たとか。それでキタイの命令に従って褒美をもらおうという古い人らと、もうキタイのいいなりにならんという新しい人らとが対立しております。それで私らも長居ができんで飛び出して来たわけですわ」

「それは難儀じゃったのお」

デイ・セチェンは満足気に微笑んだ。南の対抗勢力の分裂は、コンギラト族には嬉しいことだ。

「それで、北のメルキト族のところに入ったトオリル・ハンはどうされたのか」

ようやく発言の機会を得たテムジンが訊ねた。

「それ、それですがな……」

チョールチはしたり顔で頷いた。

「私らはここに来る途中、スルドス族のゲルに三日泊めてもらいました。そこでの話では、タイチウト族の勇士の方々は出陣中とか。スルドスはタイチウトの臣従氏族やから確かなことですわ」

「それがトオリル・ハンと関係あるのか」

テムジンは急《せ》き込んだ。

「へえ、大有りで」

チョールチはニヤリとして続けた。

「メルキト族の地に入ったトオリル・ハン様は、娘御をメルキトの族長に差し出して馬と食糧を得、盟友《アンダ》の契りをしたモンゴル族のイェスゲイ様のところに移られたのでございます」

「何と……」

テムジンは、突然父の名が出たのに驚きの声を上げた。みんなが一斉にテムジンの方を見、誰かが「そこにいるのがイェスゲイの長男だよ」とチョールチに教えていた。

「それでイェスゲイ様は、キヤト、タイチウト、バリンなどの兵を率いて出陣されたとか……」

チョールチは、テムジンの方に丁寧に答えた。

「それで、それで、どうなった。その戦は……」

その夜、テムジンは眠れなかった。チョールチの男が語った話には、多くの情報が含まれている。(注17)

第一に、父のイェスゲイが迎えに来なかった理由が分かった。トオリル・ハンを巡る政治問題と軍事活動に多忙で、その暇がなかったのだ。

「俺は捨てられたのではない。ベクテルはやっぱり質《たち》の悪い嘘つきだ」

テムジンは、一時にしろ父を疑った己を恥じ、異母兄弟への憎しみを募らせた。

第二は、父がタイチウト族を完全に服従させたらしいことだ。ベタ雪災害の結果、タイチウトの族長が交代したことは前にも聞いたが、新しい族長がイェスゲイの要請で出陣したとすれば、その指導権を認めたわけだ。父にとっては長年の患いが取り除かれたようなものだ。

第三の重要事項はトオリル・ハン。父イェスゲイは自らの権威と評判を高めようとして、ケレイト部族のハン(長)のトオリルと盟友《アンダ》となった。そのトオリルが冷酷残忍な兄弟殺しで地位を追われたとなれば、イェスゲイの政治的立場が悪化するばかりか、人物鑑定の眼力も疑われてしまう。その上、トオリルを追放したグル・ハンらは、イェスゲイを敵視するだろう。漠北の定義では「敵の敵は友」「敵の友は敵」である。

「親父は、トオリル・ハンの復権に賭けたのだ」

ボルテと並んで黒い羊毛の寝台に伏したテムジンは、何度も心の中で呟いた。ここでトオリル・ハンの復位に成功すれば、イェスゲイはケレイト族の族長人事をも動かせる実力を示すことができる。モンゴル族のハンとなり、漠北での最有力者の一人ともなるだろう。

「要は、トオリル・ハンを復権させることができるかどうかだ。俺もその場に駆け付け、親父を援けて戦いたい」

テムジンはそう願ったが「今頃は決着が付いているでしょう」というチョールチの言葉を思い出すと、それもできない。

「それなら一日も早く結果を知りたい……」

テムジンは苛立ったが、厳冬の今、それを伝える旅人の往来は途絶えている。

テムジンは悶々として時を過ごした。と、ゲルの北側（裏側）を叩く音がした。夜明け前、大気の最も冷える時刻だ。

「何者か」

テムジンは苛立ちと警戒で大声を発した。だが、これに応えた声は優しく澄んでいた……。

「コルコスン、チョールチの子供ですねん」

ゲルの厚いフェルトを通して低い囁《ささや》きが聞こえた。

「何の用か、この夜中に……」

テムジンは用心深く訊ねた。チョールチ一家はこのゲルの北側にあるゲルで、テムジンが連れて来た二人の従僕と一緒に寝泊まりしている。

「腹が減って眠れないと物乞いに来たのか」

一瞬テムジンは、意地悪い想像をしたが、フェルトの向こうの答えは自信に満ちていた。

「話がおます、あなた様にお役に立つことで」

それでもテムジンはためらったが、ボルテは、「入れてあげたら」といって炉に薪を加えた。

「テムジンさんも、ケレイト族の結果が気になってるでしょ」

一陣の寒気と共に入って来たコルコスンは、小さくしなやかな手を炉に翳《かざ》して囁いた。

「私が、正確なとこを調べて来てあげますわ」

「どうやって……」

テムジンは首を傾《かし》げて問い返した。

「馬三頭と粟三袋、チーズと干肉、それに鉄の鍋か小刀を三つほど頂ければ、タイチウトのところまで行って来ます。親方の話では、遅うとも今日明日には出陣した人たちも戻ってるとか……」

「そんなことが、お前のような子供にできるものか」

テムジンはコルコスンの小さな身体を上から下へと舐《な》めるように見た。背丈は六トウ（百二十センチ）、体重は並の大人の半分もないだろう。

「そら違いまっせ、テムジンさん。私のような子供やから目方が軽うて馬がへばりませんのや」

コルコスンは肉の薄い頬を歪めて説明した。

「万を数える間（三時間）で一日行程（六十キロ）走り、休みを挟んで一日三回繰り返します。これなら二日で六日行程進んでスルドス族に着き、もう一日でタイチウト族に至ります。話を聞くのに一日かけて、同じように戻れば都合七日。その間に馬には粟を与え、私はチーズと干肉で……」

「それで、鍋や小刀はどうするのか」

「疲れた馬を替えるのに使います。往きのスルドスで一回、タイチウトで一回、帰りにもう一回」

「ふーん、馬を乗り換えて走るのか……」

テムジンは少年の計画の綿密さに唸った。

「この計画はチョールチの親方が立てたのか」

「いえ、親方には内緒です。私と義姉のベルギナが練ったもので……」

少年は誇らし気な表情でいったあとに続けた。

「親方は怖がりであきまへん。世の中のことを知り過ぎたはるから……」

夜明けと共にテムジンは、族長のデイ・セチェンを訪ね、チョールチの子コルコスンに馬と物を与えてくれるように頼んだ。

「馬の三頭や粟の三袋は惜しくもない。チーズと干肉はここにいても喰わさねばならぬ。鉄の鍋はテムジンが隊商と掛け合って得て来たもの、勝手にするがよかろう」

デイ・セチェンはそういったが、顔には「わしもイェスゲイとトオリル・ハンの結果を早く知りたい」と書いてあった。

テムジンが、セチェンの許しが出たことを伝えに行くと、コルコスンは既に旅の準備をはじめていた。曲芸踊りの義姉が毛皮の衣服や食糧を揃え、火打ち石や牛脂の燃料を袋に詰める。直射日光と氷原の反射から眼を守る牛骨の板も用意した。中央の細い隙間から覗き見る一種の眼鏡だ。

この間、チョールチの親方とその連れ合いの黄色髪の女性は、ただ怖そうに見ているだけだ。

用意万端を整えたコルコスンは、日の出と共に出発した。特に馬を走らせずに並速を保つ。冬の旅では、人も馬も汗をかかないのが大事だ。昼間の時間はかなり延びたが、気温はきわめて低い。

コルコスンが出掛けて七日間、テムジンは正しく「一日千秋の思い」で待った。緊張した様子に気遣ってか、周囲の者もイェスゲイ族長とトオリル・ハンを話題にしない。それでも、七日目の昼にはチョールチが呟いた。

「コルコスンの奴、到底今日は帰れまい。早くて明日、普通なら四、五日あとになるやろな」

ところがその夜、十六夜《いざよい》の月が中天に輝く中をコルコスンは戻って来た。三頭の馬は毛色の違う一頭になり、荷のほとんどを失っていたが、テムジンには笑顔で「勝ったはりました」と告げた。

「イェスゲイ様の下で従軍したタイチウト族の人に直接聞きました。イェスゲイ様とトオリル・ハン様が凍りついたトーラ川を越えられると、グル・ハンは三十人の側近と共に西のカラキタイを指して逃げたそうです。大した戦もなくトオリル・ハン様が復権しやはったようで……」

コルコスンはそこまでいうと、激しく咳き込んで身を横たえた。

この少年コルコスン（漢文資料では豁児合孫または火魯和孫）は、チンギスからモンケまで四代のハンに仕えて高位に昇るが、その業績は不明とされて来た。私は、モンゴル人以外で唯一人帝国の功臣となったこのウイグル人こそ、ユーラシアを蔽《おお》う大情報機関「可汗《カハン》の鷹」の組織者ではなかったか、と推測している。

母の選択

「テムジンに会って九度目ね、満月を見るのは……」

ボルテが東の山嶺に上った赤い月を見上げて呟いた。寒さは緩み、陽の当る場所では氷が融けはじめた。冬を越して、テムジンは十四歳、ボルテは十五歳、共に身長は八トウ（百六十センチ）を超えた。

春と共に人の動きも活発になった。あのチョールチ（旅芸人）の一家も旅立った。剣舞を舞う少年コルコスンの働きで人気者となり、各ゲルから招かれて礼物を貯め込んだ。馬は六頭に増え、駱駝は肥えた。チーズと干肉は一年分ほど持った。

族長のデイ・セチェンは毛皮の衣を、チョダン夫人（ウジン）は綿の布を、ボルテは蜂蜜の壺を与えた。テムジンは鉄の鍋を差し出した。隊商の少年ハッサンとの交渉で得た四つの中の最後の一つだ。

「おおきに。大事に使わせてもらいます」

コルコスンは押し戴くようにして受け取り、大袈裟な身振りで礼をいった。

「おもしろい人たちだったわねぇ」

ボルテは思い出し笑いをした。

「うん、来年は俺の故郷、ブルカン岳の牧地に来るよ。二人で迎えてやろう」

テムジンはボルテを見て微笑んだ。

間もなく夏の牧地への移動がはじまる。それが済めば父のイェスゲイが迎えに来る。テムジンはその日が待ち遠しい。父のイェスゲイが、モンゴル諸族を率いて出陣、盟友《アンダ》のトオリル・ハンをケレイト部族の長《おさ》に復権させたことは、その後の旅人によっても確認されている。

「九ヶ月前とは、俺も親父も変わった。親父は草原の大物になり、俺は一人前の男になったぞ」

テムジンはそれを考えた。ここ、ボスクル氏族の冬営地で別の「世界」を体験し、ハッサンやコルコスンを知ったことも大きな収穫だった。

「テムジン、私、何を持って行ったらいいかしら、お義母さんに……」

ボルテが肩を寄せて来て囁《ささや》いた。

「大したものは要らないよ、うちのお母さんは質素だからね、絹の服も着ないしトルコ石も飾らない。品物には興味がないいんだ……」

テムジンは内心でほくそ笑んだ。昔気質の母親が、ボルテの豪華な贈り物に驚く顔が目に浮かんだ。

「万事は順調、前途は洋々だ」

テムジンは、幸せな気分で満月を見上げていた。だがそれも、その直後に転がり込んで来た一群の人馬によって吹き飛ばされてしまった。

「何者か……」

ゲルの外で、ボルテと肩寄せ合って満月を見上げていたテムジンは、夜更けに駆け込んで来た人馬に向かって叫んだ。そしてそれが、父イェスゲイの補佐役ムンリクの一行と知って驚いた。

「ムンリク……、何故そんなに急いで来たのか……」

テムジンは、汗と埃に塗《まみ》れたムンリクの顔に訊ねた。満月とはいえ既に夜中、春先とはいえ肌寒い時期、汗を垂らして旅をするのは異常だ。

「いや、申し訳ない。大した理由もないが、つい気が急《せ》いてしまいまして……」

四人の騎士と十頭の替え馬を連れたムンリクは、砂塵のこびり付いた顔を歪めて答えた。虚ろな目と疲れた顔は、言葉と異なる心中を示している。

「お父上、イェスゲイ族長《ノヤン》が、テムジン様のことをいたく御心配で……」

「へえ、かれこれ十ヶ月も音沙汰なかった親父がなぜまた急に……」

テムジンは首を傾《かし》げたが、ムンリクは強硬だ。

「何でも悪い夢を見られたとかで……」

「なるほど……、そういうことか……」

テムジンはおよそのことを察した。

「まあ、今夜は休め。身体を拭き油を塗れ。お前も供の騎士も」

テムジンはそういうと、故郷から連れて来た従僕たちに水と油と薪を用意させた。そして、ボルテのゲルに入って告げた。

「俺は故郷に急いで帰らねばならぬ、親父が呼んでいるのだ。必ず迎えに来るからな、待っていてくれ、しばらくの間……」

「しばらくって、どれぐらい……」

ボルテはいたずらっぽい視線を上げて訊ねた。

「すぐだ、二ヶ月か、三ヶ月か……」

テムジンがそう答えると、ボルテはいたずらっぽい表情を変えずに続けた。

「二年か、三年か……。でも、私、待ってるわよ、テムジンを、私の夫を……」

翌朝、夜明けと共にテムジンは馬に乗った。そして丸一日、二日行程を走ったところで訊ねた。

「ムンリク、親父は病気なのか」

「そのようで……」

「もう、死んだのか、はっきりいえ……」

「いや、私が出る時にはまだ……」

ムンリクは視線を地に落とした。

テムジンは頷いた。そして自分にいい聞かせた。

「もう奇蹟を祈る時でもあるまい」

五日後、テムジンがブルカン岳の麓のキヤト族の冬営地に着いた時、父イェスゲイは疾《と》うに死に、遺体は冷たく乾涸《ひから》びた物質と化していた。

十二日前、ムンリクがここを出発した直後に息絶えたのだ。

「お父さんはタタルの奴らに毒を盛られたのよ」

眼を泣き腫らした母のホエルンが繰り返した。

イェスゲイは旅の途中でタタル族の野宴に出合った。遊牧民の慣習では、黙って通り過ぎるのは失礼になる。イェスゲイは干肉を差し出して宴に加わり、少しの酒と肉を喰った。だが、その晩から腹痛を訴え、三日後に自らの冬営地に着いた時には息も絶え絶えだったという。

「あれほど丈夫で勇ましかったお父さんが、急に死ぬなんて、毒殺以外にないでしょ」

母はそう主張したが、周囲の人々は首を傾げた。

「急な病は不可解ですけど、同じ宴に加わった他の者は特に変わった様子もないので……」

「とにかく、葬儀を済まさねば……」

やがて遺体の周囲に集まった人々が相談をはじめた。その結果、イェスゲイの叔父のトドエンと末弟のダリタイを代表格として、葬儀を執り行うことになった。祈禱師族のバリン氏族からは呪術師《シャーマン》のコルチが、キヤト氏族と並ぶ有力氏族のタイチウト氏族からは新たに族長になったタルグタイが参列した。

木棺に収められたイェスゲイの遺体は、犠牲の二頭の馬と共に深い穴に埋められた。使い慣れた弓矢と、トオリル・ハンから贈られたイランの刀が副《そ》えられていた。小氏族の族長としては、盛大な葬儀だった。

イェスゲイの葬儀が終ると、夏の牧地への移動がはじまった。

「イェスゲイが決めていた場所があります。ここを南に行ったオノン川の上流一帯です」

ホエルンの提案に異議を唱える者はいなかった。移動は、イェスゲイがいないことを除けば例年と同じように進んだ。指揮はトドエンとダリタイがとり、テムジンは二人の間に並んで先頭を行った。

ところが、夏の牧地にゲルを建て終った日に、ムンリクが持ち込んで来た話が、テムジン一家の雰囲気を変えた。

「ホエルン様、慣例に従いイェスゲイ様の御舎弟・ダリタイ様をこれからの夫として下さいますように。ダリタイ様もそのように御希望です」

人類の歴史では、夫が死ぬと、残された妻妾は夫の兄弟か血の繋がらない夫の子（他の女性に生ませた男子）の妻妾になる慣習が長く存在した。「レヴィレート婚」と呼ばれるこの慣習は、南洋諸島から寒帯の樹木地帯にまで拡がり、二十世紀中頃まで続いた。

日本でも「逆縁婚」と呼ばれ、武士、町人、農民を問わず広く行われていた。武家や貴族の間では、最初に結婚した双方の親族集団の結び付きを保つのが主要な目的だが、漠北の遊牧民の場合には、むしろ未亡人や遺児の生活を保障し、集団への帰属を維持する意義が大きい。

現代人には、女性の意志と人権を無視した制度に見えるが、当時の漠北では女性（未亡人）の権利とさえ見られていた。

イェスゲイの補佐役だったムンリクは、至極当然のようにその話を持って来た。

「イェスゲイ様の御兄弟でお元気なのは三人。その中で一番若くて家系を継いでおられるオッチギン（末子）のダリタイ様が適切かと。このことは他の御兄弟も叔父上のトドエン様も御承知です」

ムンリクは丁重にいうと、事務的に付け加えた。

「ダリタイ様は、今夜にもホエルン・ウジン（夫人）がお越し下さるのをお待ちしておられます」

「厭ですよ、ダリタイさんなんか。既に三人も奥様がおられるじゃありませんか……」

ホエルンはピシッといった。

確かに、ダリタイは「いい男」ではない。イェスゲイは長身で胸幅も厚い偉丈夫だったが、末弟のダリタイは小男で貧相だ。言語も不明確で、眼に火も面に光もない。

二十歳をかなり超えているのに、戦でも狩猟でも手柄話を聞かない。そのくせ、派手な服を好み、乗馬を飾る。質実剛健な野心家だったイェスゲイを愛したホエルンには、肉体も気性も馴染めないのだ。

「では、他の御兄弟のどなたかを……」

ムンリクは恐る恐る伺った。

「いいえ、他の方も望みませんよ、私は……」

「それでは……、もしかしてベクテル君を……」

ムンリクは、上目遣いで囁いた。「前夫の血の繋がらない男子」という意味では、シャラ・エゲチが生んだベクテルも有資格者だ。

「冗談ではないよ、ムンリク。テムジンがベクテルを義父といえますか、アホらしい」

ホエルンは小さな顔を怒らせて叫んだ。

「私は生涯テムジンの母親でいきます……」


「テムジン君、テムジン君……」

テムジンが家畜見回りに出ると、馬を寄せて来たムンリクが呼びかけた。父イェスゲイが死んで六ヶ月、夏は過ぎ、草原には秋風が立っている。間もなく冬営地に移動しなければならない。

この間に、キヤト氏族の中の雰囲気が変わり、ムンリクの呼び方も「若様」から「テムジン君」になった。

「確かに俺は若様ではない。ただの若者なんだ」

テムジンは己が立場を噛みしめた。これでは、ボルテを妻に迎えるどころではない。

「冬営地はオノン川沿いの平地でよろしいかな」

ムンリクが訊ねた。例年よりはかなり東に寄っているのに、テムジンは首を傾げて訊ねた。

「そこはジャムカらジャダラン族に近過ぎないか」

「いいえ、ジャダラン族はずっと南に行くそうで」

ムンリクは天を指差して付け加えた。

「今年の冬は寒そうなので……」

三年前、イェスゲイは例年よりもブルカン岳の麓の高い場所を選んだ。それがその冬の温暖現象によるベタ雪災害を最小限に止めた。今年の冬は逆、寒そうだから平場の川畔にする、というのだ。

「よかろう。母にも伝えておく」

テムジンが頷くと、ムンリクは「やれやれ」といった表情になった。

イェスゲイが死んでからキヤト氏族には確たる指導者がいない。イェスゲイの長子テムジンは十四歳、族長には若過ぎる。家系を継ぐべき末弟のダリタイは、兄嫁のホエルンを妻にできないことで権威が低下している。イェスゲイの二人の兄は族民をまとめる人望も気力もない。

その間に伸《の》して来たのがイェスゲイの叔父のトドエン。この頃はタイチウト族と使者を往来させているという。

ムンリクは、そんな分裂状況を表面化させないために、事前の意見調整に駆け回っているのだ。

冬営地への移動は、トドエンが指揮した。だが、キヤト族にはイェスゲイが率いた頃の緊張感と機敏さが失われている。道々で渋滞が起り、口論や喧嘩も生じた。その上、冬営地に着いてみると他氏族に誘われたのか、個別に冬営地を探したのか、二十戸ほどが減っていた。

「ダリタイ様もトドエン様も頼りない」

という声が多かったが、その一方では、

「これもホエルン・ウジンの気儘《きまま》のせいよ」

という者もいた……。

「今年は四年に一度の大祭の年だよね」

昼が長くなり出す頃、母のホエルンがいった。漠北遊牧民の信じるシャーマニズムでは、祖先を祭る行事が大切だ。

十四歳のテムジンも、四年前の大祭のことは憶えている。父イェスゲイも呼び掛け人の一人となり、バリン、キヤト、タイチウトなど男系の祖先を同じくする二十ほどの氏族の代表が集まった。

今度はどうするのか、ムンリクに訊ねると、

「今回はタイチウト族のタルグタイ様にお任せしてあります。多分、昼が長くなり出してから三度目の満月の翌日となるでしょう」

という曖昧な返事だった。このところムンリクは、多忙を理由にあまり顔を見せない。

ところが、三度目の満月の翌日、オノン川の中洲の大祭会場に行くと、祭壇周囲の貴賓席にはホエルンの場所がなかった。西側の女性の席にいるのは先々代アンバカイ・ハンや先代クトラ・ハンの妻妾だった老女たちだ。

「夫が死んだから私には座る場もないのですか、子供が未成年だから供え物も頂けないのですか」

ホエルンは怒りをあらわにしたが、アンバカイ・ハンの妻だった老女が、

「その理由はあなたの胸で分かるはず、この結果は世間の慣わしで知れたはず」

と呟いた。もう一人の老女は皺だらけの手で肉とチーズの塊《かたまり》を摑んで皿に盛り上げていった。

「それでも供え物が欲しいのなら上げるよ」

「私は食べ物が欲しくて来たのではありません」

ホエルンはきっぱりと拒んでその場を出た。この間テムジンは、対面の西側に並んだ男たちを見回していた。その真ん中には肥満体の大男が腕を組んで成り行きを見守っている。

「タルグタイとは、あんなデブ男か……」

それが生涯の敵対者に対する第一印象だった。

翌朝、そのタルグタイがタイチウトの騎士二十騎ほどを率いてキヤト氏族の冬営地に現れ、夏の牧地に移動するよう促した。

事前に話がついていたのか、トドエンは直ぐ自分のゲルを解体し出した。父イェスゲイの末弟、ダリタイもこれに従った。午後になると西に流れる人と馬と車の列ができた。

「何と恥知らずな、タルグタイ如きに従うとは」

ホエルンは憤然として馬に跨《また》がり、亡き夫イェスゲイの白い馬の尾の馬印を掲げて立った。「名誉あるイェスゲイ・ノヤンの下に留まれ」という意思表示である。

夕日がオノン川の地に溢れた川面を赤く染める頃まで、ホエルンは地の襞《ひだ》の上に立ち続けた。

紅色の天と褐色の地の間に、父の大きな馬印を立てて立つ小柄な母の騎馬姿が、テムジンには美しくも哀しくも見えた。

「俺は、今日の母さんを生涯忘れないぞ」

とテムジンは思った。だが、それで流出を止められたのはムンリクやチャラカ爺の一家を含めて約二十戸、冬営した族民の四分の一に過ぎない。(注18)

日暮れてゲルに戻ったホエルンは、一家全員をゲルに集めた。四人の息子と幼い娘、夫の側女のシャラ・エゲチとその二人の息子だ。

「私たちがこれから取り得る道は三つ……」

北側正面、亡夫イェスゲイの定席だった家長の座で、ホエルンは馬糞の炎に照らされながら低い声でいった。

「第一はタイチウトの後を追って東に行き、詫びを入れて一緒になること、つまり降参するのです」

ホエルンは小さな手を伸ばして指を折った。

「第二は南へ行ってジャダラン族と合流すること。いわば亡命ね。そして第三は、ここに残った者だけで北へ行って自立自営することですよ」

「どれも厳しい道だな……」

とテムジンは思った。みな思いは同じらしく、しばらくは重い沈黙が続いたが、やがて異母弟のベクテルが口を開いた。

「第二の道はないな、最近ジャダラン族はタイチウト族に接近してるから、長くはおれまい……」

ベクテルの語調には、ジャダランの族長の子・ジャムカと盟友《アンダ》を誓い合ったテムジンへの皮肉も感じられた。

「じゃあ第一もないよ。タイチウトに降参したら生涯従僕にされてしまうよ……」

今度は弟のカサルが長身を乗り出した。身体は細いが背丈は伸び、二歳上のテムジンを上回る。

「それじゃ決まりだ。第三の自立自営しかない」

テムジンは力を込めていって周囲を見回した。

「エゲチ（姐さん）はどうする……」

ホエルンは、亡夫の側女にも訊ねた。大柄で色白な美人だが、無口無表情、自分の意見をいったことがない。この時もぽつりと一言だけ答えた。

「ホエルン・ウジン（夫人）と一緒に……」

テムジンは、この決定が嬉しかった。小さいといえども一党を率いることを考えると、身の引き締まる思いだった。

だが、翌朝にはまた、事態が変わっていた。

「大変だよ、ウジン（奥様）、みんな出て行くよ」

けたたましい叫びで、ホエルン一家のゲルに顔を入れたのは、裏手に棲む従僕一家の女房だ。

飛び出して見ると、冬営地にぽつんぽつんと残ったゲルのすべてで解体作業が行われている。

そしてその向こう、昨日母のホエルンが亡夫の白い馬の尾を垂らした馬印を持って立った辺りに、赤い馬印を立てたタイチウト族長タルグタイの肥満体があった。

昨夕の母が紅色の夕日を背にしていたのとは対照的に、今朝のタルグタイは青い空を背に淡い朝日を正面から浴びていた。

「ムンリクの奴、俺たちを裏切ったのか……」

テムジンは腹を立てて駆け出そうとしたが、母のホエルンが止めた。

「みな、考え抜いて決めたことでしょうよ。ムンリク一人ここに留まっても何になりますか……」

実際、母の言葉を実証する事柄がその直後に起った。解体したゲルを車に積んでいる族民の間を駆け回っていた白髪の古老・チャラカ爺が、タルグタイの連れて来た騎士の一人に槍の柄で押された。小柄な老人は倒れ転がり、動かなくなった。

弟のカサルと異母弟のベルグテイが馬を引いて駆け付け、チャラカ爺を連れ帰った。大きな外傷は見当らなかったが、立つことも食べることもできなかった。突き倒されたのが直接の原因だが、既に高齢と疲労で心身が弱っていたのだ。

二十戸の族民は、チャラカ爺の孫たちも含めてすべて、タルグタイの率いるタイチウトの騎士たちと共に去った。残ったのはホエルン・テムジン一家の大小四つのゲルだけだ。

午後、テムジンは円陣《クリエン》にゲルと幌付き車の並んでいた冬営地の跡を見て回った。捨てられた古いフェルトや羊皮が散らばり、喰い残された獣骨に禿鷹が群がっていた。

そんな中で、ムンリク一家のゲルの跡には、岩塩の大袋二つと鉄の鍬《くわ》三本が残されていた。

「俺たちが生きて行くのに、これが一番効果的な援け方だと考えたんだよ」

テムジンは、怒りの表情の弟たちにいった。

ムンリクはタルグタイの許に走ったが、その後もこっそりとホエルン一家を援けた。三十年後、テムジンはチンギス・ハンを名乗って漠北を統一、それに至るまでの功臣八十五人を表彰した。その際、数々の勇将謀臣を差し置いて、ムンリクを功第一位とした。(注19)「功績は勇気でも自己犠牲でもない。大事なのはその効果だ」と考えたからである。

歴史小説のロビーで

歴史を語る時、情報と並ぶ問題は年齢観だ。

近代は、医学と衛生の進歩で平均寿命が延びたばかりか、眼鏡、義歯、補聴器などで身体能力も補強できるようになった。その一方、教育年限が延び社会的出発の年齢は遅くなっている。

このため、二十一世紀に生きるわれわれは、史上の人々とは著しく異なる年齢観を持っている。歴史を実感するためには、当時の人々の通念を納得させるような換算が必要だろう。

私は、折りに触れて、十六世紀後半の日本、戦国時代の人々の年齢観がどんなものだったか、武将たちの行動と評判から考えてきた。その結果、当時の年齢（数え年）を一・二倍して三を足したぐらいが、今日の私たちが持つ年齢観にふさわしいのではないか、と考えている。

例えば、織田信長は四十九歳で死去した。これを一・二倍して三を足すと六十二歳、現役社長バリバリの年齢で無念の死を遂げたのだ。

五十三歳で死んだ武田信玄なら六十七歳、社長から会長になる年頃だ。豊臣秀吉の没年は六十三歳、先の換算では七十九歳になるから既に相談役、幼い秀頼ばかりを心配する老人だったのも頷ける。七十五歳まで生きた徳川家康は今の九十三歳、相談役から名誉会長となって十年余での大往生、こう考えればよく適《かな》っている。

では、チンギス・ハンが活動した十二、三世紀の漠北草原の年齢観はどうか。日本の戦国時代に比べて資料が乏しいので結論は出し難いが、敢えていうとすれば、当時の年齢に一・二五倍して五歳を加えるほどではなかったかと思う。

今、進行中の物語でテムジンは十五歳、今日風にいえば二十四、五歳、大学を卒業して外国留学（コンギラト族滞在）中に父の急死で呼び戻された青年といえば、いくらか似ているかもしれない。父親は、先代クトラ・ハンの甥だから、名門ながらも傍流、ようやく従業員千人程度の中堅企業を育て上げていた感じだろう。

その父親が五十歳代前半で急死した。気丈な母親は専務取締役の勧めた銀行派遣の経営陣による管理を拒んだが、いろんな人物が暗躍、資金と販路が閉ざされた。

一年を経ずして会社は倒産、機械設備は持ち去られ、従業員は散り散りに去った。

油の染み付いた床とオンボロ建屋に別れを告げる四十代の母親と二十四、五の長男を頭とする四人の子供たち――氏族の者が去った冬営地を見つめるホエルンとテムジンの親子を現代風に劇画化すれば、そんな情景が浮かんで来る。

影の他に友なし

「とにかく、北へ行こう。ブルカン岳の南麓へ」

すべての族民が去った日の夜、ホエルンとテムジンはそう決めた。

場所を選ぶ条件は、第一に水のあること、第二に草と林の両方に近いこと、草は家畜を飼うのに、林は燃料を得るのに必要だ。そして第三は、安全な目立たぬ場所であることだ。

この時期、漠北には氏族に厭《いと》われた放浪者や隊商から外れた流民がおり、時には狩猟者に、時には盗人や強盗にもなった。名の知れた氏族でも、その一部または全部が掠奪者になるのも珍しくない。草原のルールは臨機応変、法規と警察が厳正に秩序を守っているわけではない。

そんな中に、母子二組九人と従僕二家族十人の合計十九人が生き延びるのは容易ではない。

持てるものは、羊と山羊が二百余匹、牛と馬は各十数頭、ゲルは四張、車輌は二台、そして当面の衣食と暮しの道具、それがすべてだ。

ブルカン岳の南の「黒い丘」（カラ・ジルゲン）と「青い湖」（ココ・ナウル）の間に一家はゲルを張った。名は美しいが、実際は岩肌の斜面と泥の水溜りだ。安全のためには利便や景色にかまってはおれない。

母のホエルンは、きりりと帯を締め野鼠狩りをし、高々と冠を付けて山林檎《りんご》や韮《にら》を摘んだ。

当時の遊牧民の服には男女の差はなく、男性は帯を締めるが女性はそれをしない。ホエルンが「帯を締めた」のは、「女を捨てて男装をした」という意味だ。『元朝秘史』は美しい詩文で「麗しい御母君」（ウジン・エケ）の働きを語っている。

「俺は一家四人で生きている旅芸人《チョールチ》を見て来た。俺たちは十九人、ゲルもあれば家畜もいる」

テムジンは、そういってみなを励ました。

夏の間は、牛や山羊が乳を出すので何とか暮らせた。冬もまたチーズと冷凍肉で耐えることができた。山には焚木《たきぎ》が、野には肉を貯える氷があった。ムンリクの残した塩と鍬《くわ》も役に立った。この冬、幼女のテムルンも従僕の老人も生き抜いた。

だが、春の到来と共にテムジンは、厳しい現実に悩まざるを得なかった。ここには人の往来がなく、品物の交換も情報の交流もない。去年の春に刈り取った羊の毛も、秋に造ったなめし皮も、車に積んだままだ。

「安定は夢を生まない」……このことに、テムジンは気付いた。そしてそれが同い年の異母弟ベクテルの言動にも反映し出した。

黒い丘と青い湖の間での孤独な暮しが一年を過ぎる頃から、ベクテルの言動は荒《すさ》み出した。

側女の子とはいえ有力族長の息子、煽《おだ》てる取巻きも傅《かしず》く従僕もいた。それが急に最低の生活状態と希望のない孤独に突き落とされたのだから、暮しが自堕落になり、物言いが自虐化しても不思議ではない。

しかし、ベクテルの場合、酔えるほどの酒はなく、興じる博打の相手もいない。遊べる女性といえば従僕の娘ぐらい。不良になりようもない環境ではある。

悪に染まる条件をなくすれば、誰もが品行方正に生きると思うのは、規制好きの教育官僚の独善に過ぎない。ベクテルは刹那的な行動に気をまぎらわせようとした。

腹が減れば見境いもなく羊を屠《ほふ》って食い散らし、狩りに行けば獲物を横取りする。兄弟の弓矢を使うこともあれば、馬匹《ばひつ》を奪うこともある。これにテムジンが注意すると、猛然と反論した。

「ここにある物はここにいる者みんなの物だ。どれが誰の物、どれを誰が使うと決めることもあるまい」

同い年の異母弟は雄弁だ。

「族長の親父がいた間はお前が正妻の長男、俺は側女の子。だが、その親父が亡くなり俺たちは氏族に捨てられた。テムジンよ、今更お前に何の資格があって俺に命令をするのか。お前は弓矢の技では弟のカサルに劣る、相撲なら俺の弟ベルグテイに適うまい。そして理屈では俺をいい負かすことができまい。影の他に友なく、尾の他に鞭《むち》なき有様では、支配者も指導者も要らない」

当初、テムジンはこれを、ベクテルのいい訳と思った。次には敢えて喧嘩を売っているのかとも疑った。だが、何度も口論するうちに、

「ベクテルは感情に負けて荒んでいるのでも、厳しい日々に絶望して自暴自棄になっているのでもない。俺とは違う考え方を持っているのだ」

と思うようになった。実はこの時、ベクテルは原始共産制の原理と無政府主義の思想を主張していたのだ。

「間違っているのなら教え諭すこともできる。荒んでいるのなら慰め宥《なだ》める方法もある。だが、考え方が違うのでは説得も不可能だ。この小さな集団で異なる考え方は共存できない……」

テムジンは自分にそういい聞かせて、呻《うめ》いた。何度考えてみても、テムジンの思考は暗く苛酷な渦にはまり込んで行った……。

十六歳になったテムジンは悩んだ。

早朝から日暮れまで、帯を締めて野鼠を追い、韮を摘み、羊の毛を刈って貯える母の必死な生き方が正しいのか、思うがままに振る舞い、好き勝手に牛羊を屠る異母弟のやり様が得なのか、一気には結論が出せない。

「羊を増やして何になるんだ。馬を肥やしてどんな得があるんだ」

ベクテルは叫んだ。テムジンもこの問いには答えられない。もし自分たちがこのまま老いて行く

とすれば、母のように苦労を重ねる必要はない。またもし、自分たちが世に出ることがあるとすれば、周辺状況の大変化が前提だろう。例えば、タルグタイが失脚してタイチウト氏族が分裂、キヤト氏族の連中が昔の族長の息子を迎えに来るような奇跡が起ることだ。

「それでその時、俺たちの羊が、百匹か三百匹かがどれほど重要だろうか」

テムジンはそれを考え、また惑《まよ》った。

「俺はベクテルと口論するよりも、母さんに『もっと気楽に生きようよ』というべきではないか」

この惑いは、夏を前に、母が従僕の女たちを促して羊の毛を刈り出した時に頂点に達した。

「去年の羊毛も役立たずに積んであるのに、今年も苦労して羊たちを追い回すのは馬鹿げてる」

というベクテルの冷笑が耳朶《じだ》に痛い。

だがテムジンは、やっぱり母の必死な姿の方に共感した。人間には生きる規範が必要であり、集団には営む規律が不可欠だ、と考えることにした。

「たとえ筋道は分からないとしても、日々勤労に励み明日に備えれば、未来は拓けると信じることだ。夢は理屈ではなく信念で生れる」

そう考えると、次に取る手は、一つしかない。

「ベクテルを除くこと」

だ。それには弟カサルの絶対的な支持と、ベクテルの弟ベルグテイの暗黙の納得がいる。そのためにも、それなりの状況を作らねばならない。

ベクテルはますます荒れた。羊ばかりか馬をも苛《せ》め殺した。これには兄弟はもとより、従僕たちも眉を顰《ひそ》めた。

夏の終りの日、ベクテルがカサルの射落とした雲雀《ひばり》を奪い、弟のベルグテイを食に誘うことがあった。テムジンは怒り狂うカサルを抑えた。ベルグテイの辛そうな表情をも見て取った。

翌日、テムジンは、弟たちを川魚釣りに誘った。ここ数回ベクテルは釣りに失敗している。

テムジンの次弟カサルは、万事に器用な質だ。特に弓矢の腕前は優れている。落ち着いて的を狙う集中力に富んでいるのだろう。三弟のカチウンは病弱、末弟のテムゲはやっと十歳、一家の進路決定に加わる状況ではない。

テムジンと同い年の異母弟ベクテルは、頭の回転の早い雄弁家だが、感情を抑え切れない短気でもある。その弟のベルグテイは長身肥満の大男、相撲では一流の腕力を発揮するが、不器用さと人の好さをも兼ね備えている。

この日――テムジンが十六歳の夏の終り――の川魚釣りでも、真っ先に獲物を得たのは器用なカサルだ。そのあと、テムジンとベルグテイも小魚を釣ったが、ベクテルの竿には何もかからない。

やがて、万を数える間（約三時間）が経った頃、カサルが「光る魚（イトウ）」の大魚を釣り上げた。大自慢ではしゃぐカサルに、ベクテルは自制心を失った。カサルの釣った大魚を摑んで叫んだ。

「おい、ベルグテイ。こいつを二人で喰おう」

「何をするんだ、俺が釣ったのに……」

カサルは絶叫したが、ベクテルは平然と応じた。

「誰が釣ったんでもいいじゃねえか。お前にも喰わしてやるよ」

「何だ、そのいい方は」と摑みかかるカサルを抱き止めて、テムジンは耳元に吹き込んだ。

「あいつを、殺してしまおう」

テムジンとカサルはゲルに駆け戻り、取っておきの鉄の鏃《やじり》の付いた矢を取り、再び現場に出た。

ベクテルは魚を喰い終えて草の上に胡座《あぐら》をかいていた。ベルグテイはいない。

テムジンは後ろから、カサルは前から弓をかまえて近づいた。それに気付いたベクテルは叫んだ。

「何だ、お前らは。タイチウトの奴らの苛《いじ》めに耐えかねて、その仇を誰に報いようとしてるんだ。影の他に友なく、尾の他に鞭もない有様なのに、どうしてすべての物を共有にできないんだ」

ベクテルはやっぱり雄弁だった。

「俺を殺したければ殺せ。だが、弟のベルグテイは大事にしてくれ」

ベクテルはそこでカサルの方に胸を広げた。

「カサル、ここを射よ、テムジンはメルキトの種だ。そんな奴に殺されたくねえ、カサルが射よ」

テムジンはかまわずベクテルの背に鉄の矢を放った。そして倒れる前にカサルが胸を射た。

何百万人もを犠牲にして史上最大の大征服を実現するテムジンの最初の殺人は、長い苦悩と短い

行動で終った……（注20）。

「お前たちは、何をして来たのか……」

テムジンとカサルの昂《たかぶ》った様子に気付いた母のホエルンは、厳しい口調で問い詰めた。兄弟は目を伏せて答えなかったが、矢筒に入った血の付いた鉄の鏃から事態を察して、母は怒り悲しんだ。

「とうとうやらかしてしまったのか、お前たちは。影の他に友なく、尾の他に鞭もない有様なのに、タイチウトの奴らの苛めに耐えかねて、その仇を誰に報じて来たのか。お前たちは私の腹から生れた子とも思えぬ、飢えた狼、狂った山犬のように残虐なことよ」

母は全身を震わせて長く激しく叱責したが、テムジンは弁解も説明もしなかった。母には何もいいたくなかったし、いう必要も感じなかった。

「シャラ・エゲチに詫びて来なさい。鞭打たれて来なさい。生涯仕え養うと約束して来なさい」

やがて母はそう呻いて座り込んだ。

テムジンは、カサルを置いて一人、東隣りのゲルを訪ねた。シャラ・エゲチは、ベルグテイと向かい合って、いつもの無口無表情で座っていた。

「申し訳ない。俺はベクテルを殺した……」

テムジンは、まずそういって入口側で平伏した。

「しかしベクテルが憎かったのではない。ベクテルの言動に腹を立てたのでもない。彼の考え方が受け容れられなかったのです」

テムジンは、母に対してとは逆に、シャラ・エゲチには能弁だった。

「ベクテルは、ここにある物はみんなの物、ここではみなが好きに生きればよい、指導者も支配者も要らぬと主張した。それが正しいのか誤っているのかは分からないが、俺には受け容れられない。俺はベクテルよりも、その考え方を除きたかった。エゲチよ、叱ってくれ、鞭打ってくれ」

テムジンはそういって再び平伏し、シャラ・エゲチの罵声と鞭打ちを待った。だが、エゲチは一言も発せず、一度も動かなかった。涙も流さず、表情も変えなかった。テムジンが、小さな集団の中でこの女性がどんな気持ちで生きていたのかを知らされるのは、何年も後のことだ。

テムジン＝チンギス・ハンは、その生涯に数多くの思想や信仰に出遭った。そしてそのほとんどに対して寛容であった。テムジンは、思想と信仰の自由を全面的に認めた史上最初の独裁者といってもよい。ただ、ベクテルの思想――原始共産体制と無政府主義だけは許さなかった。この男は、生活規範と社会秩序の信奉者だった。

「こうなった以上は、前に進もう……」

テムジンは、ベクテルを除いた翌日、弟のカサルと異母弟のベルグテイにいった。

「この谷間に隠れているだけでは何にもならない。多少の危険はあっても、人の往来と物の交換に加わろう」

「俺もそう思う。一年半も経てば世間の事情も変わっているはずだからな……」

カサルはすぐ同意した。

「兄貴の思うようにすればよい。僕は従う」

ベルグテイも頷いた。大きな身体に似合わぬ小さな声だ。

翌日、一家は一日行程（約六十キロ）ほど東の広々とした斜面に出た。ケンテイ山脈を越える峠道が見下ろせる位置だ。

テムジンは、四つのゲルを林の際に隠したが、斜面を出て草を食《は》む羊や馬は隠しようもない。峠を往来する者には、人の棲《すみか》のあることが分かる。テムジンはそれによって何者かの来るのを期待したのだ。

テムジンの期待は、間もなく適えられた。秋が深まった頃、見張りに立っていた従僕が駆け戻って来て伝えた。

「斜面を登って来る奴がいる」

テムジンは急いでカサルとベルグテイを呼び、従僕の男女五人と共に弓矢を持って出た。

「たった二人だ……、それも子供らしい」

相手が一馬行程（約六キロ）ほど先の地平に現れた時、眼のよいカサルがいった。

確かに二人、その中の殊更に小柄な一人が派手な色彩の馬の尾の付いた竿を振っている。

「旅芸人のコルコスン……」

テムジンは息を呑む思いで呻いた。派手な色彩の房は旅芸人の印だ。もう一人は義姉のアクロバット・ダンサーに違いない。

「この峠に人の気配を見た時、テムジンさんに違いないと思いましたわ……」

コルコスンは、二年半前と変わらぬ子供っぽい顔ながら、生意気な口を利いた。

「テムジンさんのことは、去年タイチウト族のとこへ寄った折りに聞きましたよってに」

「それで、旅芸人の親方夫婦はどうした……」

テムジンがそれを訊ねると、コルコスンは得意気に小さな胸を張った。

「峠の向こう側で待っとります。今度は駱駝も馬も増え、車と従僕二人を連れております……」

「一昨年の春、ボスクル族のとこでお別れしてから、私らは北に行き、冬はお山（大興安嶺）の向こうのキタイ（中華）の都城で過ごしました」

旅芸人の少年コルコスンは、一別以来の行動を語った。十一歳の少年には二年半は「長い間」だ。

「去年は北のメルキト族を回り、冬はジャダラン族の冬営地でお世話になりました」

「ほう、ジャダラン族といえば、ジャムカはどうしておる、族長の長男の……」

テムジンは、五年前の出会いを思い出した。

「ああ……ジャムカ様……」

コルコスンは幼い顔に旅芸人らしい大袈裟な表情を浮かべた。

「立派な若様で、父上を援けてジャダラン族を指揮しておられます。去年の秋もキタイの地に攻め込まれ、そこの知事を虜にして身代に茶と布をたんと稼がれたとか……」

「コンギラト族も加わってか……」

テムジンは気になることを遠回しに訊ねた。

「もとより、支族のボスクルからも百人とか……」

コルコスンもまた、思わせ振りに答えた。

「それで、ジャムカは所望しなかったのか……」

テムジンは、最も大事な名を伏せて問うた。

「いえいえ……」

コルコスンは大人びた微笑で首を振った。

「ジャムカ様は二人の御夫人をお持ちです。一人はコンギラト本族の族長様の娘御、もう一人は虜にしたキタイの知事の令嬢とか……」

「そうか、それはめでたい……」

テムジンはボルテの名が出なかったのにほっとして、その先を聞く気になった。

「私らはそれで、今年の春、再び北へ、メルキトに往き、今はその帰り道ですねん」

「帰り道……」

テムジンは、コルコスンの言葉尻を捉えた。

「お前たち旅芸人には往きも帰りもなかろうが」

「いえ、今度は違います。ジャムカ様の御注文で絹と茶を持って行って、鉄と換えて来た帰りで」

「ふーん、鉄をな……」

テムジンは唸った。

鉄が漠北に入ったのは古いが、使われるのは剣や矛と止め金などに限られている。鉄製の鍬や鋤《すき》、鍋釜は希少品だ。テムジンという名も鉄を意味する。鉄は未だに憧れの金属なのだ。

漠北には鉄を産する場所が少ない。主な生産者はバイカル湖沿いのメルキト族だ。テムジンは首を傾《かし》げた。

「ジャムカは何故に、鉄を求めておるのか……」

「主に鏃ですわ……」

盟友ジャムカが鉄を求めている理由を問うたテムジンに、コルコスンは一本の矢を見せた。

「これは……何に使うのか……」

一見してテムジンは唸った。

この頃、漠北の遊牧民が使っていた矢は長くて細い矢軸に、動物の角や骨を鋭く削った鏃を付けていた。貫通力は劣るが飛距離は長い。遊牧騎馬軍団の戦術は、馬上から大量の矢を発射するのが基本だから、惜しみなく放てる造り易い矢が必要だ。現代風にいえば「ハイテクよりもローコスト」が優先されたのである。

もっとも、一部には貫通力と方向性に優れた銅や鉄の鏃も利用されていた。鏃の形はそれにふさわしく、小指ほどの金属を細く鋭く伸ばした錐《きり》状で、確実に回収できる時にのみ使う貴重品だ。

ところが、コルコスンの見せた「ジャムカの矢」は太く短い矢軸に小刀のような平たく大きな鏃が付いており、持つ手にもずっしりと重い。

「こんな短く重い矢は、遠くへ飛ぶまい」

テムジンは不思議そうにいった。弓矢に秀でた弟のカサルも首を傾げた。

「いや、それは遠くに飛ばすのではなく、ごく近い敵を射るもので……」

コルコスンはそんな説明をしたが、テムジンは「ジャムカらしい見栄えと体裁を飾る道具」としか思わなかった。この時テムジンは、やがて自身が多用する新戦術をまだ知らなかった。

「ところでコルコスンよ、俺のところは小世帯だが、それでも少しは羊毛や羊皮が溜っている。何ぞと代えてくれぬか……」

「そらそのつもりで……茶と布を持って来てます」

コルコスンは得意気にいった。旅芸人も抜け目なく行商人を兼ねる。それが大型の隊商の入り込めない流通の毛細管の役目をした。

その晩、焚火《たきび》の前で剣舞とアクロバットを演じて見せたコルコスンの姉弟は、翌朝、羊毛と羊皮を満載した牛車を引いて出ていった。その際、

「私らが出たら、テムジンさんがここに居ることは知れ渡ります。危のうなるかもしれませんでえ」

と繰り返した。話も商品の一つとする旅芸人に、秘密厳守などということはあり得ない。

「いや、少しは知られたほうがいいんだ……」

安定した孤独に飽きていたテムジンはそういったが、これは甘かった。いつしか警戒心が緩んでいたのである。

「今」が全てだ

「あの旅芸人の子供たちが来てくれてよかった。みんなに綿の下着が配れたし、お茶も振る舞えた。あれがなかったら、この冬の草枯れで血が汚れていたかも知れない……」

旅芸人のコルコスン姉弟が訪れた時から半年、二度目の孤独な冬が過ぎる頃、母のホエルンがそんなことを囁《ささや》いた。野菜の乏しい遊牧の生活では、中華製の磚茶《だんちゃ》がビタミンBの補給で大切な役割をしている。

この冬、従僕の家族には二人の子供が生れた。その一人は、去年の夏の終りに死んだベクテルの種らしい。そんなことが、この小さな共同体に微妙な影響を与えた。従僕が従僕である理由が薄れているのだ。

ベクテルは除いたが、その思想——原始共産制と無政府主義——は消えない。母ホエルンの言葉

には、

「綿と茶を与えたから、従僕たちを抑えられた」

という意味も嗅ぎ取れる。

「今年は、もっと多くの品物と楽しみを得なければ……」

と考えたテムジンは、昨年よりもさらに半日行程（三十キロ）ほど東に出た斜面に夏の牧地を求めた。二十人そこそこの孤独な遊牧生活も、三年目に入ると希望と刺戟が必要だ。

器用なカサルは従僕の青年を連れて周囲を哨戒、一日行程ほどの範囲を見回った。その結果、不毛の岩地の多いこの辺りに大集団は見当らないが、十戸未満の小集団がいくつか散っていることが分かった。大抵は有力氏族に臣従する氏族の末端、それ相応の家畜や労務を提供して安住を許されている家族《アイル》だ。

「こんなに散らばっている家族が多いのは、タイチウトの奴らの束ねる力が落ちる兆しだよ」

夏のはじまる頃、カサルはそんな憶測をした。

「そらそうでしょう。タルグタイのような男が、モンゴル族を束ねられるわけがないよ」

母のホエルンも、亡き夫の座を奪った仇敵を罵《ののし》った。それにテムジンも淡い期待を抱いた。

「ひょっとすると、タルグタイを嫌う者が寄って来るかも知れぬ」

この観測はある程度当っていた。だが、期待は大き過ぎた。何よりも危機に瀕した支配者が何をするかの予測が欠けていた。それがこの一家を、とりわけ十七歳になったテムジンを、絶体絶命の危機に陥れた……。

「大変だあ、テムジン様、大勢が襲って来るよ」

盛夏に近い日の午後、息も切れ切れで駆け戻って来た見張り番の従僕が泣き叫んだ。

「まさか……、この真っ昼間に……」

テムジンはそういいながらも全員を招集、弓矢を持たせて馬に乗った。

「タイチウト族だ……。タルグタイの赤い馬印が見えるぞ……」

眼のよいカサルが、岩肌の地平に現れた人馬を睨んでいった。人数は二、三十人だが、各自替え馬を引き、戦闘体勢を整えて用心深く進んでいる。ここに来るのに千を数える間（約二十分）もかかるまい。

「タルグタイとその旗本《トルカト》どもだな……」

テムジンは全員を林に走らせ、かねての手配通りに樹木を伐って矢来《やらい》を築かせた。ホエルンは女子供を車に分乗させて林に逃げ込んだ。

見通しが悪くて同士討ちの危険のある樹林が、遊牧騎兵は苦手だ。

やがてタルグタイの一行はテムジンらの前まで来た。カサルやベルグテイが遠矢を放って牽制したが、撃って出ても勝てる相手ではない。だが、敵の行動も緩慢だ。二、三の遠矢を返しただけで、ゲルを焼くでも突進して来るでもない。

「タルグタイの奴、俺たちを殺すほどの気はなさそうだ……」

テムジンがそう思った時、タルグタイの補佐役が叫んだ。

「長男のテムジンを出せ。他の者には殺意も用事もない。テムジンだけを引き渡せ」

それを聞いてテムジンは決断した。

「俺は逃げる。みんなは千を数える間持ち堪《こた》えてから降参しろ」

「そんな……、兄貴を見捨てられるか……」

カサルは反対したが、テムジンは説いた。

「ここで討死にしても何にもならない。後ろの樹林に入れば奴らも探せまい。今は生き延びるのがすべてだ、時を稼げばなんとかなるさ」

テムジンはそういい残すと、ただ一人北斜面の林に入った。針葉樹の密生する寒帯樹林だ。

カサルら一家は、たっぷりと時間を稼いでから降参した。タルグタイは、

「イェスゲイの小童ども、目障りだ、消えろ」

などと悪態をついて一家を追い払ったが、大した危害も加えなかった。だが、テムジンの捕獲には執着した。「雛鳥が幼羽を脱ぎ落とし、仔羊が群れの頭となる」のを恐れていたのだ。

テムジンが北斜面の樹林に入って行く姿を見て、タイチウト族の騎士たちが追って来たが、すぐ振り切ることができた。寒帯の針葉樹林は地表の下草こそ少ないが、似たような樹木が密生して見通しが悪く、足跡も探し難い。

それでもタルグタイらは諦めず、樹林を遠巻きにして監視した。巻狩りに慣れた漠北の騎士たちには、十キロ四方の森林を取り囲んで監視するのはさして難しいことでもない。

テムジンは三日間森に留まった末、「出よう」と決心して馬を引いたが、鞍《くら》も鞅《むながい》もずれ落ちた。

「これは天のお告げに違いない」

と思ったテムジンは、さらに三日間森に留まった。そして再び出ようとした時、道がゲルほどもある大石で塞がれていた。

「これも天のお告げだろう」

と考えて、さらに三日間、森に留まった。だが、合計九日となると、流石《さすが》にテムジンも疲れた。食糧は尽き、鼠や蛇も獲れなくなった。

「たとえ捕らえられても餓死するよりはましだ」

と覚悟を決めたテムジンは、小刀で小枝を伐り開いて森を出た。と、途端に待ち構えていたタルグタイの旗本たちに捕まってしまった。

以上は『元朝秘史』の伝えるところである。

もとより、そのまま事実とは信じられないが、テムジンの行動と心理を巧みに描写している。要するに、テムジンは生命の限り踏み留まったが、タルグタイとその旗本たちの粘りがそれを上回った、ということだろう。

捕らえられたテムジンは、重い手枷《てかせ》をはめられてタイチウトとその配下の氏民の間を日毎に引き

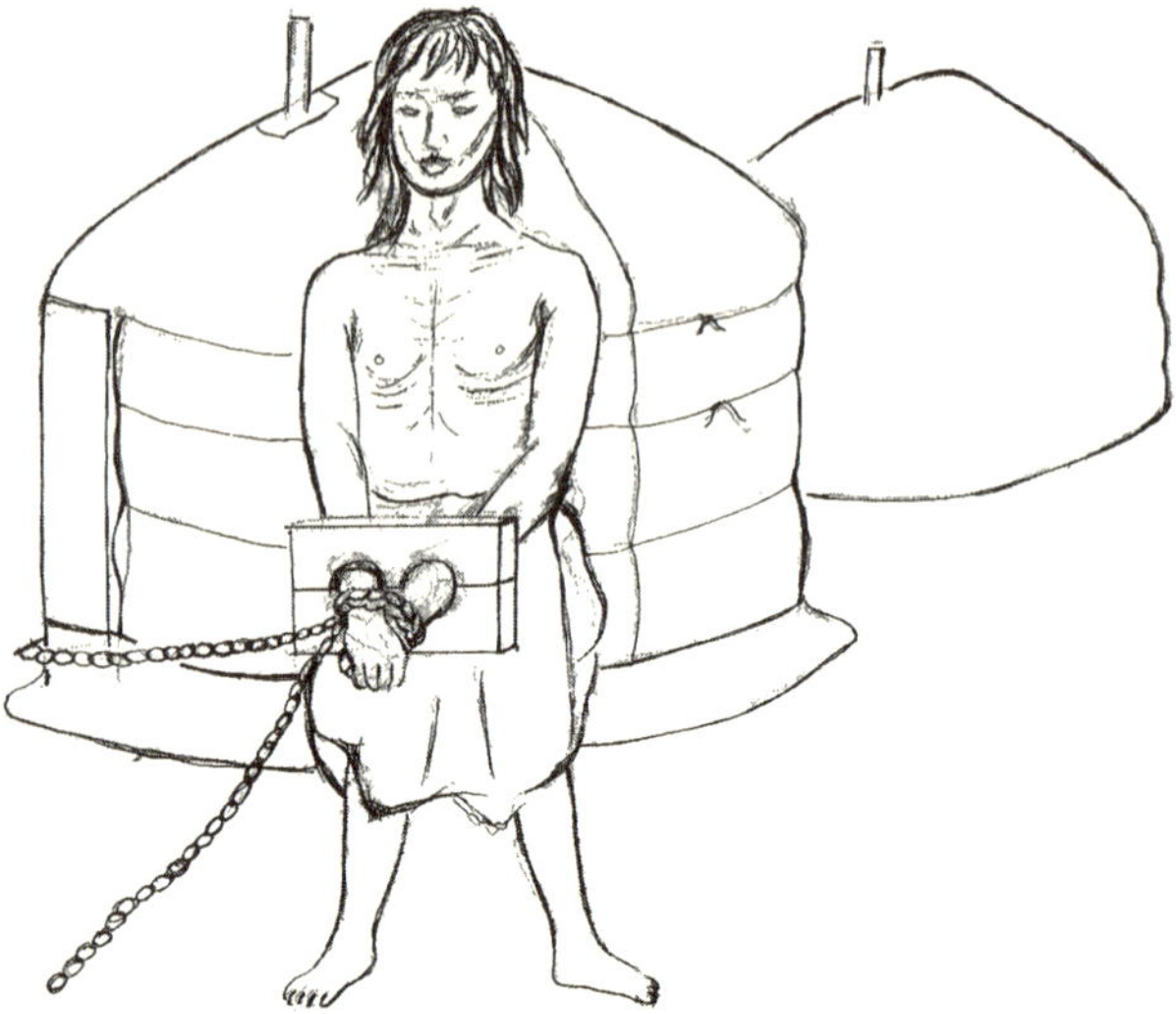

回された。

　タルグタイは、前族長の長男の惨めな姿を曝《さら》すことで、自らの権威を高めようとしたのだ。肉体的苦痛と精神的屈辱に耐え兼ねて、テムジンが自殺か病死するのを願ったのかも知れない。

　それでもテムジンは動じなかった。むしろ、

「タルグタイは俺を殺せない。未だに親父の遺徳を慕う者がいるのだ」

と考えることで、自らを慰め勇気付けた。

　実際、タイチウト配下の氏民の中でも、夜は手枷を外して休ませてくれる者もいた。そんな夜には、テムジンは敢えて脱走しようとはしなかった。成功率の低い冒険で同情的な人々の信頼を裏切るのは、敵に処刑の口実を与えるようなものだ。

　テムジンは、苦痛と屈辱の中でも冷静だっ

た。その甲斐はあった。辛抱が幸運を呼んだのだ。

昼の最も長い日が過ぎたあとの満月の夜は、遊牧民にとって最大のお祭りだ。捕らわれ人のテムジンも、この日の来るのを心待ちにしていた。

案の定、この夜はタイチウト族も盛大な宴を催した。牛を屠《ほふ》って焼き、強い蒸留酒のアルヒを呷《あお》り、男女共に歌い踊った。青年は春を楽しみ、少年は相撲に興じた。

そんな折りには虜囚の見張りも疎《おろそ》かになる。『元朝秘史』は「気弱な子供を一人残すだけだった」と書いている。

やがて宴は終って、人々は散り、ゲルの群れは寝静まる。見張りの子供も居眠りをはじめた。テムジンは頃合いを見計らって、見張りの項《うなじ》を手枷で殴りつけて倒し、オノン川原の林に駆け込んだ。

だがすぐ「囚人が逃げたぞ」と叫ぶ声がして、人々が出て来た。手枷をはめられたままのテムジンは遠くに走れなかったし、走る気もなかった。広漠の草原を、馬と水と食糧なしには、逃げ通せるものではない。テムジンはオノン川の浅瀬に身を沈め、くわえた葦《あし》の茎を水面に出して呼吸を保っていた。

乾燥した漠北草原の満月は明るい。やがて捜査する足音が近づき、一つの影が立ち止まった。テムジンは水の冷たさと息の苦しさに耐えて身を沈めていた。と、その人影が意外なことを囁いた。

「なまじ才あるばかりに、眼に火あり面にも光あるばかりに、タイチウトの奴らにこれほどに妬まれるのだ、お前は。そのまま隠れていろ、誰にもいわぬからな」

テムジンは、その影と声に憶えがあった。タイチウトの家臣氏族の一つ、スルドス族の馬乳酒造りソルカン・シラだ。つい三、四日前、氏族引き回しの際にもソルカン・シラのゲルに泊められたが、その一家は手枷を外して寝せてくれた。

「やれやれ助かった……」

人影が去るのを待って水面に顔を出したテムジンの耳に、声高に話し合う人声が聞こえた。

「見つからんぞ、どうしたのだ……」

と叫んでいる男がいる。

「手枷をつけてんだから、遠くへは行けないよ」

という女がいる。

「それじゃあ、今、探したところを各自もう一度丁寧に探してみよう。慌てることはあるまい」

といっているソルカン・シラの声が聞こえた。

「これは……、助かるかも知れん……」

テムジンはこの時、ようやくそれを意識した。

「どうしたんだ、まだ見つからんのか……」

オノン川の岸の草陰に鼻から上だけを出したテムジンにも、タルグタイの補佐役の苛立った声が聞こえた。

「みんな、二度も調べたんだけどねえ……」

「月夜とはいえ、夜は分かり難いよ、あいつ、駱駝色の服着てたものなあ……」

男女が口々に抗弁した。どの声にも酔いと眠気が混っている。

「手枷をはめてあるから馬には乗れないからさ、遠くに行くはずないよね……」

あくび混りでいう者もいた。

「そうだ。みんなもう一度、今見た道筋を探してみて、それでも見つからなかったら明日にしよう。遠くへは行けないんだから……」

そんな提案をしたのはソルカン・シラだ。

「まあ、そうするか……」

タルグタイの補佐役も譲った。氏族の者にこれ以上の捜査を強制するほどの強権はないらしい。間もなくテムジンの頭上で三度ソルカン・シラの囁くのが聞こえた。

「今夜はこれで捜査は打ち切りになり、みな家路に散った。テムジンよ、お前も母や弟のところへ行け。わしに出会ったことは誰にもいうなよ」

ソルカン・シラが立ち去ったあとで水から出たテムジンは、助かる方法を考えた。とにかく、手枷を外して馬を見つけなければ逃げられない。

「ソルカン・シラは、俺を見逃したのがバレるのを恐れている。彼のゲルに入れば、俺を援けざるを得ないだろう」

と、テムジンは考えた。生きるか死ぬかの今は、利用できるものを利用し尽くすしかない。

夜の風が濡れた衣服を冷やす中、テムジンはソルカン・シラのゲルを探した。テムジンの記憶では、ソルカン・シラは馬乳酒造りを業としており、夜遅くまで乳を練る杵《きね》の音を立てていた。杵の音のするゲルがあればソルカン・シラだ。テムジンはこの推察に生命を賭けた。それは当っていた。

「お前はどうしてここに来たのか、母や弟のところへ行けといったはずだぞ……」

ソルカン・シラは怒りと驚きを顕《あらわ》にした。だが二人の息子は首を振った。

「何といおうと、もう来てしまったんだ。こうなったら匿《かくま》い逃がすしかない」

二人の息子はテムジンの手枷を外して炉に焼《く》べ、乳とチーズを与え、人目に付かずに逃がす相談をはじめていた。

「今、すぐ逃がしたのでは、馬の足跡を追われると確実に摑まるな」

「そうだ。三、四日置いて、タイチウトの連中の捜索隊が八方を踏み荒らしたあとがよい……」

ソルカン・シラと二人の息子に一人娘も加わって、テムジンを逃がす相談をした。脱走者隠匿罪を恐れる一家は、今やテムジンの共犯者だ。

「でも、それまでの間、どこに隠すんだよ」

心配顔の兄がいった。遊牧民の住居ゲル（円型テント）には人を隠す余地がない。天井裏も床下も、戸や壁で障ぎられた押入れの類もない。

結局、妹の知恵で羊毛を満載した牛車にテムジンを隠すことになった。羊毛をそっと積み替えて身体一つ分の空間を空けた。息抜きの窓は台車の底に設け、水とチーズは深夜に補給した。

三、四日経っても脱走者が見つからない。当然、

「部族の誰かが匿ったに違いない」

という推理が広まり、家宅捜査が行われた。

ソルカン・シラのゲルにも調べが来た。タイチウト族の者よりも、臣従氏族のスルドス族が疑われるのは当然だ。

タルグタイの補佐役を頭とする三人組の捜索員は、ゲルを見渡し寝台の下や道具の後ろを覗いたが怪しい様子はなかった。最後にゲルの前の羊毛を積んだ車にも目を付け、少し荷を剝《は》ぎかけた。

「この暑い時に、そんな中にいられるかね……」

ソルカン・シラが呟くと、捜索員は「それもそうだ」と頷いて帰って行った。

その夜、人々が寝静まるのを待って、ソルカン・シラの一家は、小羊を煮た食糧を造り、大小の皮袋に水と乳を入れ、牝馬を与えてテムジンを逃がした。『元朝秘史』は、この際「火打石は与えずに」と断っている。遊牧民は乳も肉も生では食べない。細菌感染を恐れての習慣だろう。火打石がなければ、与えられた食糧が尽きるまでに母の所に帰りつかざるを得ない。

テムジンは、母や弟たちと共に矢来を作った場所に戻ったが、一家は立ち去っていた。辛うじて残る馬蹄と車の轍《わだち》を辿《たど》って小川を遡《さかのぼ》ること三日、与えられた食糧が尽き果てた日に、母や弟に出

会うことができた。

十七歳のテムジンも、痩せ細り疲れ果てていた。髪は伸び、服は破れ、手足は傷付いていた。だがテムジンは信じた。

「俺は天に守られて生き延びた。そして途方もなく貴重な経験と情報を得た。苦労は一時のこと、知識は永遠のものだ」

風が変わった

洋の東西を問わず、史上の英雄といわれるほどの人物はみな、失敗や敗北の窮地から立ち直る力が凄まじい。

例えば織田信長は、元亀元（一五七〇）年四月、越前の朝倉義景を攻めたが、その最中に北近江で妹婿の浅井長政が叛旗を掲げた。このために織田軍団は補給路を断たれて袋の鼠の窮地に陥った。

信長はすぐ供回りだけで湖西を駆け抜け京都に帰ったが、殿軍《しんがり》の羽柴（のちの豊臣）秀吉軍は、個々ばらばらで逃げ戻るのがやっとというほどの大損害を受けた。それでも信長は、たった二ヶ月後には大軍を催して出陣、近江姉川の合戦で浅井、朝倉の連合軍を撃破する。

徳川家康もそれに劣らない。元亀三（一五七二）年十二月、三方ヶ原の合戦では武田信玄に惨敗、命からがら浜松城に逃げ込んだ。

ところが、翌年四月、信玄が病死すると直ぐ反攻に転じ、その年八月には作手城の奥平氏を寝返らせ、九月には武田方の前進拠点だった長篠城を攻略している。

人間誰しも昇り調子の時には「行け行けどんどん」で伸びるのも容易《たやす》いが、深刻な挫折や重大な危機から立ち直るのは難しい。

史上に名を留める英雄はみな、苦境からの立ち直りが見事だ。この点は、現代の政治家や企業家にも共通している。

「史上最大の成功者」テムジン＝チンギス・ハンのそれは、特に凄まじい。テムジンの生涯には、ほぼ十年置きに三度、絶体絶命の危機が訪れる。それをこの男は辛抱強く耐えただけではなく、次の発展の跳躍台にした。十七歳の夏に宿敵タイチウト族に捕らわれたのは、その最初の一つだ。

テムジンは、適切な読みと巧妙な策略と相当の幸運でそれを切り抜け、虜囚の身から脱した。

それ以上に驚かされるのは、その後の沈着冷静な思考と行動だ。テムジンは、最悪の苦痛と屈辱にもかかわらず、判断を狂わすことも日々の努力を怠ることもなかった。それは知識や技能を超えたこの男の気質、いわば胆力だろう。

タイチウト族の虜囚から脱出したテムジンは、その年の秋と冬を心身の疲労を癒し、世間の情況を考える時期に充てた。恐怖に慌てず、怒りに焦らず、虜囚に恥じず、冷静に考えた。その結果、

「これは行ける、風が変わった」

と信じるようになった。

「はっきり分かったことが三つある」

冬の長い夜、テムジンは母と弟にいった。

「第一に、タイチウトの族長タルグタイは、俺を殺せない。多くの氏族に今も親父の人徳を慕う気分があるのだ」

テムジンは、自分が生き延びられた理由をそう説明し、そこから将来の展望を引き出した。

「そうであれば、タイチウト族の奴らも二度と襲って来ないだろう。俺を捕まえて連れ戻しても、まんまと逃げられた間抜けぶりを曝《さら》すだけだ。その上、俺の逃亡を援けた者を探し出して処罰しなければならず、族内に揉め事を作るばかりだ」

「なるほど……」

弟のカサルと異母弟のベルグテイが頷いた。

「第二に、タルグタイは氏族の者を束ね切ってはいない。親父の跡を継いで三年になるが、大した成果を上げていない。ジャダラン族の若殿ジャムカがキタイの城市を襲って荒稼ぎしたのとは大違いだから、不満も不平も溜っている」

テムジンの説に母親のホエルンが応じた。

「当然だよ。タルグタイのような愚鈍なデブに、みんなが満足するわけがないよ」

ホエルンは、亡き夫の民を奪った肥大漢への憎しみを顕《あらわ》にし、続いて亡夫の一族をも罵《ののし》った。

「叔父さんたちもタルグタイに付いて行ってはみたものの、今では困ってるんじゃないかね」

テムジンもこれに同意した。タイチウト族の宿営に十日以上も捕らわれ、六、七ヶ所も引き回されたが、父の叔父や弟の名は出たことがない。氏族運営の中枢から外されたのだ。

「従って、第三に……」

と、テムジンは強調した。

「俺たちが多少とも目立つ存在になれば、案外大勢が寄って来るかも知れんよ」

「じゃあ、カサルとカチウンの嫁を探そうよ。それがうちの家《アイル》を栄えさせる道だからね」

ホエルンは二人の弟を見て、眼を輝かせた。

「そう急がなくとも……。今は馬が痩せてるよ」

カサルは恥ずかしそうに呟いた。

「馬が痩せている」というのは、遊牧民が出陣や長途の旅を断る時の常套句だ。カサルがそれを口にしたのには、兄のテムジンへの気配りがある。

テムジンには四年前にいい交わしたボルテがいるが、父の急死や暮しの困窮でまだ嫁として迎えていない。ボルテには惨めな貧乏暮しをさせたくないからだ。

「ボルテさんって、それほどの女なのかねぇ、一家が苦境の時こそいて欲しいのに……」

母親のホエルンは皮肉混りで呟いた。ホエルンは時々、そんな揺さぶりをかける。孤独な一家を守る母親としては、長男のテムジンにこそ嫁を取って欲しいのだ。

「ボルテさんだってもう十九歳、いつまでもテムジンを待っているだろうか」

母親の囁《ささや》きに、テムジンは断固、反論した。

「待っているとも、ボルテのことだ」


ホエルンの生れた氏族は、大興安嶺山脈の西側を本拠としている。同じコンギラト部族の中でもボルテの支族よりかなり北、テムジンの冬営地からは十二日行程（約七百キロ）ほど離れている。

ホエルンは、その旅のために男女四人の従僕と馬十頭、牛の牽《ひ》く車二台を調えた。

それだけの人数が旅立つと、テムジンの宿営は寂しくなった。馬や羊の飼育にも人手が足りない。異母弟のベルグテイとその母親のシャラ・エゲチがよく働いてくれるのが嬉しい。ベクテル殺しの傷も癒えたように思えた。

そんな時にまた重大事件が起った。三人組の馬泥棒が来て八頭の去勢馬《アクタ》を盗み去ったのだ。

その時、テムジンは羊の飼育に、ベルグテイは兎狩りに出払っていて、見張り番には徒歩《かち》の女性しかいなかった。

遊牧民にとって、馬は生活の道具であり、牧羊や荷物運びにも欠かせぬ生産手段でもある。それを八頭も盗まれては貧乏一家の生死にかかわる。

「俺が取り返して来る」

ベルグテイが勇み立ったが、テムジンは制した。

「お前では無理だ。俺が行く」

ベルグテイは十五歳、身体は大きいが三人の馬泥棒が相手では無理だ……。

「兄ちゃん、一人で大丈夫か、馬泥棒は三人だよ」

末弟のテムゲが、心配そうに見上げた。

もちろん、テムジンも心細いが、他に道はない。

母ホエルンが二人の弟と四人の従僕を連れて旅立った今、ここにいるのは十三人、そのほとんどは幼児や老人、女性で、「男」といえるのは十二歳のテムゲを含めても五人、テムジンの三兄弟と従僕の二人だけだ。

ここで従僕を連れ出したのでは、留守が手薄になる。馬泥棒が追跡者を誘い出したあとで宿営を襲って家畜を総盗りした話もあるし、タイチウト族が襲って来る可能性も否定できない。

「十日以内に戻るから、留守を確《しっか》り守っておれ」

テムジンは二人の弟にそういうと、最良の武器を選んだ。旅芸人のコルコスンがくれた大きな鉄の鏃《やじり》の付いた「ジャムカの矢」も加えた。

馬蹄の跡を辿《たど》ったテムジンは、三日目の朝、ケンテイ山脈の谷間で立派なゲルの群れを見つけた。数は十戸ほどだが、それぞれが大きい。斜面に散らばる羊は千を超える。真《まこと》に豊かな一家だ。

幸いゲルの脇で牝馬の乳を搾《しぼ》る少年がいた。

「俺は馬泥棒を追ってるんだがね。君、八頭の去勢馬を連れた怪し気な奴らを見なかったかね」

テムジンは少年に訊ねた。

「見ましたよ、今日の日の出の頃に……」

少年は丁寧に答えた。

「僕も変だと思ったんです。この辺では見掛けぬ人たちが、あんな早朝にここを通るのはね」

「教えてくれて有難う」

テムジンが礼をいうと、少年は首を傾《かし》げた。

「あなた一人では危ないですよ。それにその馬は疲れてます。最良の馬をお貸ししましょう。僕も一緒に行きますよ」

「馬を貸してくれる上に、君も行ってくれるって」

テムジンは改めて少年を見た。歳は十三、四だが背丈は高く、色白の顔に澄んだ瞳が美しい。

「馬泥棒は重大犯罪です。必ず懲らしめねばなりません」

少年はそういうと、搾った乳の入った皮桶に蓋《ふた》をしただけで早々と馬に跨《また》がっていた。

「君は、天の使いか……」

テムジンは夢見る心地で訊ねた。

「僕はアルラト族のボオルチュ。父はナクゥ・バヤン（富者）といわれています」

この少年ボオルチュ(注21)は、テムジン＝チンギス・ハンに仕えてモンゴル帝国創建の最大の功臣となる人物である。

「君、両親に断らなくともいいのか……」

テムジンは、少年の決断と行動の速さに驚いた。

はじめて会った人のために盗まれた馬を取り返す手伝いをするという義侠心も、重大犯罪は懲らしめねばならぬという正義観も、驚きだ。

「父や母にいうと、危ないから止めておけというでしょう。だから、いわない方がいいのです」

「君は、危ないのを承知で援けてくれるのか」

「そうです。正義を行うのには危険を伴います」

少年は澄んだ瞳を細めていった。この辺では珍しい丁寧な言葉遣いだ。

「アルラト族はずっと西の方だと思っていたが……」

テムジンがそういうと、ボオルチュと名乗った少年はにっこり頷いて答えた。

「それが本族、僕たちは支族でこちらに分れたんです。ベタ雪災害でも総潰れにならないようにと考えて。周囲の氏族には馬や羊を配って許しを得ていますよ」

「なるほど、それは利巧だな……」

テムジンは感心した。と少年がやっと訊ねた。

「ところで、あなたは……」

「ああ、いい忘れていた。俺はテムジン。キヤト族の氏族長だったイェスゲイの長男なんだ……」

テムジンが答えると、ボオルチュは「やっぱり」と頷いた。

「御苦労されたそうですね。去年来た旅芸人の少年が語ってましたよ。モンゴルの氏族長の息子が捕らわれの身から抜け出した話を」

「へえ、そんな話が広まっているのか」

テムジンは苦笑した。

二人は、それから万を二度数えるほどの間、馬を走らせ、一日半行程（九十キロ）ほど進んだ。そして夕暮れが迫る頃、テムジンがいった。

「この蹄《ひずめ》の跡を見ると、馬が通ったのはつい先刻らしい。踏んだ草が寝たままだから……」

この予測は当った。ほどなく数十のゲルの並ぶ宿営に出合った。馬泥棒をするとは思えないほど整然とした佇《たたず》まいにテムジンも一瞬戸惑ったが、その脇には、まぎれもなくテムジン家の去勢馬八頭がいるではないか。

「確かにうちの馬だ。俺が追い立てて来る」

テムジンがいうと、ボオルチュは首を振った。

「ここまで二人で来たんです。一緒に行きます」

「では」と頷き合って、二人でテムジン家の八頭の馬を追い立てて連れ出した。各ゲルから大勢が出て来たが、追って来るのは三人だけだ。

「テムジンさん。先に行って下さい。僕があの連中と射ち合って止めます」

追って来る三人を指して、ボオルチュがいった。

「とんでもない。君に危険な役はさせられない。俺が射ち合うから、先に行ってくれ」

テムジンはそういうと、追っ手の方に叫んだ。

「この八頭はうちの馬だ。これ以上追って来るなら容赦しないぞ」

テムジンは、大きな鉄の鏃の付いた「ジャムカの矢」を番《つが》えて、力一杯空に射ち上げた。矢は大きな鏃をきらめかせて上がり、驚くほど高い音を発して舞い下りて来た。

この辺りの遊牧民が使う獣の角を付けた軽い矢とは異質の重みと騒々しさだ。敢えて例えれば、拳銃の射ち合いを専らとするギャングの喧嘩に、バズーカ砲を放ったようなものだ。

追っ手の連中は、口々に驚きの声を上げて退いた。テムジンは引き返して「ジャムカの矢」を拾うと、ボオルチュの後を追った。

二人は夜を徹して馬を走らせ、翌日の午後にはボオルチュの父、ナクゥ・バヤンのゲルに戻った。テムジンは取り返した八頭の中の四頭を御礼に差し上げたいといったが、ボオルチュは拒んだ。

「僕はバヤン（富者）の息子です。謝礼を受け取ったのでは、親友《ノコル》になれませんよ」

「うん、親友になろう。俺がもう少し大きくなったら手伝ってくれ。君が大きくなっても俺は手伝うとはいわない。俺は他人に仕えられない性格だから……」

その話を聞いて、ボオルチュの父親、ナクゥ・バヤンは喜んだ。

「うちの息子は気は優しくて勇気がある。けれどもなまじ豊かな家に生れたので、厳しいことを教えてくれる親友がいない。テムジンさんはいい親友だ。大いに使ってくれ」

テムジンは感激した。その日は話も弾んだ。その中でテムジンは訊ねてみた。

「それにしても、あの馬泥棒は何者でしょうか……」

「多分、タタル族の片割れだろうな」

ナクゥ・バヤンは答えた。

「このところ、タタル族は内紛が絶えず、弾き出された氏族が北に出て来ておる。その中には生きるに窮して馬泥棒に走る奴らもいるんだ」

ナクゥ・バヤンの推測は当っていた。だがそれに、キタイ（中華）を支配する女真族金王朝の政策が絡んでいることを知るのは、ずっと後だ。

テムジンは、予定通り十日目に戻った。ところが、母ホエルンの一行が戻って来たのは、三ヶ月余りも経った夏の盛りの頃だ。

母の一行は、出た時よりも賑やかになっていた。

「カチウンはまだ十四歳だから、しばらく実家の方に預けて来たけど、カサルはいないと困るからね、早々にお嫁さんに来てもらったよ」

ホエルンは幌付き車に座った可憐な少女を指し示した。

「それからテムジン、独り身のお前にも贈り物を連れて来たよ」

母ホエルンは、長旅の疲れも見せず、後ろに控えた二人の少年を紹介した。

「この子はムカリ、臣従の氏族の子だけど、うちの妹のところの養子になってるのよ」

ホエルンはその中の一人を紹介した。漠北の遊牧民の間では、臣従氏族の子弟を、主人氏族の養子にするのは珍しくない。日本式にいえば、家老の息子を殿様が養子にするようなものだ。

歳は十歳、背丈は七トウ（百四十センチ）ほどだが、鋭い眼光と丈夫な口元が意志の強さを示している。

「テムジンさんに仕えて、大将軍になります」

ムカリ少年は直立不動で固い口調でいった。

「どれぐらいなら大将軍なのかねぇ、ムカリ君」

テムジンは力み返った少年に訊ねた。

「キタイ（中華）を征服して国王（グーヤン）と呼ばれるほどであります」

ムカリ少年は表情を崩さずに即答した。

「それは凄い。俺もモンゴル部族のハンまでは考えたが、中華を征服することは考えなかったぞ」

テムジンは本当に驚いた。

実はこの少年ムカリは、四十年後にその夢を実現、中華北部を占領して、「国王」の称号を得る。

「それから君は……」

テムジンはもう一人の少年を見た。歳は同じぐらいだが、半トウ（十センチ）ほども長身で色白、優しく整った顔が実に美しい。

「僕はボロクル、別の臣従氏族ですが、諸方使い番で役に立ちたいのです」

ボロクルは、ムカリとは対照的な自然体だ。

「僕は物憶えが早いんです。千の言葉も一度聞けば憶えられます」

文字のなかったこの時代、伝言命令を正確に復唱できるのは使者に必要な才能だ。ボロクルもまた、その言葉通りに生き、そして死ぬ。

四頭の駿馬

テムジンの宿営は賑やかになった。

新妻を得たカサルは、新しいゲルを組んで新婚所帯を営み出した。カサルに同行して妻を得た従僕二人も、カサルの脇に小さなゲルを造った。百アルト（百八十メートル）ほど離れた所にできた三つのゲルは「カサル家」の領域だ。

テムジン自身も新しいゲルを設け、子供の頃から付き従えて来た同年輩の二人の従僕と暮らすことにした。父イェスゲイから引き継いだゲルには、母のホエルンと末弟テムゲと八歳の妹、それに母の連れて来た二人の少年――ムカリとボロクルが住むことになった。

人の数は四人増えただけだが、ゲル（世帯）の数は倍増、都合八つになった。やがて三番目の弟カチウンが妻を連れて帰って来れば、もう一つゲルが増える。

人とゲルが増えるのは、いいことばかりではない。それだけ入り用が増え、分配が面倒になる。従僕と共に三つのゲルを営む弟のカサルは、「六頭の馬と百匹の羊が欲しい」といって来たし、異母弟のベルグテイは、母親のシャラ・エゲチと亡き兄の種らしい嬰児のために「相応のものが必要だ」と訴えて来た。母親のホエルンからしてが、

「お父さんの家系と財産を継ぐのはオッチギン（末弟）のテムゲだからね」

といって、家畜や家財道具を譲ろうとしない。

「とにかく、今は馬や羊を増やすことだ。一頭でも多くの牝馬牝羊を孕《はら》ませ冬を越さねばならぬ」

テムジンは、秋の間は飼料造りの乾草刈りに、冬になると食糧補充のための兎狩りに、精を出した。テムジンの再起は、乾草刈りと兎狩りというあまり英雄的でもない仕事からはじまったのだ。

この年（一一八〇年）の冬を、テムジン一家は何とか凌いだ。誰もが歯を食い縛るようにして乏しい食糧と不便な生活に耐えた。来春からの発展が期待できたからだ。

春を迎えて、テムジンは十九歳、今日の日本の年齢観に引き写せば二十歳代末の感じだ。

ここ数年間の暮しは厳しかった。現代社会に直せば、父親の急死で留学先から呼び戻されて事業を継いではみたものの、ほどなく破綻、一時は債鬼に追われて母子共々に山間の仮住まいに隠れもした。それが必死の努力でやっと従業員二十人ほどの零細事業所までは持ち直した。とはいえ、設備は古く蓄えもなく、兄弟や従業員の奉仕的労働で営業している状況——とでもいえば、この時期のテムジン一家の状況が感じとれるだろうか。

冬は過ぎた。

秋は乾草造りに、冬は兎や鹿の狩りに精を出して、何とか増えた人数を養うことができた。

とはいえ、暮しは厳しい。

食は、生命を継ぐほどにはある。だが味は悪く、蜜や酒には縁がない。衣は、凍えぬだけの毛皮はある。しかし、肌に優しい綿の下着は古びている。住は、風雪を遮《さえぎ》るゲルはある。それだけで暮しは著しく不便だ。鍋釜は一家に一つ、皮桶にも予備がない。みんなの顔には、不満と疲労が見える。十九歳の家長テムジンの気も滅入った。

そんな中で救いとなったのは、母ホエルンが連れて来た二人の少年だ。

「国王と呼ばれるほどの大将軍になりたい」といったムカリは、狩猟に優れた才能を示した。待ち伏せや罠の仕掛けは絶妙、行動の速さも辛抱のよさも抜群だ。

一方、「使い番で役立ちたい」というボロクルは、偵察に熱意と感覚を発揮した。春と共に四方を探り、様々な情報を覚えて来た。

そのボロクルが、恐ろしい噂を聞き込んで来た。

「馬乳酒造りのソルカン・シラの二男チラウンが、タイチウトの族長タルグタイに睨まれている。タルグタイは何らかの口実を設けてチラウンを逮捕し、拷問に掛けるかも知れない」

「ありそうなことだ……」

テムジンは脅えた。モンゴル族に残る父イェスゲイへの思慕を断ち、族長としての権威を強烈に印象付けるには、イェスゲイ思慕派の陰謀を暴き、その首謀者を処刑するのが手っ取り早い。チラウンを捕らえて拷問に掛け、あることないことをいわせれば、それも可能だろう。

「ソルカン・シラとチラウンは命の恩人。絶対に助けなければならない」

テムジンはそう思ったが、助けようが難しい。

あからさまに脱走させて匿《かくま》ったりすれば、タルグタイにこの宿営を襲撃する口実を与えることにもなりかねない。テムジン配下で男といえるのはやっと十人、タルグタイの旗本数十騎と太刀打ちできるほどの戦力はない。

さりとて他に方法も思いつかない。テムジンは悩み苦しむだけの時を二日、三日と過ごした。

その間にも、この噂が本当らしいという報《しら》せが、他からも聞こえて来た。そんな時、また別の情報を、ボロクルが持って来た。

「西の国ホラズム王国から隊商が来る」

というのだ。

「やれ助かったぞ、西国の隊商が市を開けばしばらくは時が稼げる」

「命の恩人」チラウンの救出方法に苦しんでいたテムジンは、ボロクルが仕入れて来た新しい情報に飛び付いた。

「ホラズム王国からの隊商」といえば、六年前、許嫁《いいなずけ》のボルテと共に見た巨大な商人群団を思い出す。それが市を開いている間は、氏族間の戦闘も部族内部の争議も休みになる。暴力沙汰で隊商に立ち去られると、周囲一帯の物品交換が停止し、みんなが困ってしまうからだ。

「羊の毛、牛の皮、狐や兎の毛皮まで、交換に出せる物は全部積め。綿の布や銅の鍋、鋼の刃物に換えるのだ」

テムジンは全員に号令、牛車二台と駄馬四頭分の荷物を用意すると、すぐ翌日には母の連れて来た二人の少年、ムカリとボロクルを連れて出発した。早めに物品交換を終え、チラウン救済の時間を残したかったのだ。

だが、市の開かれているケルレン川畔に着いた時、テムジンは失望を禁じ得なかった。そこに展がる市は、六年前にボルテと共に見たのとは比べものにもならないほどに小さくて貧弱だ。駱駝こそ十頭いるが、八頭の牛の牽《ひ》く幌付き四輪車は見当らない。荷物の多くは駄馬に積まれている。

それでも、ホラズム王国から来たというのは真《まこと》らしく、三十人ほどの隊員のほとんどは、白い布を頭に冠《かぶ》っている。

「これは、モハメド・アリ親方の隊商ではないのか。アリ親方はいないのか」

テムジンは見張り番の髭面の大男に訊ねたが、相手は無言で首を振るだけだ。

「規模が小さく内容が貧弱なだけではない。愛想も悪い。親方が違うところも落ちるものか……」

テムジンが腹立たしく思った時、聞き憶えのある甲高い西方訛りの早口が響いて来た。

「ハッサン……」

テムジンは声の主の背中に叫んだ。忘れもしない痩せたなで肩だ。

「おお、お宅さんは、銅の鍋を値切ったモンゴルのお人……」

振り返った小男は、テムジンを指差して笑った。まぎれもなく「モハメド・アリの養子」と名乗ったハッサンだ。六年の間に背丈は伸びたが、やっと七トウ半（百五十センチ）、顔は日に焼けたが髭はまだ生え揃っていない。それでも、周囲の隊員からは、「ハッサン親方」と呼ばれている。

「これで綿布百反と銅鍋十に小刀十本でっか……」

漠北の初夏の陽が地平に這う頃、テムジンらが運んで来た羊毛や牛皮の点検を終えたハッサンは、求められた対価を反唱して首をひねった。

テムジンは厳しい値切り交渉を覚悟したが、ハッサンは意外にも、

「よろしあす。テムジンはんは親友《ノコル》やさかいに」

と微笑した。「徳ある者は才がない。可愛い奴は利を生まない」といい切った男にしては、気色が悪いほど愛想がよい。

「早々と親方とは大した出世だね、ハッサン君」

テムジンがそんな世辞をいうと、ハッサンは、

「めでたいどころか、サマルカンドの政変でえらい目に遇《あ》いましたわ」

と苦笑混りに語り出した。

「六年前にお目にかかってから私らは、西の商都サマルカンドに一回帰って、また出て来てまた帰

って、一往復半いたしました。二度目に帰ったのが今年のはじめですわ」

ハッサンはテーブルの上を指で擦《こす》って、サマルカンドから大興安嶺に至る草原の旅を描いた。

「サマルカンドは商人の都ですよってに、財貨を満載して帰って来る隊商は凱旋将軍のように歓迎されるもんですけど、今年は違いました。城門を入った途端に親方は逮捕、財貨は没収……」

「そらまた、どうして……」

テムジンは意外な話に驚き訊ねた。

「私らが帰る寸前にサマルカンドを治めるカラハン王朝で政変がありましてな。東隣りのカラキタイ（西遼）の援けを得た反対派が政権を握りよったんですわ。アリ親方の金主は前国王の側近やったから、その一味と疑われたんですな」

「そ、それで君たちは……」

テムジンは意外な話に急《せ》き込んで訊ねた。

「私らは命からがら南の町に逃げたんですけど、そこもまたインドから来たゴール朝の軍隊に占領されたので、東のウイグル天山王国まで走りました」

「それは災難だったなあ……」

テムジンは、この六年間に苦労したのは自分だけではない、と思うと同志感が湧き起った。

歴史には、この時期サマルカンドは、東隣りのカラキタイの保護下に命脈を保つトルコ系のカラハン王朝が統治していたが、一一八〇年には国王が死去して反対派が政権を握ったことが記されている。

また、南のアム川流域には一一七〇年代末から、西北インドに興ったゴール王朝が進出していた。歴史にはほとんど残らない事件も、その時に生きた人々には重大事なのだ（注22）。

「それで、ハッサン君。そのウイグル天山王国で再起したのかね、君たちは……」

テムジンは、ハッサンの苦労話の先を求めた。初夏の長い日が、ちょうど地平に隠れる時だ。

「しばらくお待ちを……」

ハッサンは話を中断し夕日の方に跪《ひざまず》いた。誰かが高々と祈禱の文句を叫ぶ。イスラム教徒には欠かせぬ日没時の礼拝だ。

百を三度数える間（約五分間）で礼拝が終ると、ハッサンはテムジンと二人の少年、ムカリとボロクルをゲルに誘った。大きなローソクを点《とも》し、茶入りの牛乳と焼肉を並べた。

「ウイグル天山王国は立派な都会と広い農地を持つオアシスがいくつもある豊かな国ですけど、軍隊はだらしがなく政治は気力がない。要するに東隣りのカラキタイの属国です。だから私らサマルカンドからの亡命者は歓迎されません。けど、金持ち衆の中には、私らの言葉と地理の知識や商いの経験を買《こ》うてくれるのもいましてな、その人たちの応援で国境を北に出たナイマン部族の棲《すみか》でこの隊商を組ましてもろたんですわ」

ハッサンは、商人国家ウイグル天山王国の面従腹背振りをそう説明した。

「ならばハッサン君、これが成功すればサマルカンドに戻るのか……」

テムジンは、若い隊商経営者に将来計画を問うた。

「いや、西の方は危のうおす。余程偉い王様が出て来ん限り安心して商売ができません」

意外にもハッサンは首を左右に振った。

「東西の交易は新政権びったりの御用商人に任せて、私は南北交易をやるつもりですねん。ゴビ砂漠の南と大湖（バイカル湖）周辺の部族の間を往来して……」

「それはまた大胆な……」

テムジンは驚いて左右の少年、ムカリとボロクルと顔を見合わせた。

「漠北の民には交易するほどの物がない。それにみな仲が悪くて争いと騙し合いばかりだ」

テムジンは哀しみを込めていったが、ハッサンは強気だ。

「きっと儲かります。北には塩と鉄がある。それにみなが交易の利を悟れば平和にもなります」

「ハッサン君、それが君の本音ならいい人を紹介しよう。ナクゥ・バヤン（富者）、その名の通りの物持ちだ。この先の谷間に広大な牧地を拓き、上質の羊毛や食品を造っている。その息子のボオルチュは素晴らしい少年だ。必ずためになる」

「ナクゥ・バヤンの御子息を紹介して頂けるとは嬉しおす」

ハッサンは目を輝かせた。

「私もナクゥ・バヤンの噂は聞いてます。毎年沢山の羊や馬を西の本族に運び、ナイマン部族に売り出してるとか、それをこちらに頂ければ有難い。北の方には鉄と塩があるが羊が足りない。ゴビの南では麦と茶は多いが馬が欲しい。ナクゥ・バヤンから羊と馬が得られたら……」

ハッサンは、生えかけの髭を揉みながら皮算用をはじめた。「草原の戦国時代」に当るこの時期、新しいビジネス・モデルの構築も盛んだった。

「テムジンさんが、そんなええことをしてくれはるなら、私も何ぞお役に立たんと……」

ハッサンは、好意からか、事業を確実にするためか、そんな可愛いことをいい出した。

「それなら、一つ相談に乗ってくれ……」

テムジンは、ダメもとのつもりでいった。

「実は今、大変に困っていることがある。命の恩人がタイチウトの族長に睨まれ、逮捕されそうなんだ。何とか援け出したいが、その方法が難しい。あからさまに連れ出して俺の宿営に置いたりしたら、タイチウト族に襲撃の口実を与えかねないからな……」

「ふーん、その方、命の恩人とやらはお幾つで……」

ハッサンは、首を傾《かし》げて意外なことを訊ねた。

「十五か十六。俺より年下なことは確かだ」

テムジンが答えると、ハッサンは膝を叩いた。

「ほな簡単です。私が引き受けまひょ。ここに連れて来なはれ。そしたらすぐ私が、そのタイチウトの族長さんとこへ、商いを仕込むために私が攫《さ》ろうた、と御挨拶に参ります。しばらく、ま、来年の春までこの隊に置いてお返ししますわ」

「そんなことをしたら、君がタイチウト族に殺されるぞ」

テムジンは興奮して、つい顔を突き出した。

「大丈夫、心配御無用……」

ハッサンも首を突き出して答えた。

「こう見えてもこのハッサン。草原を縦横に歩くからには手は打っとります。西はケレイト族のトオリル・ハンに絹を贈り、東はジャダラン族の若様ジャムカはんに鉄を差し出して、保護の約束を頂いとります」

ハッサンは、そこで一息入れて付け加えた。

「今ではタイチウト族もジャムカ様の指揮下にあるとか、族長さんも私には手を出しますまい」


「ムカリよ、ボロクルよ、大事な仕事を頼む」

翌朝、テムジンは二人の少年に命じた。

「まず、ムカリは、ケンテイ山脈の谷間に拡がるナクゥ・バヤンの牧場に至り、子息のボオルチュに伝えよ。親友《ノコル》のテムジンが申すには、ケルレン川畔で隊商の親方にお会い頂きたい、と」

「承知しました」

ムカリは頑丈な顎で頷いたあとで訊ねた。

「僕がテムジン様の使いと証明する方法は……」

「うん、これを持って行け」

テムジンは一本の矢を差し出した。大きな鉄の鏃《やじり》の付いた「ジャムカの矢」だ。

「この矢は、俺とボオルチュが馬泥棒を追い払った時の矢だ。これを見せれば俺の使いと分かる」

ムカリは「分かりました」と叫ぶと、蹄《ひずめ》を鳴らすような歩調でゲルから出て行った。往復六日の旅は十二歳には楽な仕事ではない。

「次にボロクル。君はオノン川を下ってタイチウト族の牧地に入り、馬乳酒造りのソルカン・シラの二男チラウンを秘かに連れ出して来い。誰にも気付かれぬようにだ」

「ハイ、それで僕は何を持って行けばよいですか」

ボロクルは、難しい仕事を歓ぶように訊ねた。

「持って行く物はない。ただこういえ」

テムジンは少し考えてから低く囁《ささや》いた。

「まず父親のソルカン・シラには『満月の夜に水の中』といえ。息子のチラウンには『火打石は持たさずに』といえ。この意味が分かるのは、俺とあの親子だけだ」

「分かりました。必ずこれに連れて来ます」

と答えて、しなやかに身を屈めた。

それから六日目の昼、ムカリはボオルチュを連れて戻って来た。好奇心旺盛なボオルチュは、ハッサンの隊商を楽しそうに見て歩いた。

その日の夕刻、ボロクルもチラウンを伴って帰った。チラウンは、タイチウトの族長タルグタイとの長い神経戦に疲れ果てた様子だ。自分の不在で、父や兄がタルグタイに苛《いじ》められるのではと気遣ってもいた。それでも、ハッサンがジャムカの部下と共にタルグタイに挨拶に行くと聞くと、やっと安堵の溜め息をついた。

その晩、ボオルチュ、ムカリ、ボロクル、チラウンの四人がテムジンを囲んで茶入りの牛乳で祝杯を上げた。この四人こそ、のちに「チンギス・ハンの四頭の駿馬（四駿）」と呼ばれるモンゴル帝国創建の元勲となる人々である。

建国創業の際には若い世代が活躍する。だが、その中核人材が揃って十代だったというのは、世界の歴史にも珍しい。モンゴル帝国は、まったくの新世代から生れたのだ。

北の烈風

テムジンは二十歳。その宿営地は一段と賑やかになった。

次弟カサルの夫婦には子が生れたし、その従僕の一人も子を成した。

三番目の弟カチウンも妻を連れて帰って来た。驚いたことに十六歳になったカチウンは、既に嬰児を抱え、男女二人の従僕を従えていた。生来病弱で痩身だが、その方の手は早いらしい。

異母弟ベルグテイも、妻を迎えた。無口無表情な母親シャラ・エゲチにも、ようやく幸せな日々が来たように見えた。

母のホエルンが連れて来た二人の少年、ムカリとボロクルは二年の経験を積んで、テムジンの宿営になくてはならない存在になった。彼ら十二歳の少年たちも、それぞれ重要な役目を果たした自信から、ひと回りもふた回りも大きく見える。

タイチウト族の宿営から連れ出した馬乳酒造りの二男チラウンは、隊商の親方ハッサンに連れられてゴビ砂漠の南に行っている。

そこ（今日の中国内蒙古自治区）に住むオングト族は、四千戸ほどの小部隊だが、キタイ（中華）の金王朝から西北方面の守備と共に、軍馬の供給を委ねられている。毎年、北の遊牧民から万を超す馬を購入し、大量の絹や綿、茶、麦、陶器、銅器を遊牧民に提供する。西のナイマン族と並んで最も豊かな遊牧民だ。

草原各地で市を開いて、馬匹《ばひつ》と羊毛と牛皮をしこたま仕入れたハッサンは、オングト族への売り込みを策した。それは長らくタタル族の利権だったが、金朝の政策転換でその地位を失った。ハッサンはそれに目を付けたのだ。

「間もなくチラウンもここに来る。そうなれば……」

テムジンは希望と危惧の混った気分で考えた。だが、その前に予想外の事態が起った。共に馬泥棒を追ってくれたボオルチュが、男女十人の従僕と数百の家畜を連れて移住して来たのだ。

「僕には富者《バヤン》の道は向かない。商いに才能と興味がないし、西の本族とも性が合わない。僕はテムジンさんの下で正義を実現したい」

ボオルチュは、情熱的に自分の理想を語った。

「テムジンさんの宿営では、臣従氏族出身のムカリ君やボロクル君が重い役目を果たしているでしょ。僕もそれに加わりたいのです」

ボオルチュの言葉に、テムジンははじめて「自分のしていること」に気付いた。主人の氏族も臣従の氏族も、従僕たちも差別がない。だからこそ生きられた。父の頃のように、身分によって仕事を分けていたのでは生き残れなかっただろう。

テムジンはまた、「誰も来なかった二年間」の怖さを思い出した。旅芸人のコルコスンが来るまでの不便と絶望は、生活ばかりか精神をも歪めた。

「俺はそれに圧《お》されてベクテルを殺した」

テムジンは繰り返しそれを考えた。そして一つの「思想」に辿《たど》り着いた。

「人間《じんかん》に差別なし・地上に境界なしの世の中こそ正しい」

テムジン＝チンギス・ハンの生涯変わらぬ信念である。この男は、人権の平等と自由な交易交通を正義と信じたのだ。

ユーラシア大陸の東部、中華文化圏の北には三つの異なる生活環境が帯状に重なっている。万里の長城とゴビ砂漠の間の黄土高原、ゴビ砂漠の北の大草原、そしてバイカル湖周辺から東西に延びる樹林混りの地域だ。今日それは、中国内蒙古自治区、モンゴル国、ロシア連邦ブリャート共和国の三つに分けられている。

十二世紀末には、南の黄土高原には半農半牧のオングト族や契丹族がいた。

中間の大草原には、東の大興安嶺から西のアルタイ山脈まで約三千キロほどの間に、コンギラト、タタル、モンゴル、ケレイト、ナイマンなどの諸部族が、ほぼ決まった牧地を回遊する格好で昔ながらの遊牧生活を送っていた。

そして北側、バイカル湖に注ぐ七つの河川の周囲には、半猟半牧のメルキト部族がいくつもの氏族に分れて生活していた。耳慣れない片仮名の羅列で恐縮だが、当時の「国際情勢」はこんなものだ。(注23)

テムジンの青年時代、一一八〇年代はユーラシアの激動期、モンゴル草原の西でも東でも、南でも北でも、大変革が起っていた。

西(今のカザフ方面)では、六十年ほど前にセルジュク・トルコから自立して以来、拡大を続けて来たホラズム王国が、王室の内紛とインドのゴール王朝の侵入で混乱、東西交易は縮小して草原の民も不便と困窮を強いられた。

南の変化はもっと影響が大きい。中華《キタイ》を支配する女真族の金王朝が、タタル族に対する政策を支援から弾圧に転換したのだ。

この背景には、金の国家思想の転向がある。二十年ほど前、金は豊かなマンジ(南中華の南宋)の攻略を企てたが、総司令官の皇帝(第四代海陵王)自身が戦死するほどの大敗を喫した。その跡を継いだ金国皇帝の五代目世宗(在位一一六一〜八九)は、敗因を「女真族が漢風に染まって軟弱化したため」と考え、女真人の漢風改名や漢服着用を禁止した。いわば「女真原理主義」政策である。

狩猟民だった祖先を尊ぶ思想は、当然「北方重視」になる。金国の方針が、タタル族を使って他の遊牧民を抑圧する間接統治から、「強くなり過ぎた番犬」タタル族を弾圧する強硬政治に変わったのもその一環である。

この影響で、漠北遊牧民の勢力図も変わった。金の援助で羽振りのよかったタタル族は追われる身となり、内紛分裂を繰り返している。

「タタルは先々代のハンを金に売った仇、父イェスゲイ毒殺の容疑者だ。いずれ仇を討ちたい」

テムジンはそう思っていた。だが、その前により直接的な危険がテムジン自身に迫っていた。

「今年の夏は寒いわね、この頃は年々寒くなるよ」

夏も終りに近づいた頃、母のホエルンが囁《ささや》いた。

家長のテムジンは数えて二十歳だが、この宿営地に住む者は大半が十歳代、古い従僕の男女を除けば三十代末のホエルンが最年長だ。

「確かに今年はそうだけど、また暑い夏も来るさ」

テムジンは気楽に答えたが、ホエルンは真剣だ。

「用心した方がいいよ、寒い夏には北のメルキト族が暴れ出すんだから……」

ホエルンの観測と予想は当っていた。三世紀も続いていた地球の温暖化傾向が十一世紀末を頂点に逆転、テムジンの青年期には急速に寒冷化が進んでいた。このため、北方のバイカル湖周辺では植物の発育が悪くなり、そこに住むメルキト族らを飢えさせた。

当然、彼らは「馬肥える秋」を待って、掠奪《りやくだつ》行動に出た。掠奪は遊牧民の欠かせぬ経済活動なのだ。

この年（一一八一年）の秋、草原の北辺は不気味な静寂に包まれた。いつもの秋には、少人数の遊牧家族や嫁取りの若者が往来するが、この年はそれも絶えた。はるかな上空で烈風が吹き荒れる感じだ。

やがて、その正体がテムジンのゲルにも伝わって来た。草原に点在する小集団で、掠奪や暴行の被害を受けた人々が逃走して来たのだ。

「メルキトにやられた。逃げる間も交渉の余地もない。彼らは疾風のように現れ、奪い犯し殺して東に去った」

幼い孫二人を抱えた老人は、それだけを伝えた。

「義父も夫もメルキトにやられました。奴らは大興安嶺の辺りまで襲うつもりです」

次に来た母子三人の一家も、そう語った。これが事実とすれば、メルキトは本拠のバイカル湖畔から千キロを超える大遠征を企てていることになる。

「今度は東に行ってくれてよかった。十何年か前にはこっちに来たからひどかったよ。お父さんの判断がよかったから私たちは助かったけど、ジャムカ様もトオリル・ハンも一度はメルキトに捕らえられたぐらいだよ」

ホエルンはそういったが、テムジンは気が気ではない。東へ行ってコンギラト族を襲うとなれば、ボルテの身が危ぶまれる。

幸い、その直後に正確な情報を伝える者が来た。

メルキト族の襲撃のあとにコンギラトの宿営を出て来た旅芸人《チョールチ》の一家である。

「親方は目を患いましてな。芸は確《しっか》りしてますけど、人や物の仕置きは私がやっとります」

旅芸人のコルコスンは、まず自分の役割を説明した。この男も既に十五歳、芸で鍛えた身体は細くてしなやかだが、背丈は八トウ（百六十センチ）を超えている。二つ年上の義姉は、色白金髪の美女に育った。

「お蔭様で繁盛させてもろてます。子供を二人入れて芸を仕込んでますし、荷物運びも四人置き、馬も車も増やしました。駱駝も三頭になりまして、はじめからおるのは家畜の長老格ですわ」

コルコスンは芸人らしい軽い口調で語った。

「メルキト族の計画は、前に行った時に探ってましたんで、奴らが来る前にボスクル族のところへ行ってデイ・セチェン様に伝えました。セチェン様はいち早くメルキトの族長に『わしらが先駆けになるから金朝の城市を襲おう』と申されて。勝手知ったるボスクル族の手引きやさかいに、メルキトの奴らも張り切って、物と人とは仰山取って来ましたわ……」

コルコスンはそんなことをいった。前に越冬させてくれたデイ・セチェンへの恩返しだ。

「それでボルテは……ボルテはどうしている……」

テムジンは最大の関心事を直入に訊ねた。

「もちろん、御無事で、美しくなられて……」

コルコスンは一拍置いて大事な言葉を吐いた。

「あなた様を、ただひたすらお待ちです」

「真《まこと》か……、ボルテは俺を待っておるのか……」

「はい……、それはあの氏族では評判で……」

コルコスンは整った顔を緩めたが、何故か沈んだ表情で視線を外した。重要な、それもいい難いことを残しているという合図のようにも見えた。

「それで、何か気がかりなことでも……」

テムジンは急《せ》き込んだ。

「気がかりといえば一つ、メルキトの族長の一人、トクトア様が特にと御所望されたとか……」

「何、メルキトの族長トクトアがボルテを……」

テムジンは空を睨んで拳を固めた。メルキトの武力を恐れるデイ・セチェンが、氏族の安全のためにボルテをトクトアに差し出す恐れがある。

「有難う、コルコスン。君には二度も重要な話を教えてもらった。その礼に何をすればよいか」

テムジンがいうと、コルコスンは「それでは」と床に手をついた。

「この冬を私ら一座、ここで過ごさせて頂きとうございます。親方が目を患ろうておりますでぇ」

テムジンは戸惑った。そしてまず、

「一座は芸人六人と荷物運び四人の計十人だな……」

と念を押した。

「そうです。それに駱駝が三頭と馬が十頭、義姉の愛犬が一匹」

コルコスンは指折り数えた。総勢五十人余りの宿営でこれだけを養うのは厳しい。今年は既にメルキト族に追われた難民二組六人を受け入れた。同情からではない、母のホエルンが、

「子供を育てておけば、いずれテムジンの家来になって働いてくれる」

といい張ったのだ。

「その上に十人を養うのは辛い。駱駝や馬の餌も足りない……」

テムジンはそうも考えた。だが、これまでのコルコスンの働きを思えば、越冬の希望を断ることはできない。メルキト族が荒れ狂った寒い冬は、芸を見せて歩く旅も苦しい。

「ここは食糧も飼料も乏しいが飢えさせはせぬ。いいだけいてくれ」

テムジンは、そんないい方でコルコスンの願いを受け入れた。

「有難き幸せ、流石《さすが》テムジン様ですわ……」

コルコスンは芸人らしい大袈裟な仕草で礼をいうと、顔を寄せて囁いた。

「実は私ども、来春からは義姉に子役を付けてカラトンに常住させるつもりです。カラトンはケレイト族の王様トオリル・ハンのお膝元、昔は中華を治めた契丹人の役所もあったとこですよって

に、人も物も集まり、いろんな話が聞けますでな、お役に立ちますわ」

「それは御親切なことだな……」

テムジンは生返事を返した。この時点ではテムジンも「情報」の重要性を十分に理解していなかった。それよりも、気がかりなのはボルテだ。

「父親のデイ・セチェンがメルキトの族長に差し出す前に、是非ともらい受けねばならぬ」

とテムジンは焦った。それを見透かしたかのように、コルコスンがまた囁いた。

「来春、氷が融ける頃にはボルテ様をお迎えに行きなはれ。ボスクル族は今が盛り、物にも人にも恵まれとりますからな」

「俺は物も人も要らぬ、ただボルテを迎えるのだ」

テムジンはつい大声を出した……。


テムジンは、氷が融けるのが待ち切れなかった。昼が長くなり出して二度目の満月が過ぎると、早々に夏の宿営地への移動を済ませ、二人の弟、カサルとベルグテイに従僕二人を加えた一行を編成して東に向かった。目指すは十日行程（六百キロ）先のボルテの里、ボスクル族の宿営だ。

「おお、テムジン。待っておったぞ、長らく。立派に成長したなあ……」

満面に笑みを湛《たた》えたデイ・セチェンは、長身の偉丈夫に成長したテムジンを抱いて歓んだ。

「タイチウト族がお前の身を狙っていると聞いて心配しておった。正直いうと、一時は半分諦めた時期もあったぞ。それが……、これほど立派になって……、兄弟もみないい体格だ……」

デイ・セチェンは、自分より半トウ（十センチ）以上も背の高い三兄弟を見回して涙ぐんだ。

「有難う、義父《おとう》さん。よくぞこのテムジンを信じて、待っていてくれましたね。俺も、ボルテのことを思えばこそ屈辱にも貧困にも耐えられた……」

テムジンもそういってデイ・セチェンの肩を抱えた。美しい絹の衣服で包まれてはいるが、肉にも骨にも老いが感じられる。コルコスンが「ボスクル族は今が盛り」といったのも頷ける。

「義母上、チョダン夫人（ウジン）もお元気で……」

テムジンはボルテの母親の方にも挨拶の儀式を繰り返したが、チョダンはちょっと頬を合わせただけで、すぐ腕を解いた。

「それより早くボルテのゲルに行っておやり。あの娘は、降るほどの縁談を拒み、いい寄る男たちを蹴って、お前様を待つのに苦労したんだから」

「その甲斐があったと、ボルテにも義父義母にも必ず思わせますよ」

テムジンはそういい残して、ボルテのゲルに向かった。

ボルテのゲルは、族長ゲルの西側、昔と同じ位置にあった。夏冬の移動の度に建て替えているのに、ぴったり同じ間隔のように思えた。

ゲルの中も昔と変わっていない。銀狐の壁飾りも黒いムートンの寝床も、卓子に立った二本のローソクも、さほどの年月を感じさせない。

ただ、そこにいるボルテだけは変わっていた。背丈は八トウ半（百七十センチ）にも伸び、胸と腰は膨らみ、香油を塗り込んだ肌は白《はく》蠟《ろう》のように輝いている。

「テムジン……、あなたの『すぐ』は長かったわね」

薄い絹一枚をまとったボルテは、鹿のような目を上目遣いにして微笑んだ。

テムジンを迎えて、ボルテの父デイ・セチェンは連日豪華な宴を催した。これにはボルテもその兄弟も加わったし、テムジンに同行して来た弟たちも並んだ。宴は両家の交流で盛り上がった。

デイ・セチェンの一家は、七年前よりさらに豊かになっていた。両親も兄弟も、ボルテ自身も、何枚もの絹の服を着替えた。食事では銅鍋の底に獣脂を敷いて肉と韮《にら》を熱する料理法が披露された。二百年ほど前（十世紀末）に中華ではじまった「炒め」の料理法が漠北にも拡まったのだ。

テムジンが最も驚いたのは、鉄の増加だ。刀剣や甲冑《かっちゅう》にも、調理具や鍬鋤《くわすき》にも、大量の鉄が使われている。各人の矢筒には錐《きり》のように尖った鉄の鏃《やじり》の矢が揃っている。

「このところ、キタイ寇掠《こうりゃく》が成功しとるでな……」

デイ・セチェンは、キタイの酒に顔を朱にして爆笑したが、目は脅えたように見開いたままだ。

「五年前にはジャダランの若様ジャムカが来てキタイの知事を虜になされた。ジャムカ様は利巧者、知事の娘を妻に加え、年々布と茶を贈らせる約束を取り付けた。ジャムカ様には大儲けだが、キタイの知事にはさして痛くもない。賄賂の率を少し引き上げれば済む……」

セチェンはそんな解説をしたあとで、目下の心配事を語った。

「去年のメルキト族は違う。キタイの城市を焼き、知事を殺し、十倍もの物を奪った……」

「それは凄い……」

テムジンが、そして弟のカサルが賞讃を叫んだが、セチェンは白髪混りの首を振った。

「このことがキタイの朝廷に伝わると、大軍を遣わしてわしらを討伐するかも知れぬぞ」

「キタイの兵はほとんどが徒士《かち》、われらが駿馬には追い付けぬと聞いてますが……」

テムジンは義父の取り越し苦労を解消しようとしたが、セチェンはまた首を振った。

「キタイの奴らは、わしらが退くと濠を掘り壁を築き、徒士の兵を並べて草と水を囲ってしまう。

南の方では、この戦法でタタル部族の一部が飢え、西に行って馬泥棒に成り下がったと聞く」

「キタイの徒士にはそんな戦略があるのか……」

テムジンは唇を嚙んだ。

この頃、金王朝は「金の大濠」と呼ばれる要塞線を築いていた。幅も深さも三メートルほどの濠を掘り、その土で壁を築いた「簡易長城」だ。今もその跡は大興安嶺の西麓に残っている。

四日目の朝、テムジンはデイ・セチェンに出発の意志を告げた。

普通、嫁取りの男は数ヶ月は嫁の里に留まり、両親の品定めを受け、本人同士の相性確認を行う。当時の遊牧民は一夫多妻だが、この手続きを経た者が「正妻」なのだ。

テムジンは、七年前に一年近くもここに滞在したので、今回は三日も過ごせば昔が甦った。ボルテの両親、デイ・セチェンとチョダン夫人は、娘の「嫁入り道具」を揃えた。

まず同行する男女の従僕八人と馬十頭、羊百匹を選んだ。四頭の牛が牽《ひ》く四輪車輛も用意し、ボルテのゲルを畳《たた》んで積んだ。多数の銅鍋や鉄釜も加えたし、料理用刃物一式も入れた。そして最後に見事な黒貂《くろてん》のコートを出した。

「この黒貂はメルキトの兵がキタイの城で見つけたのだが、わしは絹百反馬百頭の分け前をこれ一つに換えた。娘に着せてやりたいからだよ」

デイ・セチェンは目を細めていった。確かにそれは、長身色白のボルテによく似合った。

その日の午後、テムジン一行が出発したが、ボルテの両親も「見送り」について来た。父親は三日間、母親は五日間も同行したほどだ。

旅に出て七日目、道も半ばを越えた辺りで、

「誰か来るぞ……」

と弟のカサルが叫んだ。

一瞬テムジンは身構えたが、派手な色彩の房のついた馬印で、旅芸人のコルコスンと分かった。

「ここで出会えてよかった……」

コルコスンはおどけた口調で深刻な話をした。

「メルキトの氏族長トクトア様が、ボルテさんを嫁にするためデイ・セチェン様のとこに行きます。明日あたり、この山脈の北側を通過しますやろ」

テムジンは背筋に冷たいものを感じた。もう半月も遅ければボルテを連れ去られていただろう。旅の途上で出会えば争奪戦にもなりかねない。

テムジンは、弟たちに一行を守らせ、自らはコルコスンと共に山脈を越えてトクトアの一行を見張ることにした。

翌日の午後、岩影に身を潜めるテムジンの前、五十アルト（九十メートル）ほどのところを、トクトアの一行が通り過ぎた。二十人ほどの部下はみな赤い襟の付いた黒いマントを羽織っていた。

先頭を騎行するトクトアは、痩せて骨張った身体と頬骨の目立つ角張った顔の大男だ。テムジンにとっては、タイチウト族のタルグタイに続く第二の仇敵の出現である。

母と妻と

「あなたがボルテさん。私も同じコンギラト族よ」

母のホエルンが、宿営に着いたテムジンの新妻に最初にいったのは、こんな言葉だった。

一瞬、二人は互いの目を見合い、それから笑顔を作って型通りに抱き合い、頬を擦り合わせた。

「立派な体格ね、すぐにもややができそうだわ。テムジンも長い間、待った甲斐があったね」

続いてホエルンは、一トウ（約二十センチ）近くも背の高い息子の嫁を、頭の天辺《てっぺん》から足の先まで舐《な》めるように見回した。

「よかった、お母さんの気に入って……」

テムジンは、敢えてそう叫んだ。絹の服を仕舞い込んで、地味なフェルト服にしたのは成功だ。

母も、弟の妻たちも、そんな服装なのだ。

「ボルテは、従僕を八人連れて来た。馬十頭と羊百匹、それに車を牽《ひ》く牛八頭もね」

テムジンは、新妻の「持参金」を報告した。

「聞きましたよ、先に戻ったカサルから……」

ホエルンは、少々気色ばんだ声を出したが、すぐ自制の笑顔に戻って続けた。

「お父さんのデイ・セチェンさんは名の通りの賢者ですわね。旅芸人の連中からも伺いましたよ、ジャダラン族もメルキト族も巧みに捌《さば》いたって」

「ええ、私も父は利巧者だと思います。何たって、テムジンを見初《みそ》めて連れて来たんだから」

ボルテは、鹿のような目を一段と丸くしておどけて見せた。これにホエルンは満足気に笑った。

夕方、長い春の日が沈まぬうちに、一家はゲルの前の草原で祝宴を開いた。母は、搾《しぼ》り立ての牛の乳と馬乳酒と蜜入りの麦菓子を限りなく用意していた。弟の嫁たちは、手造りの帽子と手袋を新妻に贈った。ここで越冬した旅芸人の一座も、それぞれの芸で花を添えた。

最後に新妻のボルテが、一家の女性たちに贈り物をした。古い従僕の女性には綿の下着を、弟の嫁と側女のシャラ・エゲチには絹の服を、そして姑のホエルンには黒貂《くろてん》のコートだ。

「まあ、こんな見事な黒貂は見たこともないよ」

ホエルンは眼を輝かせたが、次には、

「こんな立派なの着て、どこに行くかねぇ」

と首を振った。それでも試着する動作は喜々としていた。しかし、ボルテのサイズで仕立てたコートは、引き摺《ず》るほどに長い。

「ボルテさんが持ってなさい。いずれ役立つから」

ホエルンは試着したコートを脱いで、白けた表情でボルテに差し返した。

新妻ボルテが加わりテムジンは忙しくなった。

まず、ボルテの連れて来た男女八人の従僕の住まいと役割を定めなければならない。豊かな地から来た彼らと、古参の誇りを持つもともとの従僕との間には、冷やかな気配が漂う。

それに、ボオルチュの連れて来た十人の従僕やメルキト族の襲撃から逃れて来た二組六人の避難民たちが微妙に絡む。人間はみな、それぞれの立場でライバルを見付け出すものだ。

三人の兄弟の間も簡単ではなくなった。次弟のカサルと三弟のカチウンは、それぞれ妻を持ち子を生み、従僕を従える身だ。母と共に暮らす末弟のテムゲも一人前の男だ。異母弟のベルグテイは、母と子と従僕を持って一家を成している。

テムジンを含めて五人の兄弟が直接にいい争うことはないが、従僕同士の間では家畜を養う草地の境界争いで口論が生じる。

中でもテムジンが気を揉んだのは、自分の妻ボルテと次弟カサルの妻の関係だ。カサルの妻は、年は下だが三年も前からこの集団にいて二人の子を生んでいる。しかも義母のホエルンが選んだだけに嫁姑の仲もよい。そんな弟嫁にとって、突然現れた兄嫁ボルテが煙たいのも当然だ。

こんな図式は、親のはじめた事業を息子兄弟が引き継いだ時には、現在でもよく見られる。

期待と緊張に満ちた新婚の一ヶ月が終ろうとする頃、牧畜の仕事から戻ったテムジンは、ゲルの中の水を張った皮桶に「指南魚」が浮かんでいるのを見た。水に浮かべれば南を指す木魚だ。

「お母さん、これ親父の『指南魚』じゃないの」

テムジンは慌てて母のゲルを訪ねて問うた。

「そうよ。お父さんの自慢の『指南魚』だよ。誰のよりも早く正しく南を指す……」

ホエルンは上目遣いに長男を見上げた。

「どこにあったんだ、いや、誰が持って来たんだ」

テムジンは急《せ》き込んで訊ねた。

「ムンリクよ、お父さんの補佐役の……」

ホエルンは五年前に自分たちを捨てて行った男の名をすらりといった。どうやら、母とムンリクの間には、何がしかの連絡があるらしい。そのことをテムジンは特に不愉快とも思わなかった。この様子に安堵して、ホエルンが囁《ささや》いた。

「ボルテさんの黒貂、盟友《アンダ》に上げてくれない……」

「盟友って、ジャムカか、ジャダラン族の……」

テムジンは気色張って叫んだが、ホエルンは首を振って答えた。

「お父さんの盟友……、ケレイト族長のトオリル・ハンだよ」

「ボルテはどう思うかな、この話を……」

テムジンは、夕食の場で遠慮がちにいい出した。

「お前の持って来た黒貂のコート。あんな見事なものは見たこともない。母も弟の嫁たちも唖然としてたよね」

テムジンはまずそういった。その裏には「お前が豊かな氏族の指導者家族の出だということはみんな認めている」という意味がある。

「けど、あれを着る機会があまりないからね」

テムジンは、妻の顔色を窺いながらいった。

「あれをケレイト族のトオリル・ハンに贈ってはどうかな。ケレイトは強大な部族だし、トオリル・ハンはその指導者、何より俺の親父の盟友《アンダ》なんだ。きっと力になってくれるよ」

「いい考えね、それ……」

ボルテは、皮肉混りの笑顔で頷いた。

「それ、お義母さんの知恵でしょ。流石《さすが》だわ、苦労なさっただけあって」

ボルテは褒めているようにも、蔑《さげす》んでいるようにもとれるいい方をした。

「私の父は去年、メルキト族がキタイの城市を攻めに来た時、こういったわよ。『強いけれども貧しいと思われるほど嫌われることはない。豊かだけど弱いと思われるほど危ないことはない』って。今の私たちって、弱くて貧しいんだから、分不相応な物は持たない方がいいかもね」

「なるほど……」

テムジンは呻《うめ》いた。そして「一日も早く、みんなに好かれるほど豊かに、誰にも侵されないほど強くなりたい」と思った。

それからのテムジンの行動は速かった。その夜のうちにムカリとボロクルの二人を呼び、ケレイト族の本拠地カラトンまでの道とトオリル・ハンの所在を調べるように命じた。そして翌朝には弟のカサルと異母弟のベルグテイを呼んで「ケレイトへの旅」に同行するようにいい渡した。

続いて、荷物運びと警護のために付く従僕八人と馬二十頭を選んだ。

この時期にケレイト族の本拠であり、漠北の交易と情報の中核地でもあったカラトン（黒い林）は、今日のウランバートル市の中心から西に二十キロほどのところとされている。今もそこには土壁の跡が二重に残る史跡がある。一辺二百六十メートル余の四角型、約七万平米だ。

ここは交易所兼息抜きの場で、取引に来る商人や遊牧民は周辺の草原にゲルを張って滞在した。

その頃、テムジンの宿営があったケルレン川上流からは約三百キロ、当時の尺度なら五日行程である。

「イェスゲイの小童ども。よくぞ立派に育ったな」

巨大なゲルの正面、一段高い台座の上に据えた紫檀《したん》の椅子からしわがれた声がした。テムジンとケレイト族のトオリル・ハンとの最初の出会いは、主君と臣下の形だった。

トオリル・ハンは、テムジンの予想に反して肥《ふと》ってずんぐりした初老の男だ。身に纏《まと》う青い絹の寛衣《かんい》を飾る黒い鳥の刺繍は、この部族名（ケレイト）の語源となっているカラス（モンゴル古語でケレイ）の紋様だろうか。

背後には銀色の十字架が、右手には頭なりの鉄の兜が、左手には宝石を埋めた王杖がある。ケレイト族は、西方文化の影響を受けたネストリウス派のキリスト教徒なのだ。テムジンにとっては、はじめて見るきらびやかな異文化である。

「タイチウト族の奴らが、イェスゲイの遺児を狙っていると聞いて心配していたが、このように立派な大人になったとはめでたい」

トオリル・ハンは腹を揺すって笑った。そのセリフはボルテの父親デイ・セチェンと同じだ。過酷な漠北の地では、一定までは自力で這い上がらなければ、好意的な者も援けてはくれない。

「ハン閣下、昔あなたは、わが父と盟友《アンダ》の誓いを交わされました。それで、父も同然と思い、妻の持参した引出物をば、あなた様に差し上げます」

テムジンは、ひと言ひと言を区切っていうと、ボルテが持って来た黒貂のコートを差し出した。この一瞬、この一言、この一品にすべてを賭けるつもりだった。

これに対してトオリル・ハンは、次のような韻を踏んだ言葉で応えた、と『元朝秘史』は伝えている。ふり仮名が見難いが、モンゴルの韻文の雰囲気を味わって欲しい。

黒貂《カラブルカン》の皮衣の返礼《カリウ》に
離れ離れ《カカチヤクリン》になりたる　汝の部族《ウルス》を集めて《カムトドガエ》やろう
貂《ブルカン》の皮衣の返礼《カリウ》に
散り散り《ブタラクリン》になりたる　汝の部族《ウルス》を纏めて《ブルドケルドジユ》やろう
腎臓《ボオレ》は腰《ボクセ》に、秘密《チエエレ》は胸《チエエジ》にあれ

（村上正二訳注『モンゴル秘史』より）


『元朝秘史』は十四世紀前半の元朝盛期に書かれたという。テムジンの青年期よりは百四十年もあとだから、今日の作家が坂本龍馬と桂小五郎の会談を描くようなものだ。当然、伝承者の着色と筆者の粉飾が入っているに違いない。

しかし、トオリル・ハンとの結合を契機として、テムジン＝チンギス・ハンが「草原の雄」に跳躍したことは間違いない。

「トオリル・ハンは、昔の盟友《アンダ》の子が立派に育って、見事な黒貂のコートをくれた、と大変お歓びでね、お前たちの散り散りになった部民《ウルス》を集めてやろう、と申されたよ」

宿営に戻ったテムジンは、母ホエルンにそう報告した。だが、辛苦を重ねた母は、

「それは有難いけど、いつのことかねえ」

と呟いただけで表情を崩さない。

「そりゃあ、機会を待たなきゃあ……」

テムジンは笑顔で応じたが、母は、

「待つだけじゃなくて、することいろいろあるでしょ、テムジンには……」

と、首を振った。

「まずは、新しいやり方をどこまで取り入れるのか、ここの昔からの仕来りをどう守るのか……」

母がそう指摘したのには理由がある。

ボルテに付いて来た従僕たちは、キタイの新しい道具や方法を知っている。例えば羊の毛を刈るにも、ここでは昔ながらの鎌を使ったが、ボルテの従僕は新式の鋏《はさみ》を持っている。能率はよいし、羊を傷付けることも少ない。このため、鋏を借用したい者は多いが、その数は二丁限りだ。

「ボルテさんが鋏を使わす順を決めているとか……」

母は少し不機嫌な表情になった。

「それにボルテさんはフェルト造りや毛糸編みもお上手なのね」

ボルテのもとにフェルト造りや柄入りの毛糸編みを習いに来る女性が増えた。

「いやあれは、キタイの職人に習っただけだよ」

テムジンは、ちょっと遠慮したいい方をしたが、母はまた、それを聞き咎《とが》めた。

「いえ、私は有難いと思ってるんですよ。ボルテさんのお蔭で仕事が捗《はかど》るようになったからね、歓んでる者も多いでしょうよ」

母は皮肉混りの口調でいった。

「でもね、女性にはもっと大事な仕事があるでしょう。テムジンの妻としての……」

母のいっているのは子作りのことだ。テムジンは二十一歳、ボルテは二十二歳、今日の日本でいえば三十代中頃の新婚夫婦だから、姑が焦るのも無理もない。

「ふん、まだ半年も経ってないから……」

今度はテムジンが鼻を鳴らした。「そちらの方も疎《おろそ》かにしているわけではない」といいたい。

「そうかねえ、いろいろ気を散らすのはどうかね」

母は、愛情と激励を混えて上目遣いに睨んだ。

冬が過ぎた。テムジンとボルテの新婚生活も一年が経った。

テムジンは、久し振りに豊かな暮しを味わえた。親友ボオルチュと新妻ボルテが連れて来た従僕と家畜のお蔭で、食糧や衣料に窮することもなかったし、彼らの持ち込んだ新しい道具や技術で仕事が捗り、暇な時間が増えた。

「少しはましになったが、まだ親父の十分の一だ」

テムジンは自分にそういい聞かせた。

ゲルの数は二十に満たず、人の数は百に足りない。羊や山羊はやっと二千、牛馬は各百頭余り。その上、構成する民は様々、父イェスゲイの率いたキヤト氏族のような血縁のまとまりがない。反面、それ故の利点もある。血族旧縁に拘わらず参加でき対等にものがいえる。一昨年メルキト族の襲撃で、父や夫を殺された難民を受け入れた話が、旅芸人らによって喧伝され、その効果も現れた。草原が緑で蔽《おお》われる頃、吹子《ふいご》を背負った親子がやって来た。

「わしはブルカン岳に棲む山の民の親父《エゲン》だが……」

中年の親父はそう名乗った。

「山の民」――正しくはウリャンハイ族――というのは、家畜や牧地を持たず、山の斜面に宿営を張って渡り歩く半猟半工の部族だ。人口はさして多くはないが、少人数の集団に分れて草原北側の山地に広く分布している。中には金髪の者もいるから、その昔、西方から移って来たのだろう。

この頃、この部族が注目されたのは、鉄を焼いて形造る技術を持っていたからだ。親父が「吹子を背負っていた」というのはその象徴である。

「わしらは昔、テムジン様のお生れになった時、黒貂の産着を差し上げ、この子ジェルメを差し上げると申しましたが、亡きイェスゲイ様が『まだ嬰児だから』と申されたので連れ帰りました。今やテムジン様が立派になられたんで、この子を差し上げます。馬番なりと門番なりとにお使い下され」

と申し出た。

テムジンは差し出された「子」ジェルメを見た。「子」といってもテムジンと同年輩、二十歳を過ぎた大人だ。それだけに様々な知識と世故を備えているように見えた。

「実は今、俺の宿営は急増中だが、問題も多い。ジェルメ君には俺の手足となって諸方を駆け回り、俺の耳目となって諸行を見聞して欲しい」

といい渡した。この人、ジェルメは期待に違わず、やがて「チンギス・ハンの四匹の忠犬（四狗）」の一人に数えられるようになる。

「山の民」の息子、ジェルメの加わったことで、テムジンの宿営は一段と引き締まった。

ジェルメは鉄を焼く技術を持っていたので、各ゲルと接触して刀剣、鍋釜、止め金の修理に当ることも多い。自ずとそれぞれの家庭事情や不満不服を知り、周旋の任にも当った。

テムジンには「使い易い臣下」、いわば格好の補佐役ができた。お蔭でテムジンは、もっと大きな仕事を考える余裕を得た。傘下の全員に「よりよい明日」を期待させる方針と行動を打ち出し、集団としての将来方向を考えることだ。

しかし、宿営の拡大でも運営組織の充実でも、解決できない問題がある。ボルテに子ができないことだ。ボルテがここに来て既に一年が経つのに懐妊の兆しが現れない。

「カサルもカチウンもベルグテイも一年以内に孕《はら》ませたのに、テムジンは何をしているのかね。ボルテさんは体格もいいのに、結婚が遅かったからか、いろんなことをやりすぎるからか……」

母ホエルンはそんな嘆きを繰り返した。夏の終りが近づく頃には、

「テムジンもそろそろ側女を置いたらどうかね。お父さんのイェスゲイは、私と結婚して半年も経たぬうちにシャラ・エゲチを連れて来たんだよ」

ともいい出した。当時は当り前のことだ。現に弟のカサルは正妻に三人目の子を身籠らせる一方、ケレイト族の側女にも子を生せた。

ボルテは義母の態度に苛立った。親元での長い独身生活の間に身に付けた毛織りや刺飾の技術はボルテの誇りだ。連れて来た従僕もそのつもりで選んだ。七年間もテムジンを待つ間に拡げた理想と習い重ねた技能を、軽く見て欲しくない。

それを知ってか知らずか、義母ホエルンは、メルキトの襲撃から逃れて来た難民の子を可愛がった。夏の盛りに幼い男女の子を連れて避難して来た母親が病死したことも、孫二人を連れて来た老人が寝たきりになったのも、それを促した。

「私はね、この子たちを養子にして、昼は見る目、夜は聞く耳になってやるよ」

ホエルンは善意と子育て趣味からそう決めた。だがそれも、嫁のボルテには当てつけに思えた。

「俺はボルテを愛している。将来は諸部族との同盟の証に妻を増やさねばならぬだろうが、俺の愛はボルテ、俺の跡取りはボルテの生む子だ」

テムジンはそう繰り返した。

だが、夏の終りの未明に轟《とどろ》いた地響きから、テムジンとボルテの人生は一変してしまう。

歴史小説のロビーで

歴史小説を書くのは、歴史の仮説を創る作業だ。

歴史小説と時代小説は違う。時代小説は歴史・時代を舞台とした創作で、史実とは関係ない。『水戸黄門漫遊譚』や『銭形平次捕物帳』が典型だ。

歴史小説は、史実は正確に伝え、史実と史実の間を合理的に推測し記述する。いわば、史料で確認できない部分の「仮説」を立てるのである。

従って、大きな主題の歴史小説を書くと、登場人物が多くなる。それでも日本の戦国時代や幕末維新なら脇役も著名人が多いから分かり易いが、チンギス・ハンの物語では主人公以外は知られていない。しかもモンゴルの人名は憶え難い。

小説の途中で不格好だが、当面重要な登場人物二十人を挙げておきたい。チンギス・ハンとの推定年齢関係を付記する。

1　テムジン＝のちのチンギス・ハンの家族

ホエルン――テムジンの母親（十八歳ほど年上）

イェスゲイ――テムジンの父・氏族長（故人）
カサル――テムジンの次弟（二歳下）
カチウン――テムジンの三弟（四歳年下。若死にした）
テムゲ――テムジンの末弟（六歳下）
ベルグテイ――テムジンの異母弟（三歳ほど下）
シャラ・エゲチ――父の側女・ベルグテイの実母（十五歳ほど上）
ボルテ――テムジンの正妻（一歳上）

2　テムジンの部下または支援者

ボオルチュ――義侠心で加わった名臣（四歳下？）
ムカリ――テムジンの名臣（八歳下）
ボロクル――テムジンの名臣（八歳下？）
チラウン――テムジンの名臣（四歳下？）
以上四人が「四頭の駿馬（四駿）」
ムンリク――父の補佐役（十三歳ほど上）
ジェルメ――「山の民」で鍛冶屋の息子（同年？）
ハッサン――イスラム教徒の隊商親方（二歳ほど下）
コルコスン――ウイグル人の旅芸人（五歳ほど下）

3　テムジンの同盟者

ジャムカ――テムジンの盟友《アンダ》（三歳上）

トオリル・ハン――ケレイト族長・父の盟友《アンダ》（二十歳ほど上）

4　テムジンの仇敵

タルグタイ――タイチウト族長（十歳ほど上？）

トクトア――メルキト族の氏族長（数歳上？）

天与の苦しみ

「族長様《ノヤン》、族長様……」

妻ボルテと肌を合わせて眠り込んでいたテムジンは、けたたましい叫び声に甘美な夢を破られた。二十二歳の晩夏の未明のことだ。

「何事か……」

テムジンはよろけながら、ゲルの入口を開いた。そこにあったのは、母ホエルンの下で働く老婆の皺深い顔だ。

「大変だあ、族長様、大勢が来るよ、全速力で」

老婆は老いで緩んだ顔を、恐怖で歪めて叫んだ。

「どこに」テムジンは左側を、つまり仇敵タイチウト族のいる東の方の空を睨んで、耳を澄ませた。だが、何も見えず、何も聞こえない。

「婆や、悪い夢でも見たのでは……」

テムジンが不機嫌にいいかけた時、老婆は地面に身を投げ出して泣き叫んだ。

「地響きがするよ、地が揺れてるんだよ」

「何、地響きが……」

テムジンは、老婆に習って地に耳を付けた。そして身も凍える恐怖に襲われた。

「大勢だ、少なくとも百はいる。全速力だ。この時刻、この速度、敵意ある襲撃に違いない。千を数える間（約二十分）でここに来る」

テムジンは、そう予測して叫んだ。

「婆や、みんなを起せ。ここに集まれと伝えよ」

テムジンはそれだけをいってゲルに入り、衣服を整え、甲冑《かっちゅう》を纏《まと》った。恐怖で奥歯が鳴り、驚きで手が震えた。

「どうしたのよ、テムジン。落ち着きなさい」

背後から、黒い毛皮の寝台に身を起したボルテがたしなめた。

「来たんだ、タイチウトの奴らが襲って来たんだ。千を数える間にここに来るぞ」

テムジンはそういい残すとゲルを出た。急を知って駆け付けた人々が集まりだしていた。

「みな、甲冑を身に付け、弓矢刀剣を持って馬に乗れ。タイチウトの奴らが襲って来るぞ……」

テムジンは何度か叫んだ。誰よりも早く身仕度を整えた母ホエルンは、鞍《くら》を置いた馬に跨《また》がり、

「カサルに応援を頼もうね」

といって駆け出した。カサル家のゲルは百アルト（百八十メートル）ほど離れている。

「そうだ、ボオルチュも呼べ」

テムジンは近くにいた従僕に命じた。

この時、テムジンは、仇敵タイチウト族と戦うことしか考えていなかった。だがそれには、二つの重大な誤りがあった。

千を数える間（約二十分）が経った。

東側の空には明るみが出たが、中天から西には星が見える。馬蹄の響きは暗い方から迫って来る。

「間に合ったぞ……」

テムジンは左右を見て、ひと息ついた。

宿営の男たちはみな弓矢を持って馬に跨がっている。右側には四人の弟とその従僕たち、左側にはボオルチュをはじめとする親友や家臣、背後にはテムジンとボルテの従僕、総勢四十人ほどだ。

女性と幼児と貴重な品は、牛車に載せてブルカン岳の林へと走らせた。余分な馬も林の中に追い立てた。できる限りの迎撃体勢は整っている。

やがて、半馬行程（約三キロ）ほど先の地の襞《ひだ》に、襲撃者の群れが現れた。数はよく分からない。装束も、馬印も、暗くて見えない。奇襲の効果を狙ってか、斜面を回り込むこともなく、風下から真っ直ぐに攻め上がって来る。

「これは勝てる。この体勢で矢合わせをすれば、何物も奪われずに撃退できる」

とテムジンは読んだ。追い風に乗れば、矢の威力は倍増する。

「射て、射てえ」

敵が五十アルト（九十メートル）ほどに迫った時、テムジンは叫んだ。数十本の矢が紫色に変わった天を飛んで地に刺さった。敵の馬群が乱れ、二、三人が落馬した。最初の一触は予想通りだ。一旦退いた敵が、体勢を立て直して旋回攻撃に出ると、形勢が変わった。敵の数は予想以上に多く、動きが敏捷、射掛ける矢は鋭く重い。すぐ脇で従僕の一人が馬の首を射抜かれて転倒した。

「鉄の鏃《やじり》だ……」

テムジンは胆を潰した。と同時に、ボオルチュが駆け寄って来て囁《ささや》いた。

「メルキト族だ、タイチウトではない」

なるほど、明るみの出た斜面に、赤い柄に黒い馬の尾を垂らした旅長トクトアの馬印が見える。

次の瞬間、テムジンは本能的に叫んでいた。

「逃げろ、ブルカン岳の林に逃げ込め」

テムジン陣営は一斉に走った。全員が無事に斜面の林に逃げ込み、散り散りに駆け上がった。女子供を乗せた牛車も既に林に入っているはずだ。メルキト族は追って来たが、すぐ諦めた。晩夏の林は、葉が茂り蔦《つた》が絡み、追える状態ではない。

「よかった、助かった……」

引き上げて行くメルキトの騎馬を見て、テムジンはそう思った。

ブルカン岳の斜面に広がる樹林に逃げ込んだテムジンは、黒装束のメルキト騎兵が、朝日を浴びて引き上げて行くのを見下ろして、ほっとする思いだった。

馬も女も金目の品も、いち早く林に隠した。多少の牛や羊を連れ去ったとしても、メルキト族がここまで来た遠征の労苦は報われない。襲撃掠奪《りゃくだつ》を経済活動と考える遊牧民にとっては、引き合わなければ失敗、今日の企業人が経費倒れの事業を行ったようなものだ。

「ざまあ見ろ」

テムジンは、引き上げてくる部下を眺めているメルキト族長トクトアの四角張った面に、からかいの言葉を吐きかけてやりたい気分だった。

だが、次の瞬間、別の情景を見た。メルキト騎兵の一人が、色白い女性を馬の尻に乗せて、トクトアの方に向かっている。女性はシャラ・エゲチ、亡き父イェスゲイの側女でベルグテイの母親だ。

「エゲチよ。どうして逃げなかった……」

テムジンは、そう訊ねたかった。薄い木綿の下着に室内履きの短靴という格好は、逃げ遅れたと

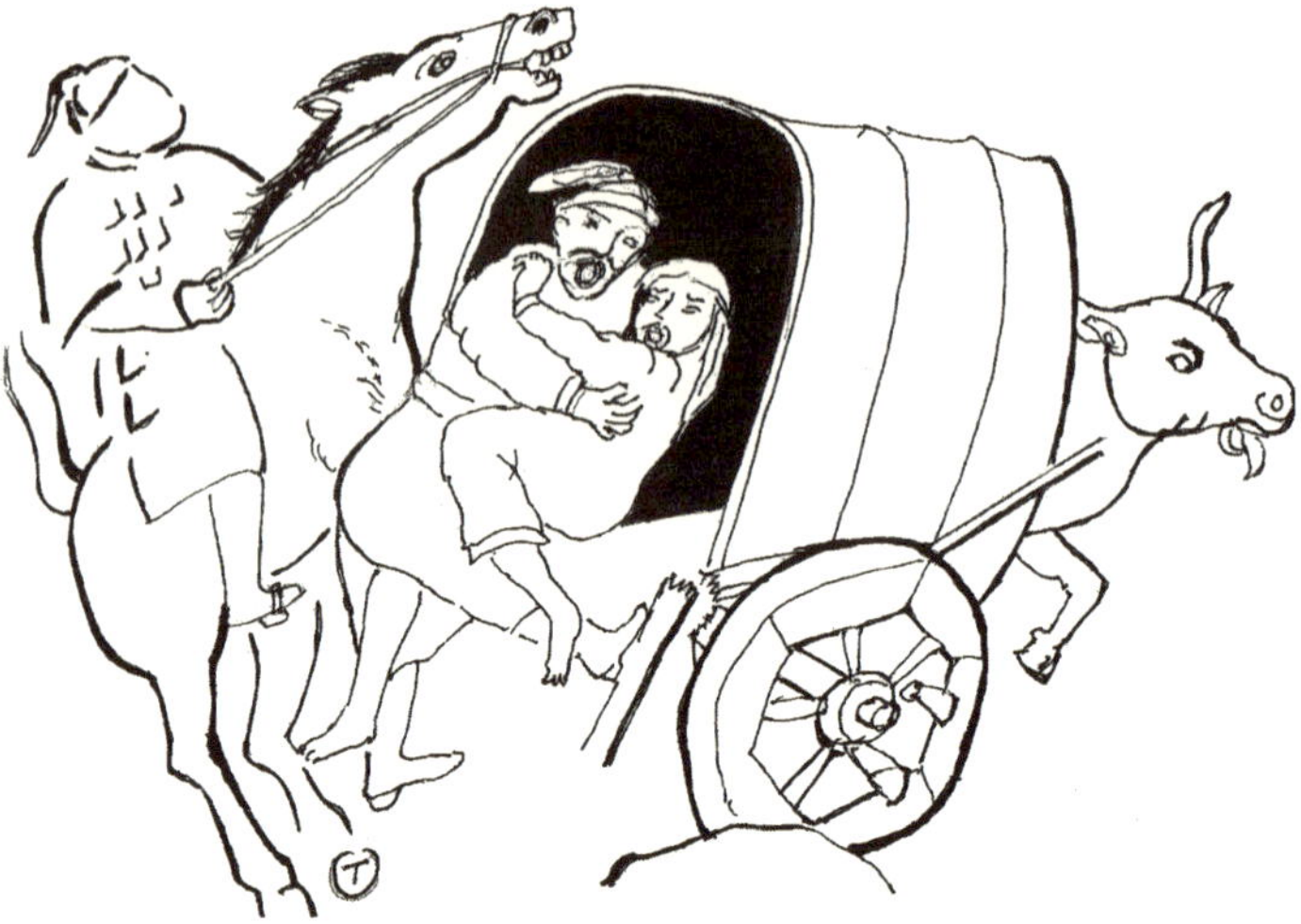

いうよりは、覚悟の居残りに見える。

「分からん……」

テムジンは首を捻ったが、次には視野が白むほどの衝撃を受けた。林の入口に止まった車軸の折れた牛車から、危急を報《しら》せた婆やが、続いて背の高い女が、引き出されるのが見えた。

「ボルテ……」

テムジンは声にならぬ声で絶叫した。思わず馬の腹を蹴り、林の斜面を駆け下りようとした。だが、顔に蔦が絡み、馬が足を滑らせて落馬した。

「畜生、この野郎……」

テムジンは口汚く罵《ののし》りながら馬を起したが、それに跨がろうと鐙《あぶみ》に足を掛けた時、心を吹き抜ける隙間風のように冷静さが戻って来た。

「どうしてボルテに馬を与えなかったのか……」

冷静は、悔悟を呼んだ。

「毛皮や銅鍋を持って行かそうとしたからだ。俺はつまらぬもののために大切なものを失った」

テムジンはまずそれを悔いた。

「どうしてあれほど慌て脅えたのか。あと三百を数える間持ち堪《こた》えれば、ボルテも逃げられたのに……」

次いで自分の臆病さに腹が立った。そしてそれが襲撃者がタイチウト族ではなくメルキト族と知った驚きに由来することに思い当って呟いた。

「俺の思い込みが、誤りの基だ。俺は、愚かだった……」

「女房を奪われて悔しいか……」(注24)

テムジンは、頭上に降った鋭い声で我に返った。ブルカン岳の斜面を百アルト(百八十メートル)ほど登った砂の上で、テムジンは両膝の間に顔を伏せて長い時を過ごしていた。

「当り前だろうが、わざわざ訊ねることか……」

テムジンは腹立たしい思いで顔を上げ、声の方を見上げた。そこには母ホエルンの引き締まった小さな顔があった。

「テムジン。お前はメルキト族に負けたのか」

母は、改めてそう訊ねた。

テムジンは駄々をこねるように首を振った。傷口に塩を擦り込むような母の問いが辛かった。

「メルキトの族長トクトアは、勝ったのか……」

母は、続いてそう問うた。それを聞いて、テムジンはハッとした。

大湖（バイカル湖）の畔《ほとり》から十日行程以上の距離を、百人を超える騎士を連れて旅した挙句が、「女三人」の収穫では引き合わない。たとえそれにトクトアの惚れた女性が含まれたとしても、部下の騎兵たちには報えないだろう。

メルキトの連中は、追い散らした馬群を奪うでもなく、持ち出した金目の物を探すでもなく、早々と引き上げた。一人の死者も出さずに、ブルカン岳の林に退いたテムジン側の反撃を恐れたからに違いない。眼下に広がる草原には、テムジンたちのゲルが約二十、無傷のままで残っている。

「敵は……、トクトアは……、勝てなかった……」

テムジンは、母を見上げて答えた。

「ならば、テムジン。お前の勝ちにしなさい」

母は、小さな顔を反《そ》らして、きっぱりといった。結んだ髪の背後に輝く午後の陽が目映い。

「うん……」

テムジンは短く頷いて立ち上がった。身も心も。まずは、異母弟のベルグテイと親友《ノコル》のボオルチュと「山の民」出身の従僕ジェルメの三人を選んで、

「メルキトの奴らが本当に逃げ帰ったのか、三日行程（百八十キロ）の先まで追跡して確かめよ」

と命じた。メルキト族がどこかに隠れて、再び奇襲して来る恐れもあったからだ。

翌日、テムジンは一同をゲルに戻し、馬や羊を集めさせた。そして四日目、メルキト族は間違いなく撤退したと報されると、ブルカン岳に向かって祭壇を造り、犠牲の羊を捧げ、帽子を脱ぎ帯を解いて感謝の祈りを行った。

「彼の婆やのいたちとなりで聴きるが故に、ブルカン岳にいなごの如き身を助けられたり」

ブルカン岳を祭って勝利を宣言したことで、テムジンの宿営の士気は高まった。「強敵メルキトにも負けなかった」という誇りと自信とが、人々を勤勉にも明朗にもした。

だが、テムジン自身の気分は晴れない。宣伝と儀式で他人を騙すことはできても、自分を欺くことはできない。秋が深まる中、テムジンは何も考えられなかった。

そんな時、珍しい客が来た。父イェスゲイの補佐役だったムンリクだ。テムジン一家には、好意と同情を示しながらも、最後の土壇場では一家を見捨ててタイチウトの旗下に走った男である。

「テムジン様が最も望んでおられるのは……」

ムンリクは、六年振りというのに、昔話もその後の説明もそこそこに、本題を切り出した。

「ボルテさんを取り返すことですか、メルキト族を破ってトクトア族長を懲らしめることですか」

「両方だ、もちろん」

テムジンは腹立たしく叫んだが、ムンリクは、

「一つでも難しいのに、両方とは……」

と呟いて、哀し気に首を振った。テムジンがいずれについても具体的な方法を考えていないのを

察したらしい。

「もし、ボルテさんを取り返すのが願いなら、馬百頭を揃えてトクトアに頼みなされ、ボルテを返してくれ、これこの通り身代は払う、と」

ムンリクは低いが挑発的な口調でいった。

「厭だ、それではトクトアの思う壺ではないか」

テムジンは夢中で首を振った。

「ならば……、兵を募ってメルキト族を破り、トクトアを殺す方法をお考えになるしか……」

ムンリクは、上目遣いにテムジンを睨んだ。

「もっともその際は、乱戦死闘の中で、ボルテさんも死ぬ恐れもありますがな……」

父イェスゲイと何度も戦場往来を経験したムンリクは、現実を厳しく語った。何千もの兵が雄叫びを上げて殺し合う場で、一人の女性を探し出し無傷で連れ帰るのは簡単なことではない。

「止むを得ない。ボルテも俺の妻だ。負ければ死ぬのが草原の常と覚悟しているだろう」

長い沈黙の後で、テムジンは腹の底から呻《うめ》いた。そして、一つの問いを加えた。

「ムンリクよ、教えてくれ。敵に勝つ方法を……」

ムンリクは、この六年間の思いを吐き出すように、膝をよじらせてひと言ずつ区切っていった。

「私が御父イェスゲイ様から学んだ勝つための段取りは、敵を知り、我を増し、時を摑む、です」

「まずは敵を知ることか……」

テムジンは、ムンリクの言葉を復唱し、すぐ実行に移した。何人かの部下に敵メルキト族とトクトア族長の様子を探らせた。これで最大の成果を上げたのは、使い番志願のボロクルだ。

「この宿営を襲ったのは、メルキト部族十二氏族の中の三氏族、トクトアを指導者と仰ぐ連中です」

ボロクルは、そんな説明からはじめた。

「奴らは十二日行程（約七百キロ）ほど西北の川の畔で、それぞれ円陣を組んで宿営しています。三氏族合わせてゲルの数は三百、人の数は二千人ほど、兵はみな鉄の鏃《やじり》の矢を持っています」

「それは……強敵だな……」

テムジンは呻いた。総勢百人弱のテムジン集団から見れば、そそり立つ巨岩のような存在だ。

「トクトア族長の評判はどうかな……」

テムジンは巨岩の割れ目を探る気分で訊ねた。

「なかなかのものです……」

ボロクルは正直に答えた。

「トクトアの先代はケレイト族やモンゴル族を破った偉いハン、その跡取りだけに旗本も大勢います。ただ、この前の掠奪は失敗とされています。三つの氏族から百五十人も動員して得たのが女三人では、氏族の女性たちが収まりません」

「ほう、その話は誰に聞いた」

テムジンは、あまりにも期待通りの評判に、かえってその情報を疑った。

「ナヤアと申す者です」

ボロクルは胸を反《そ》らして実名を挙げた。

「タイチウト族のタルグタイ族長の側近で、今はメルキト族の宿営にいます」

「なに、タルグタイの側近がメルキトの宿営に……」

テムジンは驚きの声を上げたが、ボロクルは、

「はい、ジャムカ様の指示だそうです」と答えた。

「ジャムカ様は、商人や旅芸人を介さずメルキト族から鉄を仕入れるため、メルキトに駐在する者を募られました。これに応じたのがナヤアです。今やタイチウト族もジャムカ様の指揮下だから」

「なるほど……、けどその男、信じられるかな」

テムジンは首を傾《かし》げて見せた。

「利に聡く機を見るに敏、秘密行動を好む性格ですが、話を聞くだけなら信じられるでしょう」

ボロクルは穿《うが》った見方を示した。

「では、訊ねる。ボルテはどうしているか……」

テムジンは、最も聞きたく、また最も聞きたくない質問をした。

「トクトア族長は、ボルテさんを、自分の弟に与えました。三人目の妻女として……」

その冬、テムジンは悶々として過ごした。日が短くなり気温が下がり、何もすることがなくなると、辛さが一段と身に浸みた。

「今頃、ボルテはどうしているだろうか。メルキトの族長トクトアの弟やらに抱かれているのか」

そんなことを考えると、気が狂い身が弾けそうになる。だが、どうすることもできない。

テムジンは虚しくゲルの中を歩き回り、独り髪を掻きむしった。

そんな冬のある日、母のホエルンが現れた。

「お前がタイチウト族に捕らえられた時には、私も心配で堪らなかった。お前が乾草造りと兎狩りに懸命だった頃には、可哀想だと思った。けど、今は心配もしてないし可哀想とも思わない。お前がどうやってトクトアに勝ち、ボルテさんを取り返すか、それが楽しみなだけだよ。この苦しみは天の与えた贈り物、大きく伸びる弾みにしなさい」

母ホエルンは、小さな身体を伸ばして微笑んだ。

「母さんには、男の気持ちは分からないんだ」

テムジンはそう叫んだ。だが、ホエルンは、

「お前に女の気持ちが分かるのか。ボルテさんが苦しんでいないと思っているのか」

と切り返した。

この日からテムジンは、嘆くのを止め、メルキトを破ってボルテを取り返す方法を考え出した。

まずは、敵の位置と様子をよく知ることだ。

テムジンは、ボロクルにメルキトの宿営に潜り込んで、ナヤアと連絡を取る方法を決めさせた。ナヤアは、

「わしは毎晩鉄片を数える。鉄の触れ合う音が消えたあと千を数えてからゲルの北側を四度叩け」

と、合図の方法を定めた。

次に旅芸人のコルコスンを探し当てて頼んだ。

「メルキトは弱っている。冷夏によって食糧が不足し、掠奪の失敗で内部に不満が溜っている、という噂を流してくれ」

「よろしおす。その代わり、手持ちの鉄を馬と食べ物に換えとくなはれ」

と、コルコスンは申し出た。ジャムカがナヤアを派遣してメルキトと直接取引をはじめたため、旅芸人の内職交易はできなくなり、仕入れた鉄の買い手がなくなったのだ。

「それは有難い。鉄は是非とも欲しい」

テムジンは歓んで鉄二駄馬分（二百四十キロ）を引き取った。メルキト族と戦うためには、それに劣らぬ数の鉄の鏃が欲しい。

戦機、来たる

また、春が来た。氷が融け、雪が消え、羊たちの出産がはじまった。

「ボルテがいなくとも、春は来るのだ……」

テムジンには、明るい外界が腹立たしくさえ思えた。

「族長、もうそろそろ動くべきではないか……」

ベルグテイがそう促した。メルキト族に母親を奪われた異母弟は、苛立っていた。

「いや、今は馬が痩せている……」

テムジンは首を横に振った。遊牧民が出陣や長旅を断る時の常套句だ。

妻ボルテを掠《さら》われたテムジンは、ベルグテイ以上に焦り苛立っていた。だが、「だからこそ、慎重にやらねば」と、自分にいい聞かせた。

敵はトクトア族長の率いるメルキト族の三氏族、三百戸二千人の大勢力だ。これを破るには、万戸のケレイト族を束ねるトオリル・ハンの助力を得るしかない。

幸いトオリル・ハンには、一昨年、ボルテが持参した黒貂《くろてん》のコートを贈り、「盟父」として崇《あが》めることを宣言した。亡き父の盟友《アンダ》だからだ。

その際、トオリル・ハンは、「黒貂の礼に、散り散りになったお前たちの民を集めてやろう」といった。今となっては貴重な言質だ。

「トオリル・ハンが断る理由をなくさねばならぬ、いや進んで乗るような状況を作るのだ」

テムジンは、異母弟ベルグテイにそう説いた。

「そんな状況とは……」

ベルグテイはじれったそうに訊ねた。

「第一に、馬が痩せているとはいえないこと、第二に、メルキト常勝の神話が消えること、そして第三には、トオリル・ハンとケレイトの部族民が歓んで戦いに出るような装備を与えることだ」

「ケレイト族が戦いたくなる装備とは……」

ベルグテイは太い首を傾《かし》げた。

「鉄の鏃《やじり》だよ」

テムジンは断言した。

「今、ジェルメら山の民に四千本の鉄の鏃を造らせている。このうち三千本はケレイト族に贈る」

この頃、漠北でも鉄が普及しはじめていた。トクトアの先代は、鉄の鉱山を開発、鉄の鏃の付いた矢を使うことで勝利を重ね、「常勝メルキト」のイメージを作り上げた。だが、今や鉄はメルキト族の独占物ではない。

「メルキトの神話の化けの皮をはがす好機だ」

とテムジンは考えていた。

「カサルよ、ベルグテイよ。ケレイト族長トオリル・ハンのところへ行こう。メルキト族を討つ助力を願うのだ」

昼の最も長い日が過ぎてから二度目の満月を迎えた頃、テムジンは次弟と異母弟に告げた。

「有難い、ついに兄者も意を決してくれたか」

生母をメルキト族に連れ去られた異母弟のベルグテイは、大きな身体を震わせて勇み立ったが、次弟のカサルは、なお、

「大丈夫か、トオリル・ハンは老獪《ろうかい》な男だぞ」

と心配顔で訊ねた。

「大丈夫だ。俺はトオリル・ハンの言質だけを当てにしているのではない。トオリル自身にとっても、今こそ絶好の機会だ」

テムジンは低いが力の籠った声でいった。

「俺たちの馬は肥えたが、メルキト族の馬は痩せている。今年の冬は寒く、大湖（バイカル湖）の畔《ほとり》は草が伸びない。そのメルキトの中でも、トクトア一派は孤立している。三年前、大興安嶺を越えてキタイの城市を襲撃の際、知事を殺したのが怨みを買っている。あれに驚き慌てた金王朝が東のお山（大興安嶺）の防備を強化し出した」

襲撃掠奪《りゃくだつ》を経済行為と考えている遊牧民にとっては、農耕民の知事を殺すなど全く余計なこと、これで相手の防備が強化されると襲撃は危険になり、掠奪事業のリスクとコストが高まる。それを敢えてしたトクトアの短慮が非難を集めたのは当然だろう。

「加えて、これだ……」

テムジンは、出来上がった矢を見せていった。錐《きり》のように尖った鉄の鏃が付いている。

「これを三千本、トオリル・ハンに差し上げる」

「トオリル・ハンの率いるケレイト族の数は万を超えると聞く。兵だけでも数千人、三千本では到底足りないよ」

カサルは、なおも心配顔で呟いたが、テムジンはすぐ反論した。

「いや、これは象徴だ。メルキト自慢の鉄の鏃などありふれたものと思わせれば十分だ。トオリル・ハンもメルキト族にはひと泡吹かせたいところだろうから、飛び付いて来るさ」

「なるほど、流石《さすが》は兄者だ、よく考えている」

ようやくカサルも同意した。

翌々日の朝、テムジンとカサルとベルグテイの三人は、ムカリとボロクルを頭とする六人の従僕と馬二十頭を引いて旅に出た。目指すはカラトンから一日行程ほど西のケレイト族の中核宿営だ。

「イェスゲイの小童ども、いや、わが義子《むすこ》たちよ」

豪華に飾られた大型ゲルの正面、一段高い台に据えた紫檀《したん》の椅子に肥満体を埋めたケレイト族の指導者トオリル・ハンは、目前に跪《ひざまず》いたテムジン、カサル、ベルグテイの三兄弟をゆっくりと見回した。小さな金壺眼《かなつぼまなこ》が頬骨の張った頭の中で異常に輝いている。

「わが義子が理不尽にも新妻をメルキト族に奪われたというのか、何と嘆かわしいことよ」

トオリル・ハンは左に控える末弟ガンボを顧みて呟くと、右の女性に銀の盃を差し出して馬乳酒を注がせ、ゆっくりと飲み干した。テムジンの申し出への返答を考えるための時間稼ぎだ。

「この男の、肥満したケレイトのハンの次のひと言で、俺の人生は決まる……」

そう思うとテムジンの心臓は、口から飛び出すほどに高鳴った。

時の流れは遅い。トオリル・ハンが口を拭う間もひどく長く思えた。

「一昨年、お前たちが黒貂のコートをくれた時、わしはいわなかっただろうか。黒貂のコートの返礼に散り散りになった汝の民を集めてやろうと」

トオリル・ハンはそういって椅子の上の肥満体を前に、テムジンの方に傾けた。

「今、わしはその言葉通りにしてやろう。黒貂のコートの返礼に、不埒なメルキトの輩を滅ぼして、汝の妻のボルテを救い出してやろう」

「有難きお言葉」。跪いたテムジンがいいかけると、トオリル・ハンは太く短い手を上げて制した。

「テムジンよ、わしの義弟《おとうと》ジャムカに伝えよ。わしはここから二万の兵を率いて出馬して右手となろう。義弟のジャムカも二万の兵を率いて出馬して左手となれ。出会いの場所と日時はジャムカが決めよ、と」

トオリル・ハンは厳かな権威に満ちた声音と口調でいった。二万と二万、合計四万人は、この頃の漠北としては異常なほどの大軍だ。

「有難うございます。ジャムカ殿はわが盟友《アンダ》、只今のお言葉を確《しか》と伝えます」

テムジンは、歓びに全身を震わせて叫んだが、すぐまた不安になった。

ジャムカが断って来れば、すべてが立ち消えになるのではないか、と考えたからだ。そしてまた、あのジャムカが二万もの大軍を動かすほどの身になっているか、との驚きも感じた。漠北は今、大きく変わろうとしているのだ。

「カサル、ベルグテイ。直ちにジャムカ盟友《アンダ》のところへ行け」

トオリル・ハンのゲルを出るとすぐ、テムジンは二人の弟に命じた。

「そしてまず俺の言葉としていえ。『三つの（氏族の）メルキト族にわが居所を空にされた。己《おの》が仇をばいかにか報いん。われらは肉の親族ではないか、われらが仇をばいかにか報いん』と。続けて、只今のトオリル・ハンの言葉を伝えて、ジャムカ盟友に会同の時と所を決めてもらえ」

まず、この度の戦はテムジンがメルキト族から受けた被害に報いるものであり、テムジンこそが主役であることを明確にする。そして続けてトオリル・ハンの参加を伝えて勝てる戦と思わせる、という順序だ。

「ジャムカが答えれば、その言葉をカサルは俺に、ベルグテイはトオリル・ハンに伝えよ。カサルにはムカリを、ベルグテイにはボロクルを付ける」

文字のなかったこの頃の漠北では、使節や伝令は確実正確に伝えねばならない。このために記憶のよい従者が必要だった。

「うん、それで兄者は何をする」

カサルが無遠慮に問い返した。

「俺か、俺は大至急宿営に戻って、わが陣営の出陣準備をする」

テムジンはここで一段と力を入れて続けた。

「トオリル・ハンとジャムカ盟友が各二万人の軍勢を出すのなら、俺も二百人は揃えたい」

「二百人ねえ……」

カサルがにやりとした。テムジン集団《アイル》の総数は百人弱。十二日行程（約七百キロ）も先のメルキトとの戦に参加できる男は五十人もいない。カサルの皮肉な微笑には「五十人を二百人と称するんだね」という意味が含まれている。

中世の数字は曖昧、どこの国でも実数の三、四倍、時には十倍を自称することも珍しくはない。だが、テムジンは真剣だ。今度の戦いではきっちりと存在感を示したい。それには、できるだけ多くの兵を集めて真っ先を駆けることだ。

ブルカン岳南麓の宿営に戻ったテムジンは、人集めに急いだ。「富者《バヤン》」の息子のボオルチュには親類や親元の従僕を誘うように頼んだ。馬乳酒造りの息子のチラウンには兄弟を誘わせた。山の民（ウリャンハイ族）出身のジェルメには、同族に声を掛けさせた。周囲の小集団や流浪民にも誘いかけた。日本式にいえば「浪人集め」である。


「ジャムカの殿は、こう申されました」

十日後に戻ったカサルとムカリは、砂塵にまみれた姿のままでテムジンの前に現れた。二人とも興奮気味で頬が赤い。

『テムジン盟友《アンダ》が居所を空にされたと聞いて、わが心を痛め、わが肝を苦しめていた。その仇に報いるために、メルキト族を滅ぼしてボルテ夫人を取り返そう。

鞍《くら》を叩く音だけで戦太鼓と間違えるほど臆病なメルキトの族長トクトアは駱駝ヶ原にいる。矢筒の中で長い矢が揺れるだけで逃げ走るほど怖がりの第二の族長は川中島にいる。蓬《よもぎ》が風にそよぐだけで林に隠れるほど慌て者の第三の族長は酒造《みき》ノ原におるぞ。

われらはセレンゲ川を渡って攻め込み、奴らの天幕の大黒柱を倒し、その妻子を奪おう……』

「ほう、ジャムカ盟友は勢力を伸ばすだけあって情報も多く、決断も速いな」

テムジンが頷くと、カサルは続けた。

「ジャムカの殿はテムジン盟友とトオリル・ハン大兄《エケ》に伝えてくれとて、こう続けられました。

『われらは仰ぎ見る大旆《たいはい》（トク＝馬印）を祭った。

われらは鋼鉄の衣を着て、鋭き槍を手にした。

トオリル・ハン大兄は、ブルカン岳の南のテムジン盟友のところを通ってお進みなされ。われらはオノン川の畔にいるテムジン盟友の昔の民を併せて二万の軍勢と成し、オノン川を遡《さかのぼ》る。

今日より数えて二十日目、次の新月の日にオノン川の源流で会おう』

ジャムカの殿はさらにこうも申されました。

『吹雪になるとも、約束には、
豪雨になるとも、会同には
遅れじとこそ、誓い合おう』と……」

以上は『元朝秘史』に出ている言葉をまとめたものだ。原本はずっと長くて頭韻を踏んだ詩文となっている。

もちろん後世の創作だが、文字のなかった当時は、使者や伝令には憶え易い韻文にするのが常だったから、雰囲気は似ていたかも知れない。

「いや御苦労だった。有難いことだ……」

テムジンはカサルに礼をいったが、内心では、

「流石はジャムカ、抜け目がない」

と舌を巻く思いだった。「テムジン盟友の昔の民を併せて」のひと言が鋭い。テムジンの難儀を救うという理由で、ジャムカはテムジンの父が治めていたキヤト氏族らを傘下に収めようとしているのだ。

モンゴル草原の東部北辺には、東北から西南に約千キロにも及ぶケンテイ山脈が連なる。これにはいくつかの切れ目（峠）があり、それぞれ川が流れ出ている。

最も東寄りから出る水は山脈の南に流れ、次の切れ目から出るのは北側に出る。この両川は東に向かい、アムール川（黒龍江）となって日本海に注ぐ。三番目の割れ目から出る水は西に向かい、セレンゲ川となってバイカル湖に入る。

ブルカン岳の辺りは、東北ユーラシアの大分水嶺をなしている。ジャムカが会同場所と指定したのは、その辺りだ。

この年（一一八四年）、秋たけなわの新月を迎えようとする頃、テムジンはトオリル・ハンの軍勢を待つため二つ目の峠に登った。

従う騎士は二百人余、テムジンの人集めが成功して期待を上回る数になった。

テムジンはまず、自分の集団の戦える者すべてを兵にした。留守の守りは母ホエルンの率いる老人や女性に委ね、馬に乗れる男は全員を連れて行くことにした。その中には、三年前の秋、メルキト族の襲撃から避難して来た少年たちもいた。

ナクゥ富者《バヤン》の息子ボオルチュは実家の従僕十人ほどを加えた。馬乳酒造りの二男チラウンは兄弟

や従兄弟らを誘った。山の民（ウリャンハイ族）からも鍛冶屋のジェルメの呼び掛けで、スボダイが十人余を率いて来た。のちに欧州を席捲する大将軍となる人物である。

何といっても大きかったのは、モンゴル族の上流氏族から加わる者が出たことだ。祈禱師《シャーマン》を出すバリン族や常に先陣を務める勇猛なウルウト族からそれぞれ二、三十騎が、氏族集団を割ってテムジンの下に駆け付けた。彼らは、タイチウト族のタルグタイを頭に頂くのには不満だったのだ。

「よく来た。共にメルキト族を討ち、モンゴルの名を轟《とどろ》かせよう」

テムジンは、来る者一人一人と抱き合って歓迎し、鉄の鏃の矢を与えていった。

「この矢で敵を倒してくれ。俺に誤りがあり、諫めてもなお改めなければ、この矢で俺を殺してくれ。俺たちはみな氏族を捨て、氏族に捨てられた。過去のしがらみも出身による差別もない。俺たちこそ新しいモンゴルの民だ」

テムジンの言葉に一同の志気は高まった。

だが、肝心のトオリル・ハンの軍勢は、なかなか現れない……。


「来ました、やっと来ました」

駆け込んで来た見張り番が馬から飛び降りながら叫んだ。夜明けの明星が空に残る新月前夜の早朝のことだ。

テムジンは馬を駆って峠の南を見晴らす高台へと走った。そして、思わず、

「わあ、凄い……」

と、叫んでいた。眼下の野は馬の群れで埋まり、濛々《もうもう》たる砂塵に蔽《おお》われている。その中にケレイト族を示す青地に黒い鴉《からす》を描いた旗が点々と翻《ひるがえ》る。

遊牧民が長路の遠征を行うには、各兵士が四、五頭の馬を連ねる。食糧用の羊と装備運搬用の牛車も伴う。それには女性や幼児が乗ることも珍しくない。軍隊の進軍は、膨大な数の馬群の行進であり、集団そのものの移動でもある。

テムジンが大軍の進撃を見るのはこの時がはじめてだ。それだけにこの光景に感嘆したが、戦に慣れた勇猛なウルウト族の隊長ジュルチデイは、

「こりゃあ、二万人など到底いないな」

と呟いた。祈禱師を出すバリン族の青年コルチェスも、

「あの馬印は、トオリル・ハンではないぞ」

といって、首を振った。

「そうです。これに来たのはトオリル・ハンの末弟ガンボ殿の率いる一万騎です」

透かさず、偵察隊を統括するボロクルが答えた。

「トオリル・ハンは、別の一万騎を率いて、西側の峠を越えられております」

「何、トオリル・ハンは別の道を……」

テムジンは肩透かしを喰った思いがしたが、戦い慣れたウルウト族の隊長が諭すようにいった。

「テムジン様、道を分けるは当然です。これだけの兵馬が通るのでも、峠の草は喰い尽くされ、道は踏み荒らされます。それに、この倍の人馬が通るのは時間がかかり過ぎます」

「なるほど、そういうことか。よく憶えておく」

テムジンは深く頷くと、ボロクルに命じた。

「この部隊を指揮するガンボ殿に伝えよ。モンゴルのテムジンが先導すると」

テムジンは、この度の戦いは妻ボルテを取り返すのが目的ではじめたのだから、当然、自分たちが先導するものと信じていた。

ところが、千を三度数える間（約一時間）ほどあとで、ボロクルの伝えたガンボの返答は、

「後尾に付け」

というものだ。それには「寄せ集めのテムジン集団など足手まとい」という響きさえあった。トオリル・ハンの末弟ガンボの率いるケレイト軍別働隊は「一万騎」と称しているが、実数は半分以下、兵四千人馬二万頭といったところだ。

それでも、後尾に付いたテムジンらは砂塵を頭から被り、馬糞に足を汚した。行く道の草は先行の人馬に踏みにじられ、飲む水は濁されていた。モンゴル草原で戦う者は、こんな情況の中を何日も行軍しなければならない。

進軍の速度は遅い。狭い峠道では渋滞し、広い平地に出ると食糧用の羊の着くのを待つ。結局この日は半日行程（約三十キロ）ほど進んだだけで、日の高いうちに休止になった。カラトンの本拠地から三百キロ以上も行軍して来たガンボの軍は、馬を休ませ、草を喰わす必要があった。

翌日の午後、進行方向左側に砂塵の舞うのが見えた。西側の峠を越えたトオリル・ハンの本隊だ。両隊はオノン川の源流地へと山道を進んだ。横百列縦三百段、幅二百メートル長さ三キロの馬群は、前進と停止を繰り返しながら進んだ。

本隊と合流して三日目、オノン川の源流の山地に達すると、左右の斜面に赤い旗が立ち並んでいた。ジャムカの率いる兵馬は既に到着しているのだ。

テムジンは急いで先頭に出て、トオリル・ハンとガンボの兄弟の脇に馬を進めた。十五歳の少年ムカリが、父イェスゲイ以来の白い馬の尾を垂らした馬印を掲げて後に付いた。トオリル・ハンの馬印は、青い房の付いた銀の十字架だ。

その時、前方の斜面を赤い馬の尾の馬印を掲げさせた騎士が下りて来るのが見えた。

「ジャムカ盟友《アンダ》……」

テムジンは心の中で叫んでいた。このオノン川の下流で石を投げ骰子《さいころ》を振って遊んだのは十二年前だ。あの時の多弁で器用な少年も、今は二十六歳、当時の漠北では男盛りの中年だ。豊かな族長にふさわしく、赤い房の突き出た金色の兜に赤い縁取りのある白い鎧《よろい》を着ている。だが、膨《ふく》よかな頬には子供の頃と同じ温和な微笑を湛《たた》えている。

「昔と同じだ。子供の頃と変わっていないな」

テムジンはそんなことを感じた時、ジャムカの方から呼びかけた。

「トオリル・ハン兄者《エケ》よ、ガンボ親友《ノコル》よ、そしてテムジン盟友《アンダ》よ」

これに応えて、トオリル・ハンが馬を進めた。二人は馬上のまま大袈裟な身振りで抱き合った。同時に、両側の斜面で赤（ジャムカ軍）と青（トオリル軍）の兵がワッと歓声を上げた。両軍会同は成ったのである。

「トオリル・ハン兄者《エケ》よ……」

両軍会同の儀式を済ませた一同が、用意された三角天幕に入るとすぐ、ジャムカが口を開いた。

「三日も遅れたではないか。

『吹雪になるとも、約束には、

豪雨になるとも、会同には
遅れじとこそ、誓い合おう』

と、俺はいわなかっただろうか」

先刻、兵士たちの見守る中で抱き合った時とはまるで違う厳しい表情だ。

「申し訳ない。わしらも精々急いだんだが……」

トオリル・ハンは救いを求めるように弟のガンボの方を見た。それに応じてガンボは、

「会同は遅れたが、その分は勇敢な戦いでお返ししよう。思いの策を申されよ」

といって愛想笑いを浮かべた。族長の地位と権力を守るために大勢の弟たちを殺したトオリル・ハンも、この末弟だけは身近に置いている。便利で従順なのだろう。

「ならば、俺の考えをいおう」

ジャムカは厳しい表情で続けた。

「この度の戦いはメルキト族の中の三氏族、不埒なトクトアとそれに従う者どもを徹底的に叩きのめすものでなければならぬ」

ジャムカは足元の地面に地図を描いた。バイカル湖を示す楕円形と、そこに注ぐセレンゲ川の本支流何本かの線を加えただけだが、それによって話の主導権を握っていた。

「われらが力を併せて南から攻めれば、トクトアのメルキト三族を破るのも容易だ。しかし、それでは奴らを北の谷間に追い散らすだけになる」

ジャムカはそこで言葉を切ってテムジンの方をちらりと見た。そしてまた続けた。

「だから、俺たちモンゴル部族の軍は、一旦セレンゲ川の北岸に渡り、そこから下流に至って、北からメルキト族を攻める。トオリル・ハンのケレイト軍は、南から攻めて欲しい。南北挟み打ちにして、メルキトの奴らを一網打尽にするのだ」

テムジンは仰天した。これではボルテを救うどころではない。ただただメルキト族を皆殺しにするだけのものだ。

「待ってくれ」とテムジンは叫ぼうとしたが、それより早くトオリル・ハンが膝を叩いて賛成してしまった。僅か二百騎しか兵を持たないテムジンには、もう反対のしようもない。

戦争は、いつの時代も残虐で非情なものだ……。

勝利の味わい

トオリル・ハンを主将とするケレイト軍と、ジャムカの指揮するモンゴル族連合軍は、予定よりも三日遅れてオノン川の源流地で会同した。

両軍併せて呼称四万、実数でも一万数千の人と七、八万頭の馬がいる。対するメルキトの三氏族は総数二千人余、兵数は千人余りだ。

「勝利は確実。問題は敵を北の樹林に逃げ込ませないことだ」

そういってジャムカは、南北挟撃を提案した。

ジャムカの指揮するモンゴル諸氏族連合軍は翌朝から北に進んでセレンゲ川を渡り、その北岸を通過して、北側からメルキト族の宿営地を襲う。バイカル湖に注ぐセレンゲの大流を二度も渡る迂回作戦だ。

一方、トオリル・ハンのケレイト軍は、遅れて到着した分、もう三日滞在して英気を養ってから北に進撃、南側からメルキト族を襲う。両軍は、

「十三夜の月が中天に達するのを待って南北同時に攻撃を開始する」

と申し合わせた。(注25)

「それにしても、ジャムカ盟友《アンダ》は、なぜこんなに複雑で苦労の多い作戦を考えたのか」

テムジンはふとそんな疑問を抱いた。そして、

「ジャムカは、自分の弱味を、非凡な発想と持ち前の能弁で蔽《おお》い隠そうとしているのだ」

と思い当った。

ジャムカは今、数千人の大軍を率いているが、その内訳は寄せ集めだ。ジャムカは昨年、大興安嶺東側の金国都城を攻めてかなりの金品を得たが、それを気前よく分けたり、弱体化したタタルの支族を追い払ったりしてモンゴル族内で名声を得た。今回は、たまたまそんな時機だったからこそ、モンゴル諸氏の指揮官になれた。そこには伝統の根も組織の軸も乏しい。そんなジャムカが、

「俺は全軍の総司令官にはなれない。さりとて、トオリル・ハンの下に入れば、ただの一族長にされてしまう」

と考えたのも不思議ではない。その結果、

「全軍を二分し、その一方のモンゴル連合軍を自分が指揮して北方を迂回する」

という作戦を立てたのだろう。

「俺たち旧キヤトの集団は、ジャムカ盟友と共に北を迂回する作戦に参加します。妻ボルテを取り返すためにも、真っ先駆けて敵陣に乗り込みたいからです」

テムジンは、そう申し出た。兵馬を休ませる間もない苦しい行動だが、テムジンにはそれ以外の選択は考えられなかった。


「ボルテ……、ボルテ……、テムジンだぁ、ボルテよ、夫のテムジンが助けに来たぞ……」

テムジンは、右に左に馬を走らせて叫び続けた。

周囲では、人が叫び、馬が嘶《いなな》き、矢が飛び、物が毀《こわ》れた。十三夜の月の輝く秋の夜空に砂塵が舞い上がり、平らな川畔の草原におびただしい血が流れていた。味方がどこへ進んでいるのか、敵がどこに逃げているのか、自分がどこにいるのかさえ、分からない。

身辺にいたはずのムカリやチラウンも、今は見当らない。ボロクルは、ボルテを援ける手はずを示し合わせたナヤアのもとに行ったが、それが成功したかどうかも分からない。

周囲には、赤い印を付けたモンゴル兵が駆け回っているが、どの顔も戦塵と返り血にまみれて鬼畜の形相になっている。

形勢は圧勝だが、ジャムカの南北挟撃作戦が成功したとはいえない。オノン川の源流地からの迂回行動には予想以上に手間取った。今朝からの二度目の渡河には特に苦労した。

セレンゲ川の下流は川幅が広く水量も多い。それを筏《いかだ》に馬を乗せて渡るのは難しい。そんなこと

で手間取っている間に、メルキト族に臣従する漁民たちに発見され、通報されてしまった。

メルキト族は抵抗体勢を取り、何組かが脱出を試みた。こうなれば致し方ない。ケレイト族との約束の時刻（十三夜の月が中天になるとき）を待てず、日没前に北からの攻撃を開始した。

南側のケレイト軍が、北方から伝わる喚声と悲鳴で戦闘のはじまったことを知ったのは、十三夜の月が輝き出してからだ。

その間に、最大の標的のトクトア族長は、包囲網を突破して東に逃れ、第二の族長は漁民の船でセレンゲ川を渡って北に逃げた。第三の族長は生け捕りにしたが、期待通りの収穫ではない。

夜が白々と明ける頃、戦いは終った。草原には人馬の死体が散乱、倒れたゲルや捨てた旗が散らばっていた。戦利品を求めて倒れたゲルを掘じくる兵も、死体から衣服をはぎ取る者もいた。死に切れずに呻《うめ》く敵兵は容赦なく叩き殺された。

メルキト族の戦死者は五、六百人、生け捕りにしたのは男性百人余りと女性八百、子供二百、いずれは勝者に分けて側女か奴隷にされるはずだ。

「テムジン様、大勝利です……」

何人かの部下が血塗られた姿で祝福に来た。だが、妻ボルテの行方を知る者はいなかった。それより前に、別の驚きが伝えられて来た……。

「テムジン様、ベルグテイ様を慰めて下さい」

そんな哀願をしたのは、異母弟ベルグテイに仕える従僕の一人だ。戦闘の夜が明けて、既に万を数えるほどの時（約三時間）が経っている。

「異母弟《おとうと》が、どうかしたのか……」

妻ボルテの行方が知れぬのに苛立っていたテムジンは、つい尖った声を出した。

「はい、母君の……」

従僕は、テムジンの不機嫌に脅えながらも、それだけはいった。

「ああ……、シャラ・エゲチか……」

テムジンはこの時、ボルテと共に、ベルグテイの生母シャラ・エゲチもメルキト族に掠《さら》われたのを思い出した。昨年の晩夏のあの日、来襲したメルキト族の兵と共に、馬の尻部に乗せられたシャラ・エゲチの下着姿が目に浮かんだ。

当然、テムジンが妻を探したのと同じく、ベルグテイは母を求めた。その結果、メルキトの将校から、

「あの集落《アイル》にベルグテイの母親がいるぞ」

と教えられた。そこには、高い柱と頑丈な扉のある四角い天幕があった。ベルグテイはその建物の右の門から入った。と同時に、母親のエゲチは破れ衣に羊の皮をまとって左の門から逃げ出し、樹林の中に走り込んでしまった。

「どうしたことか……」

ベルグテイは戸惑い怒ったが、そこにいた老婆がことづかったエゲチの言葉を伝えた。

「わが子が王者になったと言うが、私はここで、悪しき人に心迷うてその妻になった。今更、わが子の顔をどうして見られましょうや」

ベルグテイは樹林を探したが見つからない。失望と衝撃で怒り狂ったベルグテイは、事情を知りそうなメルキト族を引き立て、脅し、殴り、挙句には射殺した。だが、シャラ・エゲチを見付け出すのには役立たなかった。

テムジンが駆け付けた時、ベルグテイは射殺したメルキト族の四つの死体の中に、声も涙もなく座り込んでいた。無言で無表情な横顔は、わが子ベクテルを殺された日のエゲチにそっくりだ。

「ベルグテイよ、残念だろうが怨みに思うな。シャラ・エゲチは、母よりも女を選んだのだ。人は

みな、自分の望む幸せを追い求める権利がある」

テムジンは精一杯の慰めを語って、ベルグテイに冷静を求めた。だが、次にはテムジン自身が同じことを求められる羽目に陥っていた……。

この合戦のきっかけとなったテムジンの妻ボルテはどうなったのか、それを『元朝秘史』はこう伝えている。

「ボルテ夫人は、逃げ惑うメルキト族の中にあったが、わが名を叫ぶ夫の声に気付き、(メルキト族の来襲を聞き取って報《しら》せた)婆やと共に車から飛び降り、テムジンの馬の手綱と面繋《おもがい》に取りすがった。テムジンも月明かりでボルテを認め、腕を差し伸ばして相抱き合った」

何とも劇的で感動の場面を描いているのだ。

これに対して、中東を支配したフラグ・ハン国の宰相ラシードが編纂《へんさん》した『集史』は、

「トオリル・ハンのところに連れて来られてテムジンに返された」

と簡単に記すだけである。

どちらが正しいかは分からないが、後者の方が現実的だろう。いずれにしろ、このあとテムジンは苦渋の現実認識を強いられるのだ。

テムジンは妻ボルテと再会できたことに狂喜した。服は破れ、髪は乱れ、顔は汚れていたとしても、戦場の殺伐さの中で見る妻の姿は、美しかったはずだ。だが、次の瞬間、テムジンは立ちすくんだ。ボルテは胸に生後二ヶ月ほどの嬰児を抱いていたからだ。

「ボルテが掠われてから明日の満月は何度目か」

テムジンはそこで思考を止めた。そして、

「この子をどうすることができるか」

を考えた。様々の方法が思い浮かんだが、結局は、わが子として慈しみ育てるか、メルキトの子と断じて殺すかだ、と悟った。中間的な方法は、そのどちらかに自慰的ないい訳を塗布するに過ぎない。

テムジンは長い間考えた末、「俺は、ボルテの子を殺せない」と結論した。

「ボルテの子は、俺の子だ。モンゴル族の脳と眼と骨を持っているぞ」

テムジンはそう宣言した。遊牧民の間では、子は父から脳と眼と骨を、母からは肝と血と肉を、受け継ぐと信じられていた。

「テムジン……、あなたの長男に名を……」

ボルテが、不安気な上目遣いで頼んだ。

「この子の名は、ジョチ（旅人）だ。長男は遠き草原に生き、牡馬は故郷を離れて死ぬものだ」

テムジンは、末子相続を表すモンゴルの格言をいったに過ぎない。だが、この嬰児ジョチに関しては重大な予言だった。ジョチは、カザフ、ウクライナ、ロシアに広大な王国を建てるのである。

秋の陽が中天を越える頃、テムジンは、妻ボルテとジョチと名付けた嬰児を三角天幕に残して馬に乗った。セレンゲ川の川原で行われる「勝者の会議」に出るためだ。

戦いの跡は汚い。広く平たい草原には人と馬の死体が散乱し、倒されたゲルや捨てられた旗幟《きし》が散らばっている。空には死体を狙う禿鷹が舞い、樹林には残飯を漁《あさ》る豺《やまいぬ》が蠢《うごめ》いている。

そんな中でも、なお死体から衣服をはぎ、瀕死の馬から馬具を外し、倒れたゲルを切り裂いて埋もれた品物を探す人間の群れがいる。正規の兵士が掠奪《りやくだつ》を終えたあとに放たれる奴隷身分の連中だ。

貧しいが故に貪欲な彼らは、布一枚皮一筋を奪い合って争い、喧嘩騒ぎも起きていた。監督の将校たちも余程でなければ止めようとしない。掠奪も暴行も、勝者に許された権利なのだ。

「わが軍の損害は戦死一人、重傷二人、軽傷五、六人に過ぎません。真《まこと》に圧勝です」

途中で待っていた鍛冶屋のジェルメが報告した。テムジンの部下の中では年かさで万事に几帳面な性格だから、補佐役を任命した。

テムジンは「そうか」と頷いたが、笑えない。

主敵トクトアを逃した。これからも長い戦いになりそうだ。ベルグテイの母はメルキト男との愛に殉じて消えた。

「俺のやり方への痛烈な批判だ、俺はエゲチを不幸にしてしまった」

という悔悟の念が湧いて来る。

そして何よりもボルテの子ジョチの存在だ。わが子だといっても、信じない者が多いだろう。母のホエルンが、弟のカサルが、そしてこのあとに生れるであろうわが子たちが、ジョチをどのように見るか、想像しただけでも気が重い。

「勝者の会議」の雰囲気は、テムジンの憂鬱をせせら笑うように賑やかだ。広い川原が、青い幟《のぼり》を掲げるケレイト兵と赤い旗を振るモンゴル諸族の兵で埋められていた。中央の円卓には、末弟のガンボを連れたトオリル・ハンと数人の氏族長を伴ったジャムカがいた。

「おお、盟友《アンダ》、見事な活躍振りであったぞ」

テムジンを見ると、ジャムカは立ち上がって両手を広げた。

「君の活躍もあって、俺の策は大当りだぞ」

「よき場を頂いたから……」

テムジンはそういった瞬間、ギョッとして口ごもった。ジャムカの脇には、赤い衣服を着た肥満体がある。恨み重なるタイチウトの族長タルグタイだ……。

「いやあ、テムジン盟友《アンダ》はよくやった。たった二百人の部隊だが、千人分の働きをした。俺の策に狼狽《うろた》えたメルキトどもを、テムジン盟友が蹴散らす様はトオリル・ハン大兄《エケ》にも見せたかったぞ」

ジャムカは笑顔と大声でしゃべりまくった。テムジンを褒め上げているようだが、その実、自分の作戦が的中したことを強調しているのだ。

「ま、今日はめでたい。この勝利もトオリル・ハン大兄とケレイト族の勇士のお蔭だ」

ジャムカは、続いてトオリル・ハンを持ち上げ、

「じゃによって」と言葉を次いだ。

「じゃによって、俺たちはみな同志だ。過去の恨みはどこにもある。好き嫌いはそれぞれにある。だが、今日からはそれを捨てよう」

ジャムカは言葉を挟む間も与えずに続けた。

「よろしいな、タルグタイ族長《ノヤン》、テムジン盟友。今日ここに集いしわれら、天に誓って争うまいぞ」

ジャムカは一人決めにいうと、「乾杯」と叫んで馬乳酒を一気飲みした。

「ところでジャムカ殿。戦果はどう分けるかな」

ようやくトオリル・ハンが本題に入った。

「あ、それは五分五分。俺が捕らえた捕虜と家畜はトオリル・ハン大兄のところより多い故、その中から女子供百人と馬一千頭、羊は五千匹を大兄にお譲りする。もし、その一人ずつ一匹ずつを選びたければ、御自由に」

ジャムカは鷹揚なところを見せたが、こういわれるとトオリル・ハンも「それには及ばぬ」といわざるを得ない。

「そうか。では、タルグタイ族長にお任せしよう。わが軍で最強の軍団はタイチウト族だ」

ジャムカは、タルグタイの肉の緩んだ背中を撫でた。

「ところでテムジンよ、わが義子《むすこ》はどうするか」

トオリル・ハンが訊ねたが、これにテムジンが答える前にジャムカが、

「テムジン盟友は俺と一緒だよな」

といい出した。

「盟友はブルカン岳の麓に、俺は少し西南のオノン川原に帰る。タイチウト族はずっと遠いから先に出て頂くとして、俺とテムジン盟友は一緒に行こう。俺たちは同じモンゴル族、肉の親類とはいえ一心同体。死が分つとも忘れ得ぬ仲ぞ……」

ジャムカは一人決めにしゃべりまくった。その言葉はいかにも軽く思えたが、実は深い意味が籠っていた。この時ジャムカは、伸び出したテムジンに、四分の友情と三分の警戒、そして三分の嫉妬を感じていた……。

十二世紀まで、いわゆる「チンギス以前」の北方の遊牧社会は、文明の四つの要素を欠いた。農耕と文字と通貨と暦である。

私たち近代文明に浸った者は、この四要素を当然の前提として思考し行動するので、それを欠く状況を想像するのは難しい。

例えば軍事活動においても、われわれはまず、縦横の平面空間を想定し、軍隊や城塞の配置を考える。地面が大事な農耕的発想である。

だが、チンギス・ハン以前の遊牧民にはそんな想定はなかった。彼らが考えたのは、前後に延びる線と機動の時間軸である。

テムジンが、ブルカン岳の麓からバイカル湖に近いメルキト族の宿営を襲撃した時に考えたのは、七百キロの行軍行程と人馬を消耗させずに進軍させる機動戦術だったろう。そこでは左右への平面的拡がりは視野にもなかったはずである。

遊牧民の時間軸は、季節と年数で数える物理的なものではない。人と獣の行動と生涯を基準とした緩急ある流れだ。厳冬の冬は無為に流れ、夏の事件は大きな記憶を残す。

農地所有と通貨の欠如は、人間関係と政治手法をも決定的に違える。役立った者に土地（領地）を与えるとか金銭を支払うとかの報い方がない。家畜や奴婢を与えるのも、常に有効とは限らない。家畜を飼い奴婢を養うのには手間が要るし、限度もある。チンギス以前の遊牧民は、われわれ以上に精神的結合と恩讐の記憶を大切にした。

とかくわれわれは、農耕と文字と通貨と暦を欠いた遊牧民の状況を「未開野蛮」と考える。だがそれは、ここ数百年の間に近代文明を確立した大陸周辺部の「辺境人（マージナル・パースン）」の傲慢かも知れない。彼ら遊牧民が文明の諸要素を欠いたのは、無知のせいではない。

日本や朝鮮やベトナムなど中国大陸周辺の「辺境人」は、中華の文明を知って畏れ憧れ、懸命にそれを学んだ。文字も通貨も暦も、宗教や制度も。

だが、漠北の遊牧民は違う。最も早く中華文明圏と大規模に接触し、しばしば広範に支配したにもかかわらず、遊牧民は中華の文化を真似なかった。彼らの目には、農耕は「手と膝で地表を傷付けるいやしい所業」だったのだ。

チンギスの子孫は、ユーラシア大陸の八割を支配した。彼らが残したのは大陸周辺部のヨーロッパと北アフリカと日本、それに南アジアの熱帯地域、つまり征服する魅力のない辺境地帯である。

「盟友《アンダ》」の効果

トオリル・ハンのケレイト軍と、ジャムカが指揮したモンゴル族連合軍が、メルキト族の三氏族に圧勝した戦いは、大モンゴル帝国の歴史を語る『元朝秘史』やペルシャ語史書の『集史』には丁寧に描かれている。テムジン＝チンギス・ハンが勢力を蓄え大帝国を築く前史として重要なのだ。

しかし、当時の年代記には、中国でもイランでも中央アジアの国々でも、記録されていない。この戦の勝者の一人が、のちに世界の征服者にならなければ、ごく少数の当事者以外には何の影響もない小競り合いとして忘れられただろう。

とはいえ、このような戦が起り、このような結果になったのには、より大きな周辺事情が影響している。

十二世紀後半まで、ゴビ砂漠の北（漠北）の草原では、周辺部の三部族が強盛を誇っていた。南のタタル、東のコンギラト、そして北のメルキトだ。

南のタタル族は、十二世紀の中頃までは中華《キタイ》の金王朝の支援を得て富強だったが、金朝五代皇帝世宗（在位一一六一〜八九）の時に、金国の北方政策が「友好部族の育成利用」から「直轄支配・強族弾圧」に変わったことで凋落《ちょうらく》した。

一一七〇年頃までは他の部族を追い散らす勢いだったが、そのあとは金国の経済封鎖と軍事圧迫で窮乏、分裂と内部抗争を繰り返した。

東のコンギラト族は逆だ。大興安嶺方面の防備の弱い部分を突いて金国の城市を襲い、掠奪《りゃくだつ》と収賄で潤っていた。辺境を守る金の官僚は、時に掠奪を許し、時に賄賂を贈って程よく付き合っていたのだ。だが、ここでも金国は強硬策に転じ、濠と壁を築く「大濠構築事業」に乗り出した。

このためコンギラト族は収入の道を失ったばかりか、水と草を囲い込まれて牧地にも窮するようになった。対メルキト戦争にジャムカの指揮下ではるばる参戦したのは、西寄りの牧地を譲って欲しいからだ。

北のメルキトは、先代族長の時代には、ケレイト族やモンゴル族を撃破して草原北部に覇権を立てた。鉄の加工技術を習得して地元の鉄山を開発、鉄の鏃《やじり》や鉄板入りの盾を装備したからだ。ところが、ここ十年、漠北でも鉄は普及、他の部族も鉄の鏃を使うようになった。それによって、メルキト族の優位性は失われてしまった。

その一方、モンゴル草原の中央部にいたケレイト族やモンゴル族は、有力な指導者を欠いていた。ところが、この十年間、ケレイト族ではトオリル・ハンの政権が続いたし、モンゴル族ではジャムカの人気が高まった。その結果がこの戦勝である。

しかし、これですぐ、漠北草原に「新二強時代」がはじまったわけではない。かすかな「変化の胎動」が生じた程度に過ぎない。

ケレイトのトオリル・ハンとモンゴル族を率いるジャムカは、共同作戦でメルキトの三氏族に圧勝、多くの財貨を奪い、女性や子供を捕虜にし、円満に分配した。それでも、すべてが簡単に終ったわけではない。両者の間には、相互に警戒心が働いていたし、それぞれの内部にも問題を抱えていた。

特に、事情が複雑なのはジャムカの方だ。

ジャムカの出たジャダラン氏族はモンゴル族中枢と男系によっては繋がっていない。モンゴル族の先祖と結婚した「山の民《ウリヤンハイ》」の女性が、別の男性との間に生んだ子から発する、とされている。

漠北の遊牧民は、男系の血縁を「骨の親類」、女系のそれを「肉の親類」と呼ぶ。子は父親から脳と眼と骨を、母親からは肝と血と肉を受け継ぐと考えられていたからだ。

血縁を尊ぶ遊牧民の社会では、「肉の親類」は部族の端っこ、地縁社会の農耕民なら遠国辺地の住民のようなものだ。今日の産業社会なら遊興サービス業の新興企業にでも当るだろうか。その経営者個人の実力や財力は認めても、政府中枢や経済団体の首長にはなり難い。

そんな立場のジャムカだが、中華《キタイ》城市を寇掠《こうりやく》して知事を捕らえて多額の物財をせしめると、それをバラ撒くことで人気を得た。ケレイトのトオリル・ハンがこの男を、モンゴル族取り纏《まと》めの指導者に指名したのは、そんな時期だったからだ。

「この機会に一挙にトップの座を……」

この時二十六歳、今日の日本の年齢感覚なら四十歳前後の気鋭の年頃を迎えていたジャムカが、野心の炎を燃やしたのも不思議ではあるまい。

地位と権力を求める者が人気と支持を得る安直な方法は、いつの時代でも同じ、饗応《きようおう》と贈賄だ。通貨も土地所有もない分、当時のモンゴルではこの二つが効いた。

ジャムカは連日祝宴を張った。羊や牛を屠《ほふ》って焼き、薄い馬乳酒を振る舞う程度では効果がない。きつい蒸留酒《アルヒ》（ウォッカ）や中華の米酒も出した。三日目には、中華の城市で捕らえた「知事の料理人《ノヤン》」に特別料理を作らせた。

「族長たちよ、勇者諸君《バートル》。中華の王宮料理も楽しんでくれ。これには南の暑い国で採れる胡椒がかかっている。ひと握りで馬十頭に値する薬味だ」

ジャムカはそんなこともいった。そしてその間に、トオリル・ハンとの間で撤兵の交渉も続けていた。ケレイト族の首長と対等の交渉をするのもモンゴル族代表の地位を確立する道である。

「族長たちよ、今日もまた、勝利の祝いの酒を存分に楽しんで頂きたい。いよいよ明日から撤兵を開始する」

戦勝から四日目、ジャムカは自信に満ちた表情でいった。トオリル・ハンとの間で協定が成立、撤兵の時期や道筋についても同意が成った。互いの友好と協力をうたった誓いも交わされた。

「しかし、われらがここに集い、正義の戦いに勝利したことを、宴と話だけに終らせるのは惜しい。われらの業績は酒と言葉に尽くせるだろうか」

ジャムカはそこで言葉を切り、周囲を見回してから続けた。

「ようやく秋も終りに近い。と申せばもうお分かりであろう、巻狩りの季節だ」

巻狩りとは、遊牧民独特の狩猟方法だ。広い草原を武装した兵士が囲んで野獣を追い立てる。最終的には見渡せる程度の狭い空間に追い込んだ大量の獣を、騎射撲殺する。遊牧民にとっては、軍事訓練と食糧補給を兼ねた最大の娯楽である。

「われらの揺るぎなき同盟と共同作業の証として、凱旋の帰路に大々的な巻狩りをやろうではないか」

「おおっ」という歓声が上がった。

「とはいえ、われわれはあまりにも強大、二万人の大軍が全員参加とはいかない。それにコンギラト族やタイチウト族ら遠来の同志を長く引き留めるわけにも参らぬ。もう冬も近いからな」

ジャムカは四方を見回して声高にいった。

「よって、各軍団の実戦兵士は随意帰郷させ、族長《ノヤン》諸君、勇士《バートル》諸君、そしてその供回りの精鋭のみ巻狩りに参加して頂く。獲物を追い立てる狩り子の役は、わがジャダラン族の将兵と……」

ジャムカは思わせ振りに間を取って脇のテムジンの方に目を向けた。

「わが盟友《アンダ》のテムジン族長の将兵が果たす」

一段と大きな歓声が上がり、拍手が鳴った。ジャムカはテムジンにも起立するように促した。テムジンが立つとまた、盛んな拍手が起った。見上げる顔はどれもみな酒に赤らみ、焼肉に火照《ほて》り、無邪気に笑っていた。文字通り「勝利の美酒」に酔っている。

テムジンは誇らしい気分だった。モンゴル諸氏十三氏族に、母の出里のコンギラト族までを加えた族長たちの前で、大軍団を率いる大物ジャムカが、殊更に自分を持ち上げてくれたのを、無邪気に歓んだ。

「やっと俺にも出番が来た」

との思いが強い。


戦勝から五日目、ケレイト軍とモンゴル氏族連合軍は、同時に撤退を開始した。

モンゴル側では遠来の実戦部隊が先行し、戦利品を満載した輜重《しちょう》部隊が続いた。

撤退最後尾を行くのがジャムカ自身の本営と諸氏族首脳の供回りだ。メルキト族の復讐とケレイト族の心変わりに備えた体勢である。

「テムジン盟友《アンダ》よ、一緒に行こう。昼は馬首を並べて進み、夜は褥《しとね》を一つにして寝よう」

ジャムカは、豊かな頰に笑みを浮かべていった。双方の中枢を統合して共通の管理体制を作ろう、というのだ。今日でいえば、企業を統合して本社機構を共通にしようというようなものだ。

「それは有難い、願ってもないこと」

テムジンがこれを受け入れたのには、それなりの事情がある。

この度の出征に当って、テムジンは懸命の人集めをした。その結果、期待以上の人数が集まったが、内容は様々、もともとの氏族で問題を起した前歴のある者もいれば、出所不明の流浪民もいる。営倉から逃れて来た者や金朝軍からの逃亡兵もいる。

何よりの問題は、上流に属する氏族——祈禱師を出すバリン族や武勇の誉れ高いウルウト族——を集団で抜けて来た連中の処遇だ。

テムジンの側から見ると、呼び掛けに応じてくれた「正義の士」だが、元の氏族から見れば組織を割って出た造反者だ。日本史でいえば幕末の脱藩浪士、今日でいえば経営幹部に反対して集団退社した社員だろうか。テムジンがそれを抱え養うとなれば、元の氏族との摩擦は避けられない。

そんなことを見越してか、ジャムカは、

「テムジン盟友よ、ボルテ夫人を奪い返せたのはめでたいが、これからも難題が多かろう。俺が後ろ楯になってやるよ」

といってくれた。モンゴル連合軍指揮官の後ろ楯とは、これに優る味方はない。嬉しくなったテムジンは叫んだ。

「勝つべきは戦、持つべきものは盟友《アンダ》」

撤退は進軍よりも手間がかかる。

ジャムカの率いるモンゴル連合軍は、オノン川の源流地からセレンゲ川畔の戦場まで、大迂回作戦を取りながらも十日足らずで進軍したが、同じ区間を引き上げるのには倍の日数を要した。

その間、テムジンとジャムカは馬を並べて進み、同じゲルで寝た。部下の隊列も並行し、時に混りあった。

ジャムカとテムジンがオノン川源流の斜面に立った夜は、月齢十日の月が輝いていた。

既に山野は冬の気配、源流地の山腹から見た野は草枯れて黄色く、針葉樹の林も痩せ細って見えた。現在の太陽暦なら十一月初旬に当る。冬眠前の野獣たちは懸命に脂肪を蓄える季節だ。

「盟友よ、草枯れのあと降雪の前、そして月明かり。巻狩りには絶好の条件だぞ」

ジャムカは満足気に微笑んだ。

「この山稜に半日行程の幅で兵を展《ひろ》げて、下流へ二日行程、ブルカン岳北麓の丘まで野獣を追い立てる。最高の巻狩りができるぞ」

幅三十キロ、長さ百二十キロの範囲にいる野獣を追い詰め、囲い込み、総獲りにしようという雄大な狩猟計画だ。東京都（島部を除く）は、南北二十〜三十キロ、東西約百キロだ。ジャムカの巻狩り計画は、山梨県東部の山地から、東京都全域を上回る幅で攻め下って江戸川辺りまで獣を追い詰める規模だ。長い間、孤立した小集団で生きて来たテムジンには、これほど大規模な巻狩りは、記憶にも想像にもなかった。

「俺のジャダラン族から一千騎、テムジン盟友の兵が二百騎、他に氏族の供回りが八百騎、合計二千騎。兵を十アルト（十八メートル）毎に置けば横幅が半日行程（三十キロ）にはなり、何万頭もの野獣が獲れる。族長たちはみな大歓びだろう」

ジャムカは一人悦に入って手配を進めた。

「俺のジャダラン族が中央部分を受け持つ。テムジン盟友の兵は左翼に、他の氏族の方々は右翼に回って頂こう。最右翼はモンゴル族きっての精鋭、タイチウト族の旗本たちにお委《まか》せする」

巻狩りは娯楽と同時に軍事訓練、勇気と忍耐と組織力が試される行事だ。

メルキト族との戦闘は一夜の圧勝で終えたため、テムジンは部下の能力や気質を測ることができなかった。この巻狩りこそ、部下各人各部隊を試す絶好の機会でもある。

翌朝、各氏族の部隊が割り当てられた位置に付いた。テムジン集団が担当する最左翼（北側）は、険しい傾斜が折り重なる複雑な地形だ。

「これは醜《ひど》い。最悪の場所だ……」

弟のカサルは怒ったが、テムジンは答えた。

「ジャムカ盟友は、わが部隊に実力発揮の機会をくれたのだ。他の氏族の奴らに文句をいわさぬためにも、難しい場所で最高の結果を出そう」

テムジンは、二百騎の部下を十人ずつ二十組に分け、その中の一人を十人隊長《カルバン》にした。そして左右の十組に百人隊長《ジャアン》を置き、副長と二人の従僕を付けた。

右の、中央に近い地形の楽な方の百人隊長には弟のカサルを、副長には異母弟のベルグテイを充てた。左の、全体の左端に当る難しい位置の百人隊長には共に馬泥棒を追った親友のボオルチュを、副長には「大将軍になりたい」と広言した少年ムカリを任命した。出身部隊も親の地位も、年齢も経験も無視した人事だ。

テムジン自身は、補佐役のジェルメと二人の古参の従僕を伴って全軍の中央に駒を立てた。

十進法で部隊を編成するのは、漠北遊牧民の伝統でもあり、のちには大モンゴル帝国の軍隊の基本ともなる組織原理である。

やがて朝日が東の地平から上り、源流の斜面を照らしはじめると、はるか彼方から角笛の低い音が響き、銅鑼《どら》の音が鳴った。それが次々と引き継がれて来ると、兵士の歓声が山稜を渡る烈風のように広まって来た。テムジン集団の騎士たちも雄叫びを上げて斜面を下り出した。

各騎士は、槍で草や木を突つきながらゆっくりと進む。鹿が驚いて走り、兎が慌てて逃げる。幅十アルト（十八メートル）の割当て区間の野獣を後ろに逃がしてはならず、殺してもならない。叫びと槍捌《さば》きと馬蹄の響きで前に前にと追い立てる。

各十人隊長は、九人の部下を見張り、大きな間隔ができないように注意する。樹木があり岩石があり、起伏凹凸のある斜面では、これも難しい。

万を三度数えるほどの間（約九時間）が経ち、秋の陽が西の山端にかかると、鐘の音が伝わり大休止に入る。九人の騎士は三人ずつに分れて焚火《たきぎ》を燃やし、そのうちの一人は必ず見張り番に立つ。昼であれ夜であれ、獣に抜け出されるのは最大の恥だ。

その間に他の二人は干肉とチーズの食事を採り、蹲《うずくま》ったまま身体を折り曲げて睡眠を取る。疲労と寒気に耐えるのも、軍事訓練の重要な課題だ。

乾燥寒冷なモンゴルの大地とはいえ、オノン川源流地辺は起伏もあれば樹林もある。それを全軍が横一線を保って前進するのだから、各部隊の統制は厳格、通信連絡は厳密でなければならない。

第一日目は半日行程（約三十キロ）ほど進んだ。起伏に富んだ傾斜地を下るのは手間がかかる。

二日目の太陽が東の地平に現れると、長く延びた隊列の随所から、間断を付けた白煙が上り、色鮮やかな大旗が振られた。それぞれが所在地点を知らせ合って隊列の出入りを調整するためだ。中央の高地に陣取ったジャムカの指揮所からは、鏡で朝日を反射させる光通信も発信された。

同時に、角笛が響き太鼓が鳴る。各所の隊長に連絡する伝令も走る。全軍を組織的に動かす通信力こそ、モンゴルの世界征服を可能にした軍事力の基本である。巻狩りはそれを磨く訓練でもある。

二日目は、全軍が歩速を早めて四分の三日行程（四十五キロ）ほど進んだ。テムジンはこの間の行動から、部隊としての最精鋭は武勇を誇るウルウト族、十人隊長で優れているのは「山の民」から来たスボダイ、百人隊長として最良なのは「大将軍になりたい」といったムカリ、と評価した。

三日目になると、隊列は平らな草原に下りた。午後、ジャムカの指揮所に「短、長、短」の白煙が上がった。左右両端の部隊は速度を上げて進み、中の方に進行方向を変える。

横一線だった騎馬の列が弓形に変わり、U字型になり、やがて円型になって野獣を囲い込む。最も難しく、かつおもしろい局面だ。

日没までに隊列は閉ざされ、完全な包囲網が出来上がった。だがこれは「辛い一夜」のはじまりでもある。

兵士は馬から降り、槍と盾を手に立ったまま夜を徹する。足元に火を焚《た》いて獣を脅し、声を掛け合って眠気を払う。

晩秋の夜は長く、草原の朝は寒い。疲労と寒気に耐え切れずに倒れる兵士も出た。テムジンはすぐに駆け付け、自らの毛皮を着せて休ませ、代わりに捕らえたばかりのメルキト族の少年を立たせた。この土地では滅多に見られぬ温情ある処置だ。

巻狩りの四日目の夜が明けた。

地平に陽が出ると、太鼓が響き渡る。それに合わせて兵士は雄叫びを上げて前進する。

隊列の囲いはジリジリと縮まり、向かい側の兵士が見えるほどになる。兵士同士の間隔は槍の長さ（五メートル）よりも狭い。

囲いの中は追い詰められた野獣で充満している。幅三十キロ長さ百二十キロ計三千六百平方キロにいた動物が、直径二キロの三平方キロの円に追い込まれたのだ。誰もが興奮に疲れを忘れる。

ここでまず、赤い縁取りのある白い甲冑《かっちゅう》を着たジャムカが騎馬で囲いに入り、大鹿を射止めて喝采を浴びた。巻狩りでは地位の高い者から順に囲いに入るのだ。

続いて十人ほどの族長が飛び込んだ。テムジンもそれに加わろうとしたが、ハッとして止めた。真横に赤い甲冑を付けた肥満体、タイチウト族長のタルグタイがいたからだ。事故に見せかけて殺されるのを警戒したテムジンは、

「ベルグテイ、お前がやれ」

と叫んだ。テムジンは名誉な役を、生母を失った異母弟に譲った。

族長たちのあとにはその兄弟や補佐役らが囲いに入り、午後には一般兵士も狩りを楽しんだ。

衆人環視の中での狩猟には、力自慢や技自慢を顕示する者も多い。ある勇者《バートル》は一刀両断にカモシカの首を切り落としたし、ある少年は投げ槍ですばしっこい猪を仕留めた。だが、必死の野獣を甘

く見てはいけない。槍で狼に立ち向かい、噛みつかれて重傷を負う者もいた。

やがて陽が西に傾く頃、囲いの中の地面が野獣の血で泥となり、残る獲物は少なくなった。そんな頃合いを見計らって、白髪の老人と幼い少年兵が進み出て、生き残った野獣のために命乞いの儀式を演じる。ここまで逃げ通した者には、野獣といえども生き続ける権利があるのだ。

それに応えてジャムカが叫んだ。

「囲いを解け、みなよくやった。祝宴じゃあ」

「わあっ」と歓声が上がり、兵士たちは氏族ごとに群れた。テムジンの集団も二百余人が塊《かたま》った。ジャムカからは馬乳酒入りの皮袋ときつい蒸留酒アルヒの壺とが各隊に配られた。そのほとんどは、メルキト族の棲処《すみか》から奪った鹵獲《ろかく》品だ。

対メルキト戦争の一回目は終った。そしてジャムカは、モンゴル族の指導者の地位を確実にしたかに見えた……。

巻狩りが終った翌日、ジャムカは、メルキト族から奪った大天幕を丘の上に建てさせ、その前に赤い馬印と共に立った。帰還するモンゴル連合軍の族長たちの挨拶を受けるためだ。

昨夜は、長い巻狩りの疲れでみな酔い潰れたが、陽が高くなる頃にはそれぞれの獲物を駄馬に積んで動き出した。彼らに別れの挨拶を贈るのは、指揮官の地位を確認する上でも重要な行事だ。

ジャムカは、やって来た族長たちと肩を抱き合い、メルキト族から奪った品々を分け与えた。

当時の遊牧民の慣例では、戦勝すれば一定時間、兵士に自由に掠奪暴行を許す。それが自前で馬《ば》匹《ひっ》武具を整えて参戦する兵士への報酬なのだ。

それだけに、戦勝直後は勝利者による「宝探し競争」の様相を呈する。今回は、それでもジャムカは圧勝した。かねがねナヤアらを潜伏させていた効果の一つだろう。

ジャムカは、帰郷の挨拶に来た族長たちに鹵《ろ》獲《かく》品を分け与えると共に、一つ二つ適当な話題も口にした。例えば、遠来のコンギラト部の族長には、銅の大鍋を与えてこう訊ねた。

「テムジン盟友のボルテ夫人は貴殿の支族ボスクル族だが、父君デイ・セチェン族長はお元気か」

「健在ではありますが、最近は足が悪いとかであまり出て来られません」

これは娘婿のテムジンにも真新しい報《しら》せだ。

またジャムカは、タイチウト族のタルグタイに、

「やっぱりモンゴル第一の強兵はタイチウトだ」

と褒め上げて銀の燭台一対を与える一方で、

「長くお世話になっているキヤト族も、今度は俺の指揮下でよくやった。もう心配ないよ」

といい添えるのも忘れなかった。テムジンの父イェスゲイが指揮したキヤト族を、タイチウト族の傘下から自分の直轄にするという意思表示だ。

秋の陽が西に傾く頃、各部族の部隊は去り、巻狩りの跡には禿鷹が舞い豺《やまいぬ》が横行し出した。

「残ったのは俺と君、盟友《アンダ》同士だ……」

ジャムカは、丸顔を晩秋の西陽に晒《さら》し囁《ささや》いた。

「俺たちはこの冬を一緒に暮らそう」

「何、それ、どういう意味……」

テムジンは想定外の提案に戸惑った。

「このまま馬を並べて進んでブルカン岳南麓でテムジンの集落を拾い、ケルレン川原で俺の集落と合併すればいい」

ジャムカは、中枢機能ばかりか、冬営地をも一体化しようと提案したのだ。今日の産業社会なら、本社機能ばかりか、工場や営業部門も一元化しようというようなものだ。

歴史小説のロビーで

今、なぜチンギス・ハンなのか。これには三つの答えがある。

その一は、二〇〇六年は、チンギス・ハンが漠北諸部族の推戴《すいたい》を受けて「ハーン（可汗）」に就いた八百周年に当ることだ。

モンゴル国では、これを祝して「モンゴル建国八百周年」の記念行事を行った。私たち日本の有志はチンギス・ハン当時の騎馬軍団を再現する巨大史劇を行った。これには提唱者の私も専用機を仕立てて旅行団と共にモンゴルを訪ねた。

その二は、チンギス・ハンとその子孫が樹立した「大《イエケ》モンゴル帝国《ウルス》」が、今日のアメリカ合衆国の先駆ともいうべき世界国家だったことだ。

十三世紀のモンゴル帝国と二十一世紀のアメリカ合衆国には類似点が多い。双方共に、多人種多宗教多文化を受け入れて拡大、大量報復の軍事戦略と不換紙幣を基軸とする通貨政策を採用した。

そうだとすれば、十三世紀のモンゴルを知れば、二十一世紀の米国の未来を探る縁《よすが》ともなるだろう。この点は、この小説でも詳述する。

三つ目は、近年におけるチンギス・ハン研究の劇的な進歩だ。大モンゴル帝国の版図の大半は、約七十年間（一九二一〜九〇年）社会主義政権に支配されていた。

科学的社会主義の基盤には唯物史観がある。歴史の進歩は財の生産形態と階級闘争によって生じるのであって、特定個人の意志や時代の精神などで創られるものではない、というのである。

社会主義の歴史家たちは、この観点から、一見偉大に見える人物も、技術革新や階級闘争の波に乗っただけで、その人物の有無に拘わらず歴史は似たように進んだはずだ、と説明した。

ところが、チンギス・ハンだけは、それで説明し切れない。キヤト族のテムジンがチンギス・ハンとしてあのような活動をしなくとも、十三世紀前半に遊牧社会の仕組みが変わり、人類社会のグローバル化が進んだはずだ、とは到底いえない。

このため、社会主義者はチンギス・ハンの存在を矮小化し、その学術的研究にも力を注がなかった。むしろ、「チンギス・ハン＝モンゴル＝野蛮と殺戮」のイメージを拡めた。

ところが、一九九〇年の「民主化」によって、唯物史観の呪文が解け、様々な新研究がはじまった。一九九〇年代後半からは、世界各国の現地調査や自然科学との学際研究によって、チンギス・ハン研究は世界的に飛躍。それまでにない実像が示されるようになったのである。

この小説は、そうした最近の成果を利用することで、新しいモンゴル帝国とチンギス・ハン像を描こうとする試みである。

それにしても、二十世紀の若者を魅了した「科学的社会主義」とは、何だったのだろうか。

全体解説

■『世界を創った男　チンギス・ハン』の作意

◎新しいチンギス・ハン――「歴史」の進化

チンギス・ハンを主題とした書物は、世界に数多い。それを知りつつ、なぜこの一作を追加するのか。

その第一の理由は、最近の二十年間に、チンギス・ハンに関する歴史研究が飛躍的に進み、新しいチンギス・ハン像が描かれるようになったことだ。

長い間、世界の歴史学は、唯物史観と社会主義の影響を受けていた。社会主義者でなくとも、社会主義的な手法の立場からの批判を無視することができなかった。

唯物論と社会主義は、チンギス・ハンの人物像と歴史的評価に、二つの陰を落としていた。その第一は発展段階論である。

社会主義歴史学では、人類の文明は、「狩猟採取社会―牧畜社会―農耕社会―工業社会と段階を踏んで発展して来た」と規定している。古代ローマの農学者ヴァロの説をエンゲルスらが敷衍《ふえん》したものだ。

この説に従えば、漠北（ゴビ沙漠の北）の遊牧民は、農耕段階にさえ達しない「遅れた人々」ということになり、そこから世界の歴史と人類の文明を革新するような先端的な事象が起るはずがない、と決め込まれていた。

また、社会主義が立脚する唯物史観では、「社会の進歩は生産技術の発展と階級闘争から生れるのであって、個人の天才や偶発的事件から起るのではない」とした。

この論理で説明に窮したのがチンギス・ハンだ。十三世紀に生じたユーラシア北部の遊牧民の巨大な活動は、チンギス・ハンという人物がいようがいまいが、歴史的必然として起ったはずだ、とは証明できない。

このため、社会主義者は、チンギス・ハンの歴史的価値と人物像をできるだけ小さくし、その影響を破壊面に限定した。

こうした意図を持った社会主義が、二十世紀の七十年間、チンギス・ハンが活動した地域の大半を支配したのだから、チンギス・ハン研究が停滞したのも当然だろう。

一九六二年、チンギス・ハンの生誕八〇〇周年の記念切手を発行しようとしたモンゴル人民共和国（当時）の企てが、ソ連の圧力で中止されたのは、それを象徴するでき事である。

◎近世的絶対王制の先駆け

ところが、一九八〇年代に人類文明は大転換する。「物財の豊かさが幸せ」とする近代工業社会の前提が揺らぎ、「満足の大きいことこそ幸せ」という発想が拡まった。私の指摘した「知価革命」である。

知価革命は、産業革命と並ぶ文明史上の大変革だ。その風が地球を吹き抜けると、社会主義の思想も政権も瞬く間に吹き飛ばされてしまった。

その結果、世界の歴史研究も大きく変わった。古文書の字句をいじくる文献学の枠を飛び抜け、自然科学や心理学とも協同した実験歴史学や理論（推定）歴史学がはじまった。今日では、理論歴史学者の推定した仮説が何年か後の発掘や気象分析で実証される例も少なくない。

こうした歴史学の進歩で、まず批判されたのは、社会主義の唱えた発展段階論だ。最近の発掘調査で、農耕のはじまりは、中国でも中東でも一万年ぐらい前まで遡《さかのぼ》れる。一方、遊牧社会が成立するのは馬や牛など大型動物の使役技術が普及したあと、せいぜい四、五千年前からだという。

遊牧民は、農耕以前の発展段階に留まる「遅れた人々」ではなく、農耕とは別途の倫理と美意識と技術を発展させて来た人々なのだ。彼らは、農耕社会の生んだ技術や知識を知らなかったのではなく、熟知しながらも拒否し、別個の文明を育てて来たのである。

このことが、チンギス・ハンの歴史的位置付けをも変えた。それまでは「進んだ西欧」でさえ十三世紀には中世封建社会だった。「遅れた遊牧民」もこの時期にやっとそれに追い付き、遊牧型の部氏族封建体制を築いた。チンギス・ハンは遊牧民の封建支配を基にして破壊と征服を行った、と説明して来た。

だが、これではチンギス・ハンの言動と業績は説明できない。むしろチンギス・ハンは「部氏族封建制を打ち破って、可汗《カハン》（皇帝）独裁の絶対王制を確立した近世の先駆け」と考えた方が、すべてがうまく説明できる。

君主独裁の絶対王制は、西欧では十六世紀からはじまる。フランスのフランソワ一世（在位一五一五～四七）、ロシアのイワン四世（雷帝―同一五三三～八四）、スペインのフェリペ二世（同一五五六～九八）、イギリスのエリザベス一世（同一五五八～一六〇三）らである。日本でもほぼ同時代に織田信長（一五三四～八二）や徳川家康（一五四二～一六一六）がはじめる。

中国の場合はそれよりもかなり早く、少なくとも明の太祖洪武帝（在位一三六八～九八）や永楽帝（同一四〇三～二四）の治世には「一君万民」の思想と体制が確立していた。但し、その後の帝権の弱体化で封建社会への逆戻りも見られる。

チンギス・ハンは、どこの誰よりもずっと早く絶対王制を築いた。チンギス・ハンの史上最大の征服運動が成功したのは、強い統制力と完璧な指揮命令系統を持った近世的絶対王制が、中世的封建体制を圧倒した現象だったのである。

◎「世界を創った男」――最初のグローバリスト

今、チンギス・ハンを書く理由の第二は、長年の疑問――チンギス・ハンは何故世界征服などという途方もないことを考えたのか――に対して、解答が得られたことだ。

人類の歴史には、チンギス・ハンの以前にも、広大な領域と膨大な人口を統治した超大国はいくつもあった。古代のローマ帝国や漢帝国、中世の唐王朝やサラセン帝国、十六世紀のスペイン、十九世紀のイギリス、二十世紀のソ連などである。

これらの大帝国の拡大征服目的は分かり易い。自国の経済的繁栄と自己の文化や信条信仰の普及である。ところが、チンギス・ハンの場合には、それが当てはまらない。

経済的利益なら、あれほど拡く大きく征服する必要はない。当時のモンゴルの人口と生活水準から見れば、中華か西域かのごく一部を占領し搾取すれば十分だった。そのことは、モンゴルに先行した契丹（遼王朝）や女真（金王朝）が示している。

また、チンギス・ハンが自己の文化や信仰を広めようとした気配も見られない。むしろ、チンギスとその子や孫は、積極的に征服地の人材を採用し、地域の自治と信仰の自由を認めた。チンギス・ハンの統治機構や軍司令部には、様々な人種、言語、宗教、文化の人々が共生しており、それぞれの得手を存分に発揮した。

こうしたことから、チンギス・ハンの征服活動を発作的な衝動や過去の怨念とする子供っぽい説さえまかり通っていた。

実は、ここにも「近代の偏見」があった。

近代工業社会は、客観的普遍的な真理と価値観を主張する一方、国家や民族が強調された世の中でもあった。それ故に、この時代には、国家や国民の利益なくして人々が命懸けの行動を、計画的長期的に行うとは信じられなかった。

ところが、一九八〇年代からの知価革命の進行によって国家の権限は劇的に低下し、その枠組みは急速に崩れ出した。それに代わって浮揚したのが「グローバル（全地球的）」の発想である。

チンギス・ハンの征服の目的は、他の征服者とは逆に、「人間《じんかん》に差別なし、地上に境界なし」のグローバルな社会を創ることではなかったか、という仮説が生れ得たのである。

◎「絶対現在」の生き方から学ぶもの

では、どうしてチンギス・ハンは、そのような思想を持ったのか。それは恐らく、この人の置かれていた社会的立場や経済的環境が与えた体験の堆積から出たものに違いない。

そうだとすれば、チンギス・ハンの幼少時代——つまりモンゴル族キヤト氏ボルジギン系イェスゲイ家のテムジンの生い立ちにまで立ち戻って眺めてみる必要があるだろう。

この人物の生い立ちはきわめて不透明ながら、『元朝秘史』などの伝承と当時の生産生活条件を継ぎ合わすことで、かなりの程度は推察することができる。そうしてでき上がった人間関係は、のちの征服者チンギス・ハンの思想と行動を生むにふさわしいものだ。

キヤト氏のテムジンの生れ育ったのは、漠北草原の中でも農耕文明の影響が通り難い辺境、ケンティ山脈北側である。

それだけに、生産力は乏しく、人口はまばらで、生活は不安定だった。テムジンの少年時代には、文字も通貨も暦も算術もなかっただろう。

この地の民は、周辺の部族や農耕民からの掠奪《りゃくだつ》がなければ、生存さえ難しかったに違いない。遊牧民にとっては「掠奪」は生きるに欠かせぬ経済行為だった。

それ故ここでは、強者生存の生物的原理が適用された。壮者の飲食寝起きが優先され、老弱は残飯を漁《あさ》るのが常であった。中華の農耕民が尊んだ年功序列を守っていたなら、氏族は確実に消滅したであろう。

そんな厳しい現実の中で、テムジンは有力者だった父を、突如失う。同族の者も、「光る石は砕けたり、深き流れは涸れ果てたり」と言い残して去ってしまう。その上、仇敵の族長に捕らわれ、手枷《てかせ》をはめられて引き回される苦痛と屈辱をも味わった。

世界の歴史には、無一文の孤独の中から身を起して帝王の座に昇り詰めた英傑は何人かいる。中華に大明帝国を興した太祖朱元璋《しゅげんしょう》やわが豊臣秀吉などがその典型だ。

通常、無一文の孤独に周囲は無関心で応える。このことは、その人に自己顕示欲と猜疑心を植え付ける。朱元璋も秀吉もそうであった。

ところがテムジンは、父親がなまじ小族長だったばかりに、その死後は無一文と孤独の上に、仇敵に狙われる負の重荷まで背負わされた。正しく「絶対現在」、過去も将来も考えず、今の生き方にすべてを集中しなければならない生存状況に置かれたのだ。

このことが、テムジンに自己顕示の危険と倹約の効用を教えた。慎重な情報分析癖と凶暴なまでの決断力を与えた。遅咲きの創業者に必須の条件である。

◎「人間《じんかん》に差別なし、地上に境界なし」の体験

「絶対現在」とは、最終決戦状態を指す軍事用語だ。両軍、最後の予備軍までを動員し、後先《あとさき》もなく突貫する。今は兵の疲労も武器の損耗も考えない、そんな状況をいう。

テムジンは、十四、五歳から二十歳まで、そんな日々を送った。この時、彼を援けたのは、親族でも同族でもない。さして親しくもない従属民の馬乳酒造りであり、初対面の異氏族少年であり、異民族の旅芸人や異教徒の隊商である。

このことからテムジンは、「人間に差別なし、地上に境界なし」の正義と利益を感じ取ったに違いない。チンギス・ハンが、テムジンと呼ばれた少年であった頃の体験の一つ一つが、のちの世界帝国の基本概念に反映される。その意味では、青年テムジンの人間ドラマが人類の歴史に直結しているともいえるだろう。

どんな大河にもその濫觴《らんしょう》はある。いかなる大事業にも創生がある。誰も振り返らないような小事に心肝を磨り減らす苦労に耐えてこそ、歴史を動かす大事が成り立つ。

「絶対現在」を生き抜いたテムジンの物語は、そんなことを伝えているのではないだろうか。

◎強さの秘密は組織と情報力

チンギス・ハンへの疑問はそれに留まらない。なお二つ、古くからの疑問がある。一つは、物欲（経済的利益）に駆られることもなく、信仰に燃えることもなかった寄せ集めのモンゴル軍が、なぜあれほど強かったのか。東の嶺東（大興安嶺の東＝中国東北部）から西はイランの砂漠まで、北は寒冷なシビル（寒帯樹

林）から南は湿潤な中華の農耕地帯まで、あらゆる地形と気象、いろんな武器と戦法に勝ち抜いたのは何故か。

古くからいわれて来たのは、モンゴル兵士の忍耐強さとモンゴル馬の丈夫さだ。

確かにそれはチンギス・ハン軍の強さの基本だったが、ずっと古くからあったことで、チンギス・ハン時代の特別な強さを説明するものではない。

チンギス・ハンの時期になって、モンゴル軍に有利に作用したことの一つに、鉄の生産が増加したことによる武器、とりわけ鏃《やじり》の進歩が挙げられる。特に、至近距離から発射する大型鉄製鏃の開発は、モンゴル軍の市街戦での攻撃戦力を高めた。この発明がなかったら、中華やイスラムの城壁都市にはてこずっただろう。

だが、決定的なのは「体制の違い」だ。十三世紀当時、中世的封建社会だった中華や中東では、身分と信仰が尊ばれ、行政実務や生産活動は蔑《さげす》まれた。中でも軽蔑されたのは軍役、中華も中東も、遊牧民や流民の傭兵（奴隷集団や買収部族）に頼っていた。

これに対してチンギス・ハン軍は国民皆兵、可汗の指導のもとで厳しく軍律を守り命令を必行した。同じ契丹人やトルコ人でも、中華の金朝や中東のホラズム帝国に傭われた将兵と、国民皆兵で軍隊組織化されたモンゴル兵では、規律と行動が違ったのである。

もう一つ、モンゴル軍の強さを支えたのは情報収集だ。青少年時代を孤立して生きたチンギスは、早くから商人や芸人と直に付き合い、情報には敏感になった。チンギスの築いたモンゴル帝国は、ユーラシア全域に多数の間諜を送り込んでおり、戦闘の前に敵軍の状況ばかりか政治情勢や社会状況なども調べ上げていた。こんなことができたのも、絶対王制による情報集中体制があったからだろう。

それに対して、モンゴルと戦う側は、相手（モンゴル）のことをほとんど知らなかった。中東やヨーロッパの国々は、やっとモンゴル人の姿形を知った程度である。それというのも、身分と信仰に凝り固まっていた中世文化には、事物を客観的に見る習慣がなかったのであろう。

さらに一つ加えるとすれば、チンギス晩年のモンゴル軍の物量の凄まじさだ。馬や矢の数はもちろん、投石機、破城車、雲梯、火薬壺などを、相手の想像を絶するほど大量に動員した。

チンギスの軍は、地元住民を情け容赦なく動員して、攻城兵器の製造や土木工事に使役した。そこにはヒューマニズムの欠片もないが、「物量こそ戦力」という近代戦略思想の先駆けが見られる。

◎帝国を永続させた三つの発明

チンギス・ハンに関するもう一つの疑問は、その帝国はなぜ長続きしたか、だ。

チンギス・ハンの帝国は、十三世紀を通じて拡大を続けるが、十四世紀の中葉に至って中華やイラン・イラクからは撤退する。当時、最も文明の高かった地域を一世紀以上も支配したのだ。

しかも、そのあとも漠北では「北元」として命脈を保ち、中東ではチムールの帝国として復活する。その流れはアフガニスタンからインドへと拡大したムガール（モンゴール）王朝だ。

ロシア南部やカザフスタンの残存政権は、何と二十世紀まで続いた。遊牧民の王朝としては異例の長さである。

◎信仰と自治の自由

チンギス・ハン の帝国が他の遊牧民の征服王朝に比べて永続したのは、チンギス・ハン自身の発見ともいえる三つの大政策があったからだ。

その第一は「信仰の自由と広範な自治」である。

自らの宗教や生活様式を拡めようとしなかったチンギス・ハンは、各地各人の信仰と生活様式を容認したばかりか、それを「売り物」にして民衆の支持を得た。チンギス・ハンは、自由な交易の行われる治安と低率の納税が行われる限り、地域の政治行政と人々の信仰には介入しなかった。これは十三、四世紀としては驚くべきことである。

◎大量報復戦略

第二は、安上がりの軍事、つまり大量報復戦略である。モンゴル軍の総兵力は十数万人、多く見ても二十万人を超えない。この程度では、ユーラシアの大半を征服し統治するために各地に多くの駐屯軍を置くことができない。

チンギス・ハンは特に極端で、大抵の地域（都市）には「ダルカチと六十人のモンゴル兵」しか置かなかった。「ダルカチ」は知事とか総督とか訳されているが、いわば監視人、治安と徴収を見届け情報を流すだけの代官である。数十人の秘書役、儀仗《ぎじょう》兵《へい》的な警備兵（六十人のモンゴル兵）程度しか家来もいない。

これでは地域で叛乱が起れば抑えようもない。事実、叛乱やテロで殺されたダルカチは珍しくない。

但し、「ダルカチと六十人のモンゴル兵が叛徒に殺された」となれば、モンゴル高原から何万もの騎兵が来襲、叛乱都市（地域）のすべてに大量報復を加える。その時は、老若、男女、軍民、善悪の差別なく皆殺しにする。どんなに親モンゴルの人間も、秘技学識のある者も許さない。モンゴル軍の残虐を伝える多くの事件は、大抵がこの場合である。

「叛乱を起した都市は皆殺し」とは、いかにも残酷暴虐に思える。だがそのことによって、迂闊な叛乱は防止され、ユーラシアに長く平和が保たれた。

この思想は近代、とりわけ二十世紀に至って復活した。第二次世界大戦における「都市絨毯爆撃」がそれである。

敵対行為を行う敵国にあるのなら何もかも焼き尽くし、誰彼の別なく殺害することが、近代国家によって組織的かつ継続的に行われた。

さらに、第二次大戦後は、米ソ両国とも、核兵器による大量報復を、戦争抑止力として公言した。この戦略の発案者たちは、それがチンギス・ハン戦略思想の継続であることを、敢えて否定しなかった。チンギス・ハンは、大量報復戦略で、安価な平和維持ができたのである。それにしても、人類の戦略思想が八百年も進歩していないとすれば、嘆かわしい。

◎ペーパーマネー

モンゴル帝国長寿の第三の理由は、不換紙幣の巧妙な運用である。

漠北草原は生産性に乏しく、輸出品は少ない。遊牧民が掠奪を経済行為としたのも、生産力不足を補うためだ。

この点は大モンゴル帝国成立後も変わらない。その上、この帝国は低税率、国家財政も万年赤字だった。今日のアメリカ合衆国と同様、国際収支と財政収支の「双子の赤字」に取り付かれていたのだ。

この解決策として取られたのが不換紙幣、つまり、金・銀・銭の裏付けのないペーパーマネーを発行することで財政不足を補った。

中華では、宋代から銭の代用として「交鈔《こうしょう》」という紙幣が発行されていたが、それは銭に代わる兌換紙幣、いわば政府手付（日本の藩札《はんさつ》と同じ）だった。ただ、各王朝とも、その末期には財政難から紙幣を乱発、兌換の要求を政治圧力で回避するようになるので、その価値を失ってしまった。

これに対して大モンゴル帝国では、早い時期から不換紙幣を発行、現代風の管理通貨体制を目指した。「銭二貫」「銭五貫」などの交鈔（紙幣）を発行、官僚の給与や官需の購入に充てる一方、納税にも利用させた。特に元朝では、交鈔を給付された高官たちが商人に投資して、交易や鉱山開発などに充てる「オルトク」の制度を普及させた。今日風にいえばファンドである。

大モンゴル帝国の交鈔は、国際収支と財政の赤字を補うために年々残高は増加したが、発行以来八十年間は支障なく通用し、国際基軸通貨としての役割を果たした。

人類が、何の物質にも裏付けられていない不換紙幣を国際基軸通貨としたのは、大モンゴル帝国時代の十三、四世紀と現在、一九七二年以降の米ドル時代だけである。グローバル化の時代なればこそできることであろう。

大モンゴル帝国の紙幣は、約八十年間、ユーラシアの広い範囲で通用した。この間に発行残高の増加に伴ってその価値は、約百分の一に下落する。ちょうど二十世紀（一九二七年から二〇〇七年まで）の米ドルと同じ程度の価値下落である。

米ドルが完全なペーパーマネーになったのは一九七二年だ。もし、二十一世紀の米国の財政金融官僚が、十三世紀のモンゴルのそれほど賢明だったなら、二〇五〇年代まであと四十五年ぐらいは、米ドルの地位は安泰だろうか。

チンギス・ハンの物語は、巨大な人物ドラマであると同時に、現在と未来に通じる歴史劇でもある。この作品では、そんな新しい観点から切り込んでみたい。

第一巻の注釈

●盟友《アンダ》

（注1）チンギス・ハンの故郷

チンギス・ハン（実名キヤト氏のテムジン）が生れたのは、現在のモンゴル国の東北隅、ケンテイ（ヘンテイ）山脈の東、オノン川の最上流域である（次ページの地図参照）。

北緯49度、東経110度、モンゴル国の首都ウランバートルから北東に三百キロほどの草原一帯である。海抜は千三百〜千六百メートル、地球上でも最寒地帯の一つだ。

「漠北」とは、ゴビ砂漠の北を指す。一般にその範囲は東は大興安嶺山脈、西はアルタイ山脈、南はゴビ砂漠、北はバイカル湖周辺の寒帯樹林とされている。東西約三千キロ、南北一千キロの広大な草原である。

（注2）チンギス・ハンの生れ年

チンギス・ハンの生年には、一一五四年、一一五五年、一一六二年、一一六七年の四説ある。最近の最有力説は一一六二年、モンゴル国政府もこれを採用している。本小説もこの説に従っている。

なお、「チンギス・ハンは源義経が変身したもの」というお話もあるが、その起源は案外新しく大正か昭和のはじめらしい。

義経の生年は一一五九年、同時代人ではある。日本との時代比較としては分かり易い。

チンギス・ハンの故郷

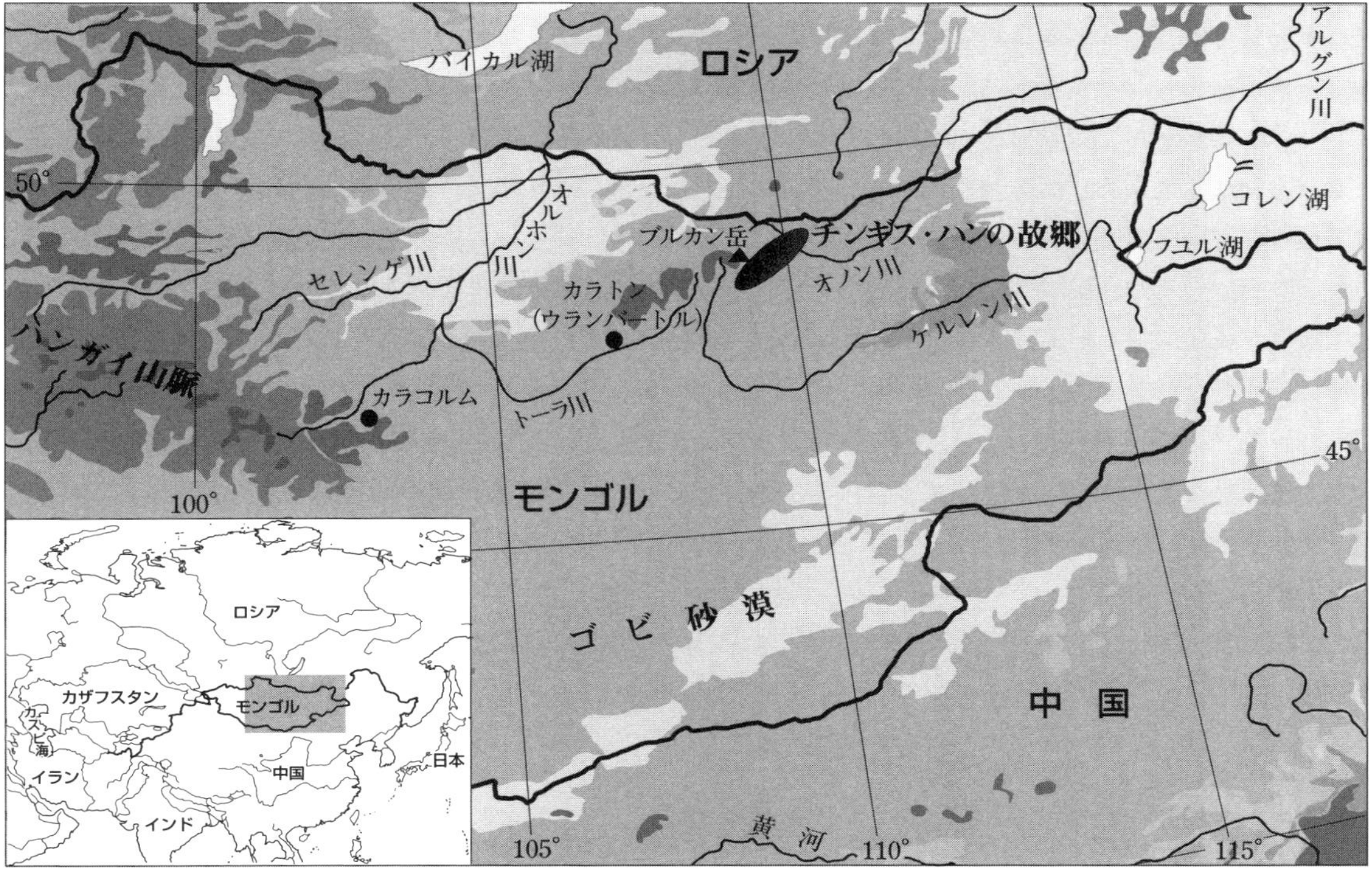
バイカル湖
ロシア
アルグン川
コレン湖
フユル湖
50°
オルホン川
ブルカン岳
チンギス・ハンの故郷
セレンゲ川
オノン川
カラトン
(ウランバートル)
ケルレン川
ハンガイ山脈
カラコルム
トーラ川
45°
100°
モンゴル
ゴビ砂漠
中国
黄河
105°
110°
115°
ロシア
カザフスタン
カスピ海
モンゴル
イラン
中国
日本
インド

（注3）チンギス・ハンの同時代史

チンギス・ハンが生きた時代（一一六二？〜一二二七）は世界的に見るとどんな時代だったか。次ページの表を御覧頂きたい。

（注4）チンギス・ハンに関する資料

チンギス・ハンに関する原史料は少ない。主要なものは三種四点である。

《1》一二八四年、チンギス・ハンの孫で元朝の創始者となったクビライ汗（元の世祖）の命令で書かれた『太祖実録』の系統。『太祖実録』自体は喪失して今は無いが、その内容を伝えると見られるものが二つある。一つは『聖武親征録』、チンギス・ハンの征服戦争を中心に描いた漢文資料である。第二は元朝のあとの明王朝の創始者朱元璋《しゅげんしょう》（明太祖）の命令で、一三六八年に書かれた「元史」の『太祖本記』だ。どちらも『太祖実録』を利用したらしく、内容は似ている。

《2》第二はモンゴル語を漢字で表記して漢文訳を付した『元朝秘史』。

本編は十巻、チンギス・ハンの祖先伝承からはじまって、一二〇六年の可汗《カハン》就任までが書かれている。これに続編二巻があり、チンギス・ハンの対外征戦やその子オゴデイ・ハンの就任までが書かれている。作者は不明、モンゴル国では一二四〇年に成立したとしているが、続編二巻は内容とあと書きから一三二四年に完成したと見られる。

チンギス・ハンの青少年時代（一一九五年以前）を描いた古文章だが、史実かどうかは不明、一種の「歴史小説」との見方も強い。

しかし、その描写は活き活きしており、当時の草原の生活と思想がよく表れている。これまでチンギス・

チンギス・ハンの同時代史

チンギス・ハン	日　本	ア ジ ア	西　欧
チンギス・ハン（テムジン）誕生（1162?）	平清盛　太政大臣になる（1167）	金の世宗の治世（1161～89） 淮河を境に北の金と南の宋が平和共存	パリ ノートルダム建設を開始（1163～1240）
チンギス・ハン、トオリル・ハンと共にタタルを討つ（文字資料所見）（1194）	平氏 壇の浦に滅ぶ（1185） 源頼朝死去（1199）	サラディン、イエルサレムを奪回（1187） セルジュクトルコ分領ホラズム抬頭（1194） 金章宗の治世（1189～1208）	第3回十字軍（1189～92）
チンギス・ハン モンゴル統一可汗（大王）となる（1206）	新古今和歌集（1205）	ホラズム・ムハンマドの治世（1200～1220）	第4回十字軍（1202～04）
チンギス・ハン 金を攻撃（1211～15）		金は開封に遷都（1214）	英国・マグナカルタ制定（1215） ドミニコ教団設立（1216）
チンギス・ハン西征（1219～24）	承久の乱（1221）	ホラズム滅亡（1220） 南宋・金を攻めるも勝てず（1220）	フランチェスコ教団設立（1223） モンゴル軍、ロシア軍を破る（カルカ川）（1223）
チンギス・ハン逝去（1227）		西夏滅亡（1227）	
2代オゴデイ汗（1229～41） 金国を滅ぼす（1234）	貞永式目制定（1232）	金国滅亡（1234）	ドイツ・ポーランド連合軍、モンゴル軍に惨敗（1241）
バトゥの西方遠征（1236）			

ハンをテーマとして描かれた歴史小説のほとんどが、これを下敷きにしている。

《3》　第三はイラン方面に成立したフレグ・ウルス（イル汗国）の七代目のハン、ガザンが、宰相のラシード・ウッディーンに命じて編纂《へんさん》させた大作。ペルシャ語の題名は『ジャーミ・ウッ・タワーリフ』「歴史を集めたもの」の意なので、日本では『集史』（ラシードの集史）と呼ばれている。完成したのは一三〇七年。「人類史上最初の世界史」といわれる大著である。但し、チンギス・ハンについての記述は『聖武親征録』と酷似した部分が多い。

《4》　これ以上の研究となると、周辺状況やのちの結果から推定することになる。チンギス・ハンが文字史料に登場するのは一一九五年頃からだから、それ以前のことは『元朝秘史』が最も詳しい。本作においては、「史的事実については誤りなく採り入れる（嘘や間違いはない）が、不明な部分は周辺情況やあとの事態などとの整合性を持つ範囲で推測想定する」という歴史小説の厳格な条件を守る方針である。

なお、当時のモンゴルの現実をそのまま表現したのでは、現代の日本人読者には理解できないと思われる時は、大筋に関係のない修正を加えた。

（注5）「骰子《さいころ》遊び」について

『元朝秘史』の「116節」に〝テムジンとジャムカが「シア」で遊び、ジャムカの麕鹿《のろじか》製のノシとテムジンの銅鐘製のそれとを交換して「盟友《アンダ》」の誓いをした〟という場面が出てくる。これを村上正二訳注の『モンゴル秘史』（平凡社東洋文庫）では「髀石」と訳している。「シア」は鹿の距骨《きょこつ》を磨いて造った遊技具で、それによる遊び方についてポターニンという学者が詳述している。

これをそのまま本作にしては読者には感じ難いので、近世以後にモンゴルで普及した骰子遊びに変えた。

なお麕鹿（グラルトク）の蹄腕骨は貴重な装身具になったという。『元朝秘史』の作者は、ジャムカの虚栄とおしゃれな気質を表すためにそれを持ち出したとすれば、「象牙」に置き換えるのが感じを伝えられるのではないか（お断りまで）。

●冬の母親

（注6）チンギス・ハンの家系

チンギス・ハンの家系は「蒼き狼と黄白き鹿」より出たといわれるが、テムジン（チンギス・ハン）にはその血統は繋がっていない（次ページの系図参照）。

蒼き狼から何代かあとの男性（ドブン・メルゲン）が、アラン・ゴアなる女性と結婚するが、妻に先立つ。その後、未亡人となったアラン・ゴアが日の光の精を浴びて出産した一人、ボドンチャルがテムジンの生れるキヤト族の祖先である。

なお、ボドンチャルは正妻のほかに「ウリャンハイの女」とも結ばれる。この「ウリャンハイの女」がまた別の男性との間に子を成した。その子孫がジャダラン族、ジャムカの生れた氏族である。従って、ジャダラン族はキヤト族とは血統的には繋がらない。モンゴル族中枢（ボドンチャル系）とは、バリン族と女系で繋がるだけである。

テムジンの生れたキヤト氏族も様々に分裂する。

初代のハンはカブル・ハン、テムジンの曾祖父に当る。第二代アンバカイ・ハンは遠縁の人物で、タイチウト族の最有力者である。第三代のクトラ・ハンはカブル・ハンの息子。そしてそのクトラ・ハンの兄弟の子が、イェスゲイ・バートル。テムジン（チンギス・ハン）の父親である。

モンゴル族の系図

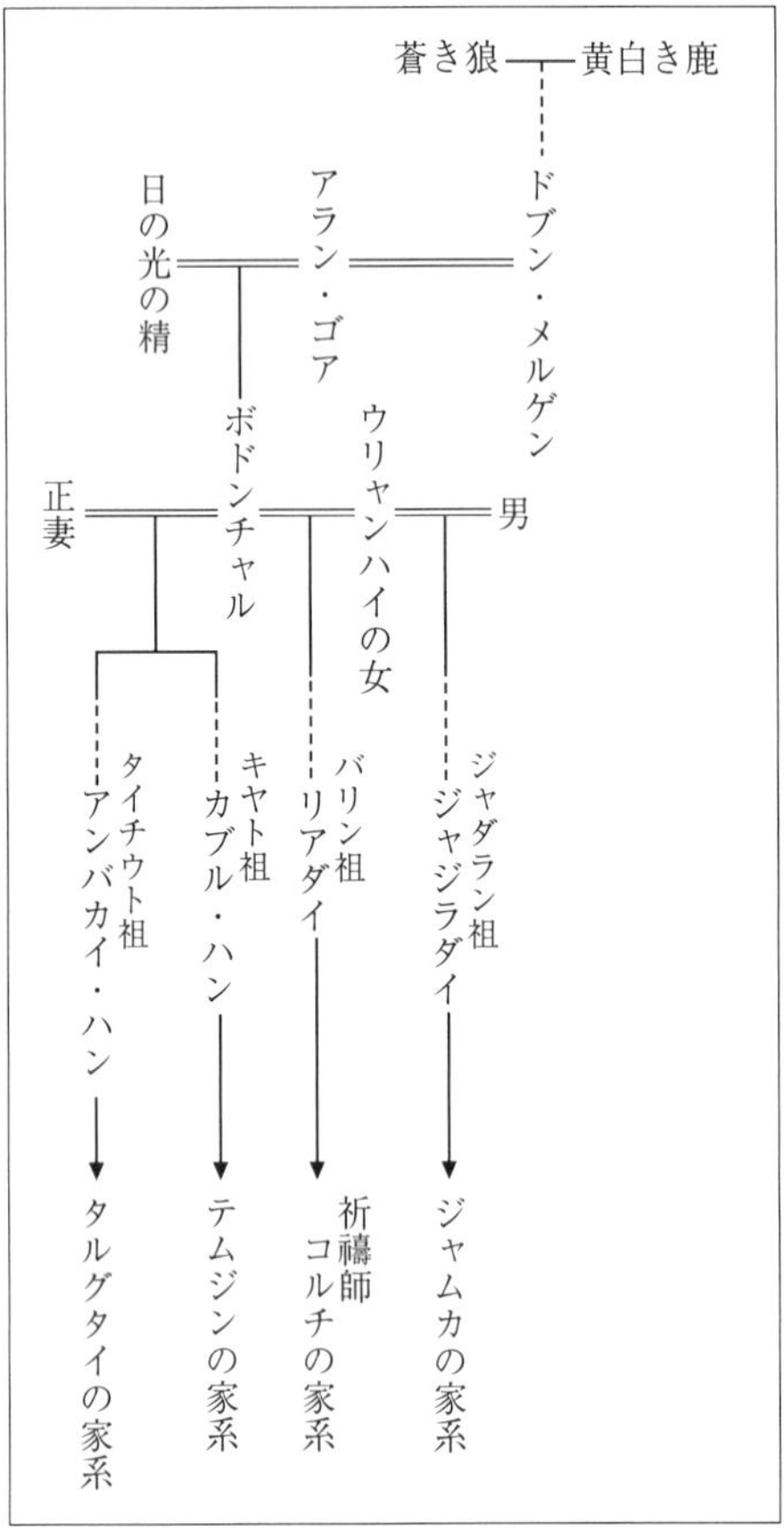

（注7）チンギス・ハンの家族

テムジンの家族は『元朝秘史』によると、父イェスゲイと母ホエルン、その間には四人の男児と何人かの娘がいた（次ページの系図参照）。

また、イェスゲイの妾として氏名不詳の女性がおり、そこにはベクテルとベルグテイの二人の男児がいた（但し、『集史』には「ベクテル」の名はない。早く死んだからだろうか）。

そのほかに、何人かの従僕がいた。昔、戦争で敗れ、勝者の家族に家事奴隷として分配された人々の子孫

キヤト族の系図（この小説で想定しているもの）

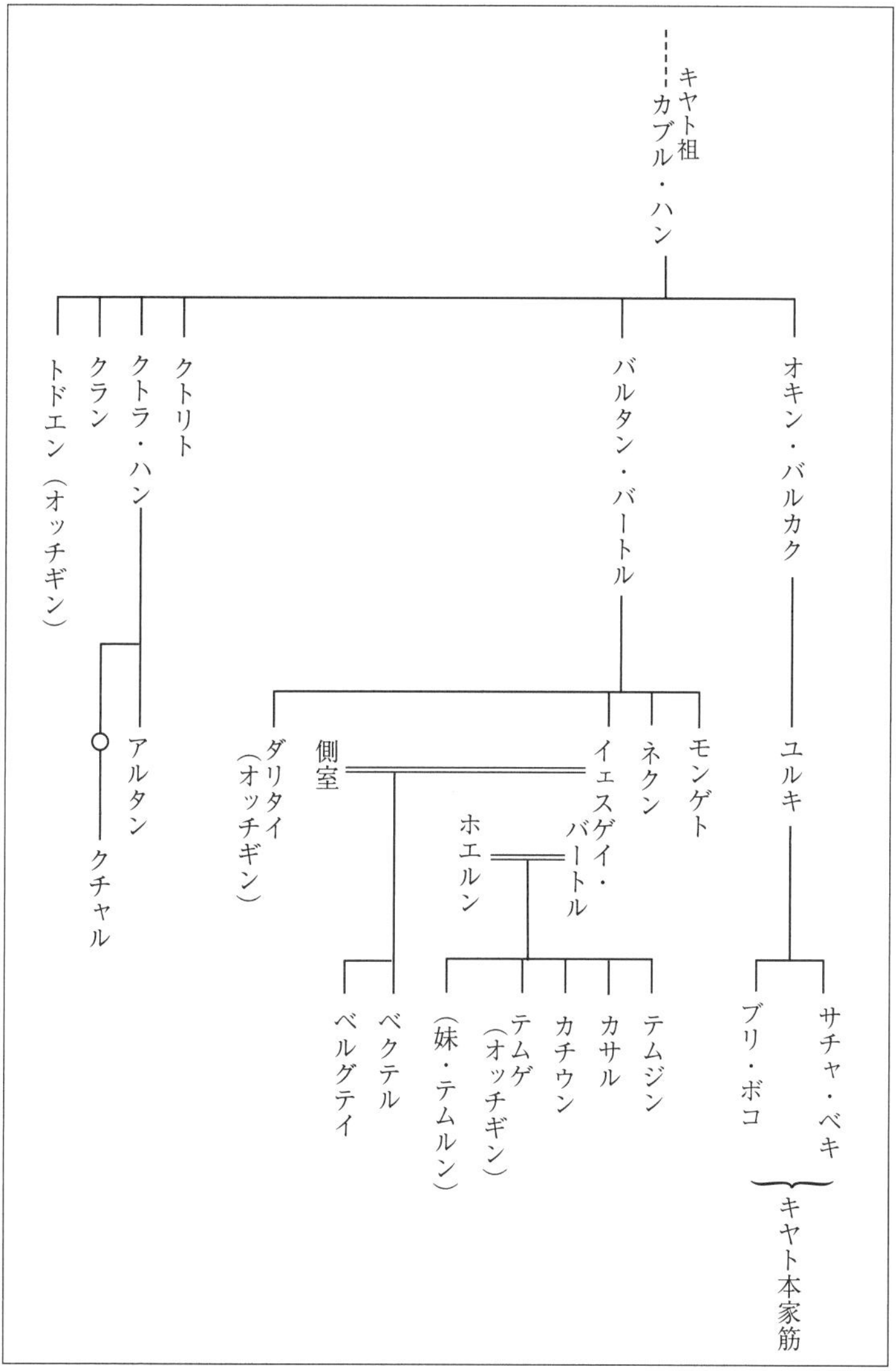

である。イェスゲイ家にいた従僕では、オカイとカルチュは後に出世し、名が残っている。

（注8）遊牧民の相続慣習

遊牧民では、成人した息子たちは親から財産（家畜）を分けてもらって独立、自らの家族を形成する。このため親元には末子が残り相続をする。モンゴルでは、末っ子をオッチギン（炉の火を守る人）と呼ぶ。イェスゲイ兄弟の場合、末弟ダリタイがそれに当る。また、テムジンの兄弟では四男テムゲがオッチギンと呼ばれ、モンゴル帝国でも重きをなす。

但し、この制度（慣習）では父親が若年で死んだ場合や遅くに男子が生れた場合など、実行不能のケースもある。このため、父親が若年死の場合は、年上の息子の特に長男が権威を持つ。テムジンもケレイト族長のトオリル・ハンもそれに当る。

（注9）イェスゲイが描いた「世界」

一一七〇年代の漠北草原の情勢は次ページの地図参照。

なお、当時のモンゴル人の方位認識は45度ほどずれており、「北」は西北、「南」は東南になる。南が上、北が下、東が左、西が右というのも、現代人の方位感覚と逆である。

（注10）モンゴル草原のベタ雪災害（ゾド）

モンゴル草原（ゴビ砂漠の北）は寒冷な準乾燥地帯で、年間降雨量は三百ミリ（日本の十二分の一以下）である。冬の降雪は珍しくないが、硬い粉雪で風に吹かれて散り、地表に厚く固まることはない。

1170年代の漢北草原の情勢

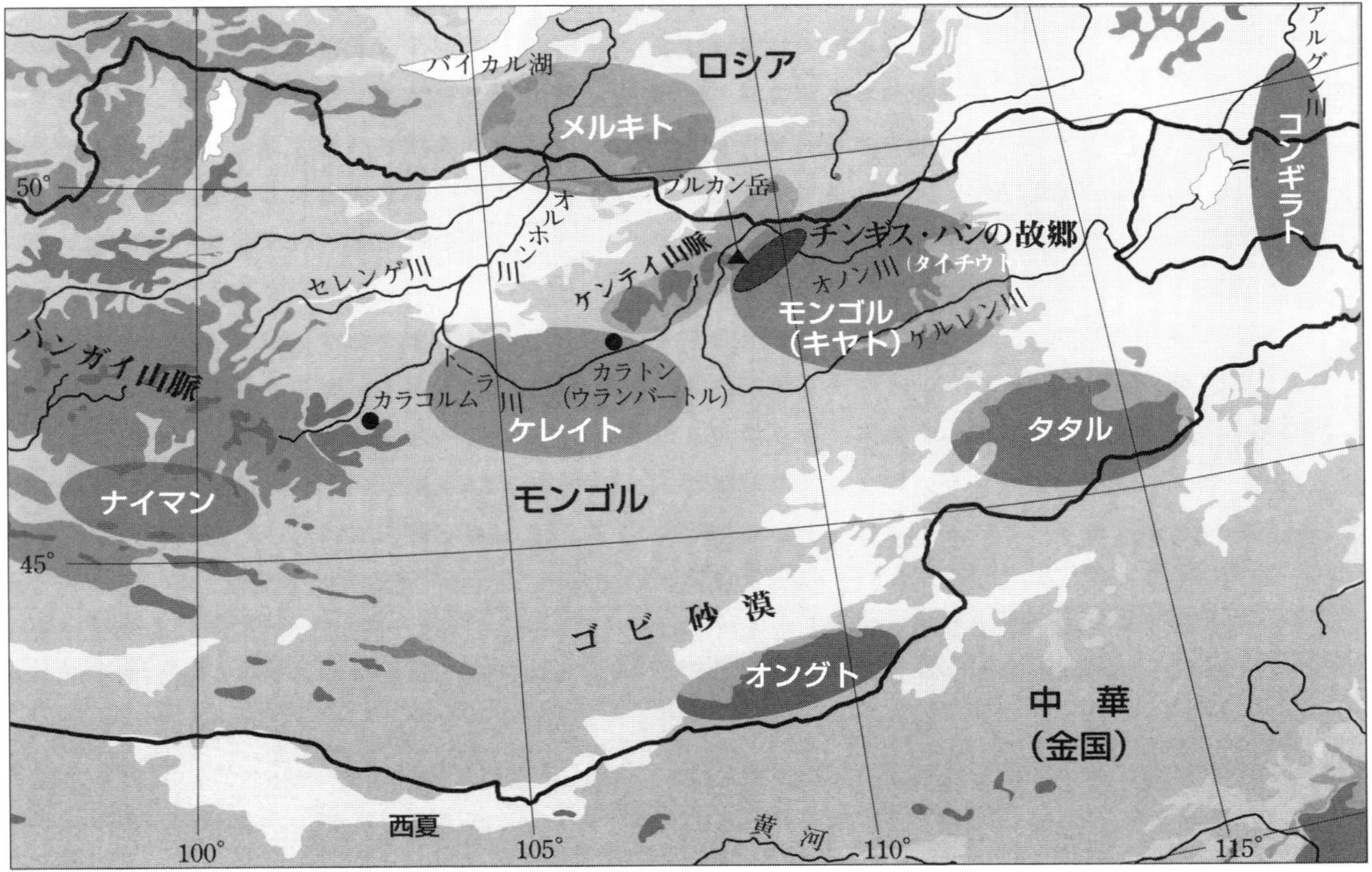

但し、温暖な冬には軟らかい雪が降り、地表に積もり、昼間の太陽光線で表面が融けて氷結、馬や羊などがその下草を喰えなくなる。これが「ゾド」と呼ばれ、家畜の大量餓死を招く大災害になることがある。

一九九九年から二〇〇〇年にかけては、大規模な「ゾド」が生じ、馬五百七十万頭が餓死する大災害になった。

九世紀から十二世紀にかけても、地球温暖化現象があったという。

唐末に栄えたウイグル王国は、相次ぐ災害で国力を消耗、やがてキルギス族の侵入で滅亡するが、この「災害」の内容も「ゾド」ではなかったかと思われる。

(注11)遊牧民社会の構造

●別の「世界」

遊牧民の社会では土地所有や城塞・邸宅を相続することもない。地縁のないまったくの血縁社会だ。それだけに祖先伝承と部氏族の別は厳しい。

チンギス・ハンの青年時代(十二世紀末)には、漠北には、モンゴル、コンギラト、タタル、ケレイト、メルキト、ナイマン、オイラト、オングトなどの諸族がいた。彼らはそれぞれ祖先伝承を持つ。「始祖は共通」と信じる者が同じ部族である。

例えばモンゴル族は、蒼き狼(ボルテ・チノ)と黄白き鹿(コアイ・マラル)から発した部族である。但し、その子孫の一人がアラン・ゴアという女性と結ばれるが、それが死んだあとで、アラン・ゴアが日の光の精を浴びて何人かの子を生む。その中の一人、ボドンチャルの子孫がボルジギン集団、チンギス・ハンの生れたキヤト族はこれに属する。

遊牧民は男系部族社会で同族の中では通婚は許されない。それはボルジギン集団の間である。このような集団を「骨（オボフ）」という。当時の遊牧民の考えでは、子は父方から脳と骨と眼を引き継ぎ、母方からは心臓と血と肉を引き継ぐと思われていた。

ボルジギン集団も代々枝分れし、チンギス・ハンの生れた頃（十二世紀後半）には十以上の氏族《ニルン》になっていた。本家を自認するバリン氏族、アンバカイ・ハンの出たタイチウト氏族、カブル・ハンとその子クトラ・ハンの出たキヤト氏族が最有力氏族である。

各氏族には、数十から数百の家族《アイル》が所属する。チンギス・ハン（テムジン）の父イェスゲイは、キヤト氏族の最有力家系、カブル・ハン家の息子の一人でクトラ・ハンの兄弟のバルタンという人の息子である。

地縁社会の農耕民は住所によってその身元を示す。例えば、「大和国《やまとのくに》葛城《かつらぎ》吐田《はんだ》郷村《ごうむら》字《あざ》名柄《ながら》の堺屋家の太一」となる。

遊牧民は血縁でいう。チンギス・ハンは「モンゴル部族《ウルス》、ボルジギン集団《オボフ》キヤト氏族《ニルン》イェスゲイ家《アイル》のテムジン」である。

（注12）臣従と従僕

十二世紀の遊牧民の社会は、かなり厳しい身分制度があった。「部氏族封建制」ともいわれるものだ（次ページの図参照）。

主人の氏族と臣従の氏族および従属に分れていた。テムジンの生れ育ったボルジギン族キヤト氏やそのライバル、タイチウト族は主人の氏族だが、その中でも族長を出す家系は限られている。

一方、臣従の氏族は、主人の氏族に臣従し、軍役の提供や家畜の提出を強いられるが、それなりの誇りと

主人の氏族と臣従の氏族

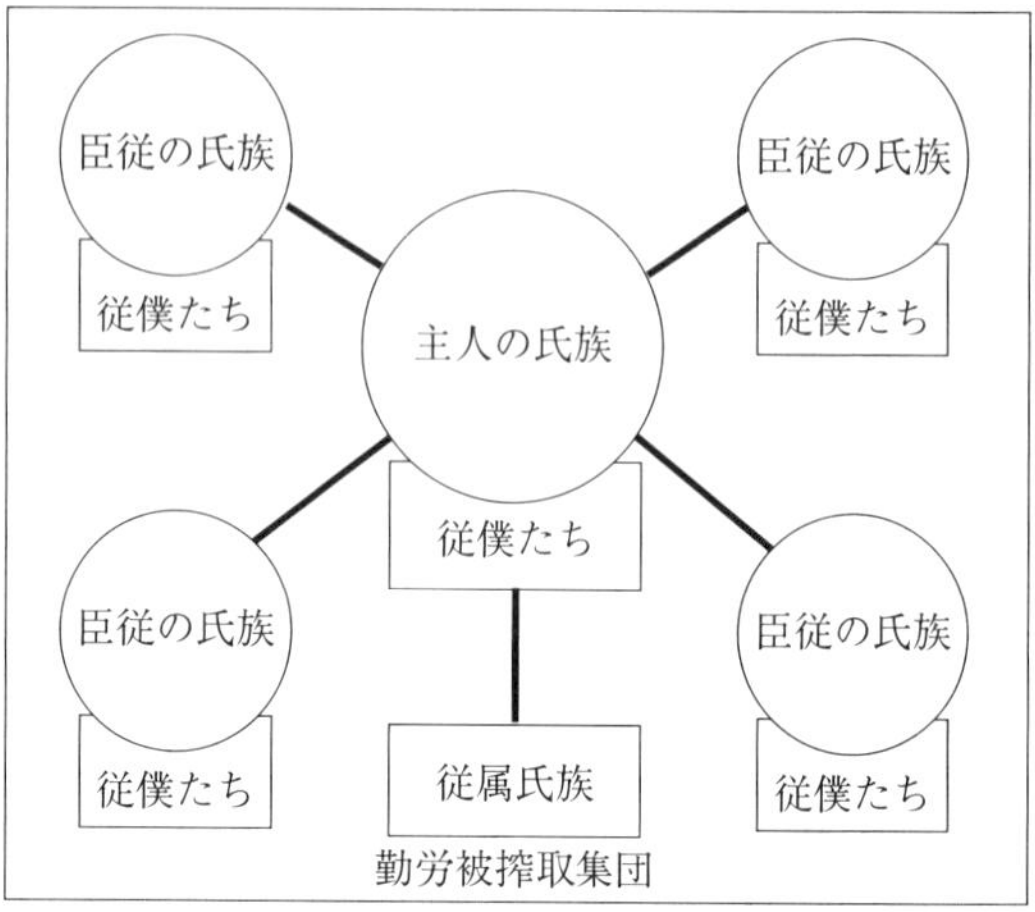

自主性があり、時に叛乱離反もあり得る。日本に例えれば織田（信長）家に対する柴田（勝家）家、徳川家の家臣の本多家、酒井家に当る。

もう一つ、氏族としては解体、主人氏族や臣従氏族に搾取される隷属氏族がいる。奴隷的身分の従僕とは異なり、自由民ではあるが被搾取階級、農耕社会の小作農に当る。ジャイラル族やスルドス族は隷属氏族である。

（注13）テムジンの風貌

「面に光あり、眼に火あり」というのは、韻を踏んだ常套句、当時のモンゴル語では「ニウル（面）ゲレトウ（光あり）、ニドン（眼）ガルトウ（火あり）」となる。いわば、「賢そうなお子様で」と世辞をいったようなものだ。このことからテムジン＝チンギス・ハンの風貌を推察することはできない。なお、世間に流布しているチンギス・ハンの肖像画なるものも、チンギス・ハンの死後かなり経ってから中国風の画家によって描かれたもので「中国の天子の理想の風貌」に近いという。どこまで本人に似ていたかは定かではない。

（注14）コンギラト族の系図と経営

テムジン（チンギス・ハン）の母や妻の出身部族であるコンギラト（オンギラート）部族は、漠北草原の東端、大興安嶺山脈の西麓を遊牧する部族である。この部族の三人の始祖は「黄金の壺」から奇跡的に生れたという。

漠北遊牧民の間では、始祖が光の精と神秘的な容器（黄金や大木の幹）から生れたという聖体系の伝承と、狼などから生れたという獣祖神話とがある。コンギラト部族は、前者の典型である（左の系図参照）。

この部族はもともと中華文化圏から遠く、文明の光も届き難かったが、十二世紀はじめ、東隣りの嶺東

コンギラト族の系図

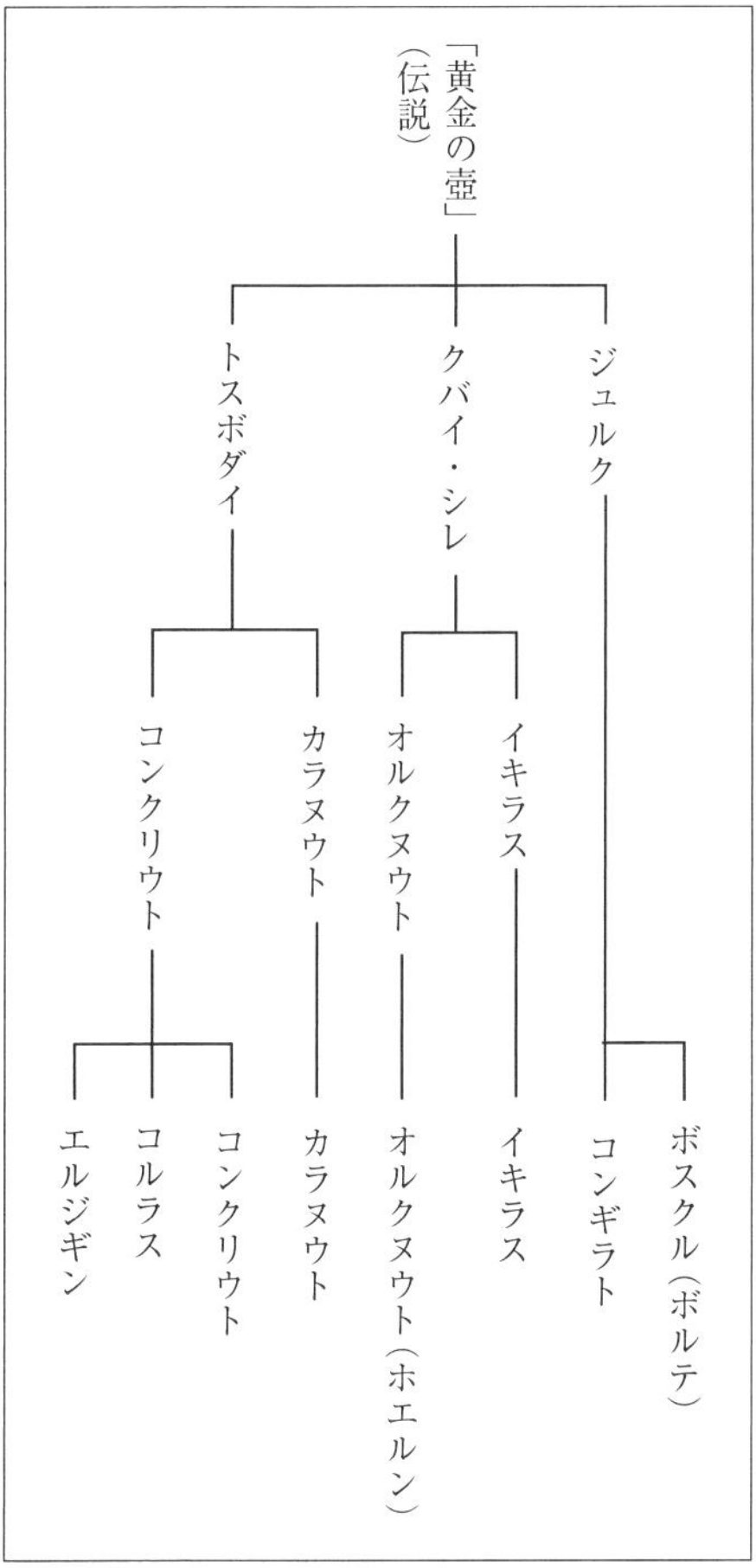

（大興安嶺の東側）にいた半農半猟の女真族《じょしんぞく》が、英傑完顔阿骨打《ワンヤンアクダ》に率いられて南下をはじめたことで様相が一変した。女真族は一一一四年寧江州で遼王朝の軍を大破、翌年には金王朝を創建した。さらに、一一二五年には遼王朝を滅ぼし、翌年には南の宋王朝をも破って淮河以北の地を支配した。前代の遼王朝よりもはるかに広く中華の地を支配したばかりか、南の宋国からより多くの金品を貢納させた。この結果、満州平原と華北は一体化、文化と物資が北に流れることになる。大興安嶺に沿って遊牧するタタル部やコンギラト部は東側からの文物の流入で潤った。

一方、金は南（中華）と東（嶺東）に拡がった分、北への支配力は乏しかった。十二世紀の漠北が権威と秩序のない戦国乱世となったのはこのためだ。

十二世紀後半には、女真族の漢人化が進み、軍事的に弱体化、南宋に敗れる（一一六一年「采石の戦い」）こともあった。このため、そのあとを継いだ金の皇帝（世宗、一一六一〜八九）は、女真人が漢姓を名乗ったり漢服を着るのを禁じる「女真原理主義」政策を採った。

ここで、デイ・セチェンが「金国の力が落ちている」と述べたのは、そんな史実を反映したものだ。

（注15）テムジンの結婚

テムジンが結婚した相手はコンギラト部族ボスクル氏族の族長デイ・セチェンの娘ボルテ（ブルテ）だったという点では、諸史料は一致している。但し、結婚時の年齢に関して『元朝秘史』は九歳とし、ラシード『集史』は十三歳としている。

人類の結婚年齢は徐々に高くなっている。歴史上の人物には早婚若年出産が多い。とはいえ、九歳はいかにも若過ぎるし、前後の叙述にもあわないので、本書では『集史』に従って十三歳とした。なお、当時の人々はみな誕生日が分からない。特に漠北の遊牧民は暦を持たず、秋を過ごす毎に一歳加年する数え方であったらしい。従って、ここでの十三歳は、「十二度目の秋に達した年」。今日でいえば中学一年生に当る。

（注16）隊商（または商人の隊列）――東西交易小史

イスラム教徒（ムスリム）の隊商が登場したところで、チンギス・ハン帝国の主要テーマの一つである東西交易についてまとめておこう。

◎シルクロード

ユーラシア大陸の東端に位置する中華文明圏と西側にある地中海西欧文明圏を結ぶ交流は古くからあった。十九世紀のドイツの地理学者リヒトホーフェンが、「ザイデン・シュトラーセ（シルク・ロード＝絹の道）」と名付けた（一八七七年）ルートである。これが定期的な商業活動に利用されるのは唐代中頃（八世紀）からだ。

これは唐の都長安から西へ甘粛回廊を経て敦煌《とんこう》に至り、タリム盆地の北を回る天山北路と南を通る天山南路に分れるが、いずれも中央アジアのアム川とシル川の間（トランス・オクシアナ＝河間地域）に出て、サマルカンドやブハラの大都市に至る。ここからは南に向かってアフガニスタンからインド方面に向かうか、西行してバグダードやビザンティンに至るかに分れる。僅かではあるがウクライナ経由で黒海北岸への道もあった。

八世紀後半、唐王朝が「安史の乱」で乱れたのに乗じて、トルコ系のウイグル（回鶻）族が勢力を伸ばし漠北を統一、西域に勢力を伸ばしたタングト（チベット）系の吐蕃《とばん》とシルクロードの支配権を争った。このため、ウイグルは今日のカラコルム東方に商業基地（一種のキャラバン・サライ）オリドバルク（カラバルガスン）を建てて、北方の「草原の道（ステップ・ロード）」の開発にも努めた。万里の長城を北に越え、モンゴリア草原からアルタイ（金山）山脈の南側を経てバルハシ湖からサマルカンドに至る道である。

しかし、九世紀になると、地球温暖化によるベタ雪災害が繰り返されてウイグル王国は衰退、この道が、商業的に利用されることはなくなった。

当初、シルクロードの商業で活躍したのは、カザフスタンを本拠としたソグド語を用いるイラン系の人々であったらしい。

◎唐末の「産業革命」＝宋代亜近代

シルクロードの交易が活発になるのは九世紀から十世紀、唐末五代の頃からだ。当時の中華は政治的混乱期だが、その半面では技術革新が相次いだ。

印刷技術、火薬、羅針盤（指南魚）の発明は有名だが、最も重要なのは石炭利用技術（コークス製造）の進歩である。唐三彩までは木炭で焼かれていたが、宋磁は石炭の高温で焼結されたものだ。

石炭利用のエネルギー改革で、中華における金属の生産量は急増、宋代王朝（九六〇～一二七九）初期（十一世紀はじめ）には、鉄と銅がそれぞれ年産五千トンに達したと見られる。

このため、生活は一変する。銅の鍋が普及したので油炒めや揚げ物料理ができる。鉄の刃物が行き渡り、止め金が使われる。

生産の変化はもっと著しい。鉄の農機具が普及して土地開発が進み、適地適産が興る。銅貨が増加して貨幣経済が拡大する。この二つが重なって商業が大発展、都市の形状も一変、賑やかな商店街が生れた。産業の面では規格大量生産が進み、徹底した分業化が進んだ。唐末＝五代は産業革命期、そして十世紀末から十二世紀にかけての宋代は「亜近代」ともいえる新産業時代だった。

◎キタイの登場

こうした中で漠北に登場したのが東北遼河流域から興った契丹《キタイ》族、英主耶律阿保機《やりつあぼき》に率いられて中華の北辺からモンゴリア草原を統一、中華の宋王朝を圧倒する大勢力に発展した。これ以降、モンゴル族ら漠北（ゴビの北）の民は中華北部のことを「キタイ」、南部の宋領を「マンジ」と呼んだ。ロシア語では今も中国をキタイという。英語のキャセイ（Cathay）はこの訛りである。契丹国はまた、中華風に「大遼帝国」の国名を使った。その故郷遼河に因んだ国名である。

契丹族は中華の燕《えん》（北京周辺）、雲（大同周辺）を加えて漠北草原を征服すると共に、宋王朝を圧迫して巨額の歳幣《さいへい》（経済援助）を支払わせる条約を結んだ（一〇〇四年「澶淵の盟」）。

この結果、漠北にも大量の絹、綿、茶、陶磁器が流れ、それがシルクロードに運ばれた。契丹族はウイグルの商業施設を継承、今日のウランバートル近くに商業行政中心の城市（カラトン）をも営んだ。ステップ・ロードを通る商人を増やそうとしたのだ。

その半面、ケンテイ山脈南麓には「契丹の長城」といわれる防壁を築いた。深さ二メートルほどの濠を掘り、その土を同じぐらいの土塀に積み上げた程度のものだが、契丹が自分たちの支配する文明圏の北限に示したものとして注目される。テムジン＝チンギス・ハンの生れ育ったオノン川流域はその北側、いわば化外（文明化していない）の貧困圏である。

これよりやや遅れて、シルクロードの入口甘粛回廊地域にはタングト族の西夏《せいか》王朝（一〇三八〜一二二七）が興り、東西貿易の利を得ていた。その西、タリム盆地周辺にはウイグル天山王国があった。中東ではバグダードを首都とするアッバーズ王朝が衰え、中央アジアから流入したトルコ族のセルジュク王朝（一〇三七〜一一九四）が栄えた。

こうした政治状況の中で中華の優れた文物——絹、綿、茶、陶磁器——などを西に運び中東や西欧の銀、銅に換える交易は盛んになった。それでもまだ、シルクロードを一貫して旅する商人は少なく、西の方はイスラム教徒のトルコ・イラン系商人、東の方は仏教徒のウイグル商人が主役だった。ほとんどの商品は何度も物々交換を経て西に運ばれていたのである。

◎シルクロードに割拠する諸族諸国

十二世紀はじめ、ユーラシアの政治環境は一変する。契丹族よりもさらに東北、大興安嶺山脈の東側にいた半農半猟の女真族が英傑完顔《ワンヤン》阿骨打《アクダ》に率いられて南下、契丹族を連破して遼王朝を滅ぼし、金王朝（一一一五〜一二三四）を樹立した。

女真族はそれに留まらず、南の宋王朝をも滅ぼし（一一二六）、准河以北を占領、黄河流域を含む大帝国（金国）を樹立する。一方、宋の皇族の一人が南に移り杭州を臨時首都とする南宋を建てるが、さらに多くの歳幣を金に支払うことになる。

敗れた契丹族は、大部分がそのまま中華北部にとどまり、金王朝に仕えた。もともと人口過少で統治経験の乏しい女真族はこれを歓迎、行政に軍事に契丹族を活用した。

だが、契丹族の一部は女真に降《くだ》ることを拒んで西に走り、西夏と天山ウイグルを越えてアム川流域に新契丹国を建てた。「西遼」またはカラキタイ（黒契丹）と呼ばれる国で、東の天山ウイグルや西のカラハン王朝を属国にして栄えた。また、アラル海南側の地には、やがてセルジュク・トルコの高官が自領で自立した王朝ホラズム王国が生れる。

十二世紀後半、テムジンの幼少期には、シルクロード沿いに東から女真族の金、タングト族の西夏、ウイグル族の天山王国、契丹族のカラキタイ（西遼）、トルコ系のカラハン王朝やホラズム王国、そしてセルジュク・トルコとバグダードのカリフなどが並ぶ状況が生れていた。

この時期、シルクロードを移動する商人たちは、経済成長著しい南宋から流出する商品によって繁盛したが、同時に政治的分断を通り抜けるためのコストも高かった。

それでも、隊商の大型化が進行、各王朝や高官から資金を借りて大隊商が編成された。のちに「オルトク」と呼ばれる商業ファンドである。

ここでは伝統ある仏教徒のウイグル商人と新興のムスリム（イスラム教徒）のホラズム商人が競合していた。大きく見ると、ウイグルの勢いが低下し、イスラム教の勃興に支えられたホラズム商人がのし上がって来る時期である。ハッサン（阿三）の属した大規模隊商はその典型として描いてみた。

◎**漠北戦国時代——経済は大発展**

ところで女真族の金王朝は、前代の契丹族遼王朝に比べれば、中華における領土ははるかに大きいが、その分、北への掌握力は弱かった。

金王朝は大興安嶺沿いにも「大濠」または「界濠」と呼ばれる防衛濠を掘り、その出身故郷である嶺東の農地や森林を守ったが、大興安嶺山脈の西、ゴビ砂漠の北（いわゆる漠北）は有力部族を手なずけて支配する間接統治に終始した。そのために利用されたのがゴビ砂漠の南（内モンゴル）のオングト族と大興安嶺西麓のタタル族である。

特にタタル族は金朝の援助のもとに勢力を拡げ、モンゴル系のジャイラル族を駆逐した。このためにジャイラル族はキヤト族の地に入り、キヤト族と戦ったが惨敗、その隷属民になり下がった。モンゴルの伝承では、テムジンの六代前の「カイドウ・ハン」の物語となっている。タタル族はまた、キヤト族の先々代アンバカイ・ハンを捕らえて金国に処刑させるなど猛威を振るった。

契丹の支配と秩序が消えた十二世紀、漠北は戦乱と諸族興亡の繰り返される戦国時代と化し、多くの氏族が衰亡、従僕氏族になり下がる。テムジンの生れたキヤト族に隷属するジャイラル族、タイチウト族に隷属するスルドス族などがそれである。

一方、金王朝の走狗と化したタタル族に反発、中華《キタイ》を寇掠《こうりやく》する部族もいた。その代表格がコンギラト族、テムジンの許嫁《いいなずけ》ボルテの生れた部族である。十二世紀末の漠北は親金、反金の対立といってもよい。それがやがてテムジンの運命にもかかわって来る。

戦国乱世は、優れた技術や人材を取り入れる条件を創る。日本の戦国時代（十六世紀）もそうであったように、十二世紀の漠北でも新技術、新組織が成長する。その有様は、これからの小説の展開で述べるだろう。

同時に、こうした経済の成長と掠奪の成果を狙って商人や芸人が来る。その中には遠くホラズムから草原を横断して来る隊商もいた。ハッサンが早い機会にテムジンと知り合って働いたのはその一例である。

●旅芸人

（注17）旅芸人《チヨールチ》と情報

本章に登場した旅芸人について注意しておく。

中世社会において、世界各地とも、娯楽と情報で重要な役割を果たしたのが旅芸人である。歌唱、舞踊、楽器演奏、曲芸や手品、小規模演芸などを行って、食料や金品を得て、村から町へと渡り歩いた。こうした旅芸人は、東洋にも西洋にも中東にも存在した。

ヨーロッパでは、十二〜十三世紀頃には盛んになり、王宮などにも招かれることも多かった。彼らは英雄の武勲譚や騎士恋愛物語を口伝えに歌うと共に、自らも作詩作曲を追加した。南フランスではトルバドゥール、北フランスではトルベール、ドイツではミンネジンガーと呼ばれたが、日本ではこれを「吟遊詩人」というロマンティックな名称に訳した。フランスの「ローランの歌」、ドイツの「ニーベルングの歌」などは、彼らによって語り継がれたものだ。

東洋（中華）で吟遊詩人的なものが盛んになったのはヨーロッパよりも早く、唐末の技術革新期からで、宋代には特に盛んだった。羅貫中《らかんちゅう》のまとめた『三国志演義』や、呉承恩《ごしょうおん》の作とされる『西遊記』、施耐庵《したいあん》の作で羅貫中の編といわれる『水滸伝』なども、もとは旅芸人の伝承から生れたものといわれている。恐らくは日本の講談と浪曲に寸劇を取りまぜたようなものであったろう。

漠北の遊牧民の間でも、十二世紀には旅芸人が誕生、民族の英雄譚を語った。『元朝秘史』のはじめに出てくるクトラ・ハン（チンギス・ハンの祖父）の物語はチンギス即位以前の人気作品だったらしい。『元朝秘史』自体の原作もまた、そうして語り継がれた吟遊詩人の作品だったと見られる。

旅芸人は芸を売り物としたほか、少量の商品流通や政治経済の情報交流でも重大な役割を果たした。特に、文字のない時代の漠北では、その語るところが情報源として大切だったのである。それを当時のモンゴルではチョールチ（笛を吹く人）ともマングスチ（叙事詩人）とも呼んだ。

●母の選択

（注18）父（イェスゲイ）の民は何故去ったか

テムジン（チンギス・ハン）の父イェスゲイの民は、イェスゲイの死後、テムジン一家を置き去りにして他に移動した。この時期はいつで理由は何か。

『元朝秘史』第70節から73節にはおよそ次のような記述がある。

イェスゲイの死の翌年の春（移動に先立って）、アンバカイ・ハンの妃のオルベイとソカタイが、祖先の地祇《ちぎ》の祭りを催した時、ホエルン夫人は出向いていったが、遅れて行き着いたので席から外されていた。ホエルン夫人は、オルベイ、ソカタイの二人に憤った。それにオルベイ、ソカタイの二人が反論、「いっそのこと、こんな母子は冬営地に捨てて移動しましょうよ。お前たちは連れずに行きますからね」といって、翌日の昼からタイチウトの（領袖）タルグタイとトドエン・ギルテらはオノン川を下って移動した。……これをコンゴダン氏のチャラカ爺さん（エプゲン）が出向いて押し止めようとしたが、（タイチウト族の）トドエン・ギルテが申すには、

「深い水は乾きたり。
光る石は砕けたり」

（立派なイェスゲイの指導力はもうなくなったのだ）といって移動してしまった。

この時、チャラカ爺に「どうして止めるのか、お前は、といって後ろから背筋を突き刺した」（村上正二訳注『モンゴル秘史』による）

となっている。

これに従うなら、イェスゲイの死後、タイチウト族がイェスゲイの指導していたキヤト族の民を一方的に

連れ去ることになる。タイチウトとキヤトは、共にアラン・ゴアと日の光の精から生れたボドンチャルの子孫だから共通の祖先を祭るのは当然だが、かなりの遠縁に当る。普段は別々に宿営を営んでいたことだろう。

政治家の派閥でも領袖が死去すれば、別の実力者が乗っ取るのはよくあることだが、キヤト族自身にも、ホエルン母子を捨てる主体的な動機があったに違いない。

私はそれをホエルンがレヴィレート婚の慣習を破って、イェスゲイの兄弟の妻にならなかったことと関係していると思う。このため、イェスゲイの兄弟、特に末弟のダリタイ・オッチギンは面目を失い、兄嫁とその子を援けようとしなかったのでないだろうか（この説のヒントを与えてくれたのはモンゴル史家の赤坂恒明氏である）。

それだけホエルンの夫イェスゲイを思慕する気持ちとテムジンら子供への期待が大きかった、といえる。ホエルンの性格と一家の状況を知る上で重要である。

なおここで、ホエルンの再婚相手と目されたイェスゲイの末弟ダリタイ・オッチギンは、チンギス・ハンの叔父として長命を保つが、生涯あまり恵まれず、氏族を立てるには至らなかった。やはり、母ホエルンとの間にトラブルがあった、と見るべきだろう。

なおこの先も、ダリタイは生涯テムジンと様々なトラブルを起し続けるのも、このことと関係があるかも知れない。

（注19）ムンリクはホエルンと結婚したのか

テムジン＝チンギス・ハンの前半生で重大な役割を果たす一人が、ムンリクである。

『元朝秘史』でもラシードの『集史』でも、この人物は頻繁に登場するばかりか、『元朝秘史』202節の「肇国功臣《ちょうこく》」順位では第一位に置かれている。しかもこれには「ムンリク・エゲチ（父親）」と記載されている。このため、「ムンリクはテムジンの義父、つまり母ホエルンの再婚相手」という説が、主としてペルシャ語文献には現れる。

同じく、チャラカ老人のことも「チャラカ・エプゲン（祖父）」と表記されていることから、「チャラカがムンリクの父親、テムジンからみれば義父の実父に当るのだ」という説が拡まった。日本で書かれた史書や小説にもこの説を採用したものが多い。

しかし、『元朝秘史』や『集史』には、母ホエルンがムンリクと再婚した記述は見当らないし、ムンリクとチャラカの父子関係も記述されていない。

私は、ムンリクは母ホエルンと結婚したこともなく、ムンリクとチャラカの父子関係も存在しなかったと思う。ここでの「エプゲン」は、かなり年の開いた年上者を呼ぶ時の常用句（親っさん）であり、エプゲンは親しみを込めた高齢者への一般呼称（爺さん）だった。

この解釈は、母ホエルンの性格や行為の見方ばかりか、テムジン一家のあり方やテムジン＝チンギス・ハンの人材評価方法にまで関わるだけにきわめて重要である。

ホエルンは子育てに忙しくて再婚どころではなかった。チンギス・ハンがムンリクを功第一位にしたのは、戦場での華々しい武功よりも平時での努力の積み上げを評価した、と考える方が自然ではないだろうか。なお、ムンリクの子で「テプ・テンゲリ（天の祈禱師）といわれたココチュの存在も重要である（第四巻参照）。

●影の他に友なし

（注20）ベクテルとベルグテイ（テムジンの異母弟）について

テムジン＝チンギス・ハンの異母弟に「ベルグテイ」のいたことはすべての史料で認められる。また、その子孫は中華東北部の遼東方面に領地を持ち、「広寧王」と称して繁栄した。この人物の生没年は不詳だが、第四代モンケ・ハンの即位（一二五一年）にも臨んだようだから、長命だったことは確かだ。

一方、その兄の「ベクテル」は『元朝秘史』にしか現れない。このため、その存在を疑う歴史家も多い。『秘史』の記述でも早い時点で、テムジンとカサルに殺されたことになっているので、他の史料に出て来なくても不思議ではない。また、テムジンを神格化するモンゴル帝国にとって、聖祖チンギス・ハンの弟殺しは隠したいことだったろう。

『元朝秘史』が「秘密の歴史書」とされたほど、聖祖チンギス・ハンの暗部まで書き尽くしているとすれば、この話は「公的記録に出せない事実」だったのではないか。

但し、テムジンともあろう者が、異母弟を殺すからには深い理由がなければならない。『元朝秘史』の記述は、釣った魚の奪い合いだけを強調しているが、私はその背後に凄まじい思想的葛藤があった、と考えている。テムジン＝チンギス・ハンの人間像に迫る大事な要素ではないだろうか。

●風が変わった

（注21）「四頭の駿馬」の登場

チンギス・ハンの最も重要な家臣は「四頭の駿馬（四駿）」と「四匹の忠犬（四狗）」である。日本式にいえば「四天王」というところだろう。

「四頭の駿馬」と「四匹の忠犬」とはどう違うか、はっきりしないが、感じとしては、馬はいつも主人（騎乗者）の身近に控えているが、犬は主人に先行して獲物を追う。だから「四駿」は側近、内閣または本社役員。「四狗」は方面軍司令官、工場長や支店長といったところだろうか。

ところで、「四駿」がいつどのようにしてテムジン陣営に加わったか。

多くの小説や史論のほとんどが基礎材料としている『元朝秘史』では、ボオルチュとチラウンはテムジンの十七〜十八歳の時（一一八〇年前後）に、孤独なテムジンを援けた話で登場する。これに対して、ムカリとボロクルは、テムジンがタタル族を攻撃した際に拾われたシギ・クトク同様、テムジンの母ホエルンに育てられた少年として紹介されている。このタタルとの戦いは中華金王朝の記録から、一一九六年と確認できる。つまり前二者よりも十五年ほどあとにテムジンに仕えたことになる。

これはいかにも不自然で年齢的にもあわない。ムカリとボロクルはずっと早くからテムジン（又はその母）に仕えていたはずだ。また、モンゴルとタタルの戦いは幾度もあり、シギ・クトクが拾われたのもずっと早い時期のはずである。

●四頭の駿馬

（注22）中央アジアの情況

この辺りの記述に関連して、中央アジアの情況について簡略に記述しておく。この地域は、やがてチンギス・ハンの「世界征服」の対象として、またモンゴル帝国の主要な要素として、本書でも重要になる。

ユーラシア大陸には八世紀頃から大きな変化が現れた。東（中華）では唐王朝が、西（中東）ではサラセン帝国アッバース王朝が衰退、遊牧民の活動が活発になった。東の漠北（ゴビ砂漠の北側）はトルコ系のウイグル王国が、天山山脈以西のアフガン、イラン・中央アジアでは、イラン系のサマーン王朝が栄えた。

十世紀になると、東では遼河周辺から興ったモンゴル系契丹族が、契丹帝国（遼王朝―九一六～一一二五）を樹立、中華北辺から漠北一帯を支配する。その一方、ウイグル族は西に移動し、タリム盆地周辺のオアシス都市をまとめたウイグル天山王国を築いた。また、その北側（今日のキルギスからカザフ東部）にはトルコ系のカラハン王朝が成立、バルハシ湖からアム川に至る地域を領有した。

西方では、トルコ系のセルジュク・トルコ王朝（一〇三七～一一五七）が大発展、アナトリア（今日のトルコ）からウズベク共和国のアム川までの広大な版図を築いた。

十二世紀にはまた大変化が生じる。東方では嶺東から狩猟民のツングース系女真族が興って金王朝を樹立（一一二五～一二三四）、契丹族の遼王朝を打倒した。契丹人の多くはそのまま金王朝に仕えたが、一部は西に走り、ウイグル王国の西のカラハン王朝の領地を奪ってカラキタイ（西遼―一一二七～一二一八）を建国する。

これによって中央アジアの情勢は一変する。ウイグル天山王国やサマルカンド周辺の小領域に縮小したカラハン王朝は、カラキタイの属国として生き残った。契丹人はチベット系仏教（ラマ教徒）だったが、この地域の住民の多くはイスラム教を信仰していた。異教徒支配になったのである。

一方、西側では、セルジュク・トルコの高官アムス・テギン（アラー・アッディーン・アキイズ）なる人物がアラル海南方のウルゲンチを首都として自立、ホラズム王国（一〇七七～一二二〇）を樹立する。

ホラズム王国は、その後大発展、アム川とシル川の間の「マー・ワラー・アンナブル」（またはトランス・オキシアナ＝今日のウズベク共和国とカザフ共和国南部）を領有して大いに繁栄した。

ところが、一一七四年、四代国王（スルタン）のイール・アルスランが没すると、兄のスルタン・シャーと異母弟のテキシュとが相競りながらも勢力を拡大、一一九三年に兄のスルタン・シャーが没して、テキシュが王国を統一した時には大勢力になっていた。

一二〇〇年、テキシュが死去、その子アラー・ウッディーン・ムハンマドがスルタンの位に就くと、生母の出里のトルコ系のカンクリ族の軍事力を背後に大発展、セルジュク・トルコやゴール朝の勢力を追って領地を南に拡げる一方、カラキタイの支援で残存していたカラハン朝を亡ぼして「マー・ワラー・アンナブル」全域を獲得、サマルカンドに首都を移した。ホラズム王国の全盛期は一二一〇年代後半に訪れた。チンギス・ハンに亡ぼされる（一二二〇年）直前のことである。

ところで、本題の隊商ハッサンの遭遇した「政変」は、こうした世界的変化とはほとんど関係がない。それは当時（一一八〇年頃）サマルカンドを統治していたカラハン朝の残存勢力の中で生じた小さな政変である。当時、サマルカンドを中心とする「マー・ワラー・アンナブル」地方では、イスラム神学者による神学論争が盛んだった。カラハン朝の王室もこれに巻き込まれて分裂対立が生じていた。そんな中で、一一八〇年に国王ナスル一世（在位一一六九〜一一八〇）が死去すると政変が生じ、反対派が権力を握ったのである。ハッサンの上司だった親方モハメド・アリは、ナスル派として逮捕され、ハッサンらは南に逃亡する。だがそこは、インドから勢力を伸ばして来たゴール朝の支配下にあった。

歴史に残ることのない小さな事件でも、その時その場に生きた人々には重大事件だ。現在のわれわれもまた、そんな中に生きている。日々、新聞・テレビを賑わしている政治事件のほとんどは歴史に残らないだろう。それにわれわれは一喜一憂しているのだ。

（注23）十二世紀末のユーラシア（次の見開きページの地図参照）

●天与の苦しみ

（注24）「妻ボルテの掠奪」の真実は？

『元朝秘史』では、テムジンの妻ボルテがメルキト族のトクトア族長（トクトア・ベキ）ら三人の族長に掠奪《りゃくだつ》されたのは、重大なテーマとなっており、劇的に描かれている。

しかもその原因は、テムジンの父イェスゲイが、メルキト族の若者《チルド》が結婚して連れ帰る妻ホエルンを掠奪した報復ということにされている。つまり、イェスゲイ＝テムジン一家とメルキト族は二世代にわたる恋敵として描かれているのだ。

しかし、イェスゲイがホエルンを掠奪したというのは史実では跡付けられない。情景としても嘘臭い。メルキト族の居住地からホエルンの郷里まで千八百キロ、妻取りの若者が少人数で旅をしていたはずがない。

だが、テムジンの妻ボルテがメルキト族に誘拐（掠奪）されたことは事実だろう。各史書にも書かれているし、テムジンの長男ジョチには生涯「メルキトの種子ではないか」という疑問がつきまとうからだ。

『秘史』は、テムジンが父の盟友トオリル・ハンと自分の盟友ジャムカを誘ってメルキト討伐軍を組織、戦場において夫の声を聞きつけて見事に再会し抱き合った、とまで書いている。まことに劇的な描写であり『秘史』全編のクライマックスの一つである。

これに対して、ペルシャ語史料のラシード編の『集史』（ジャーミ・ウッ・タワーリフ＝諸民族の歴史）には、掠奪の事実は簡単に記し、他の人によってケレイト族のトオリル・ハンのもとに妻子ともどもに届けられた、とだけある。戦争によって奪い返したのか、身代金の支払いやトオリル・ハンの外交手腕によるか

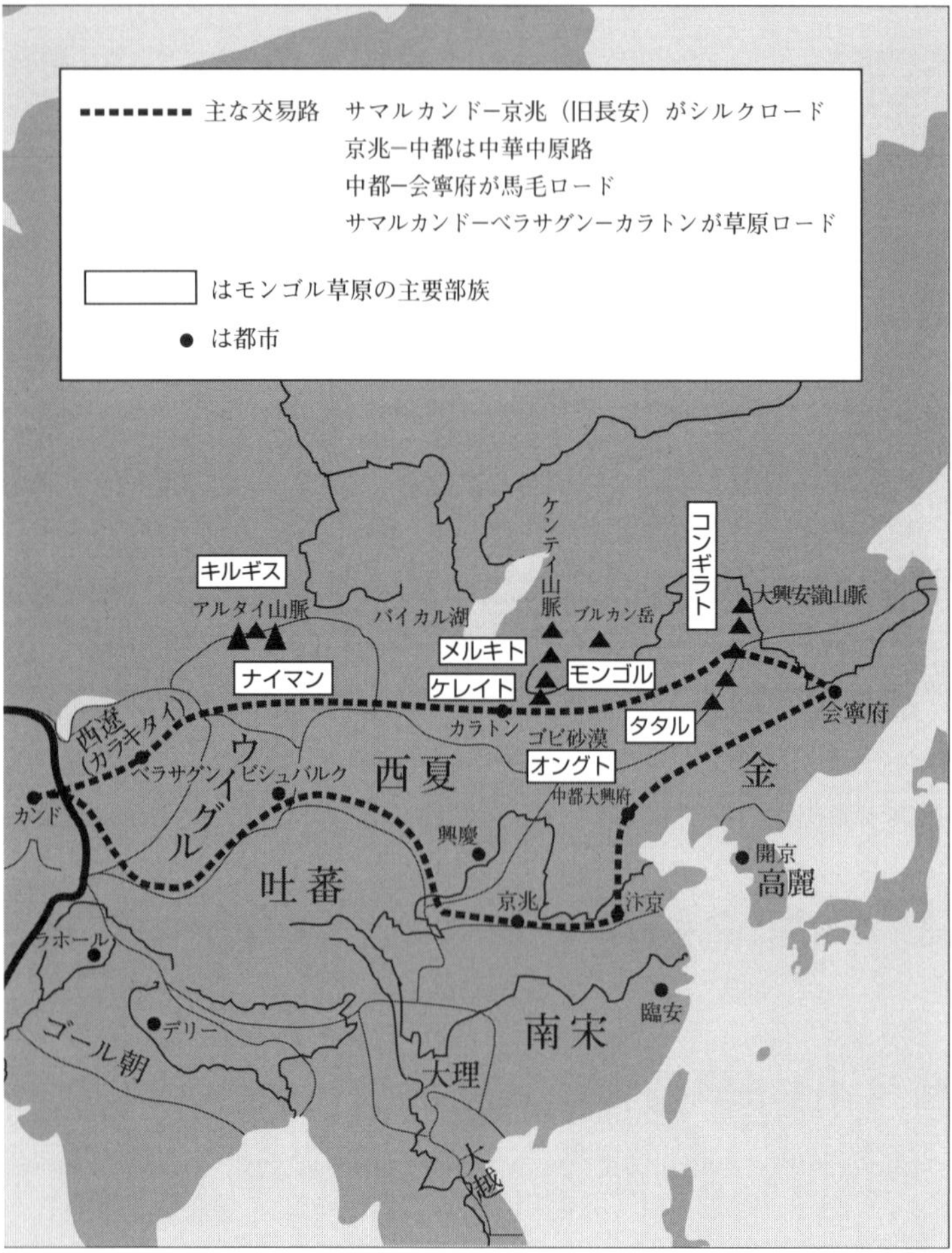
主な交易路　サマルカンドー京兆（旧長安）がシルクロード
京兆ー中都は中華中原路
中都ー会寧府が馬毛ロード
サマルカンドーベラサグンーカラトンが草原ロード
はモンゴル草原の主要部族
は都市
キルギス
アルタイ山脈
バイカル湖
ケンティ山脈
ブルカン岳
コンギラト
大興安嶺山脈
メルキト
ナイマン
ケレイト
モンゴル
タタル
西遼（カラキタイ）
ベラサグン
ウイグル
ビシュバルク
カラトン
ゴビ砂漠
オングト
西夏
金
会寧府
中都大興府
カンド
興慶
開京
高麗
吐蕃
京兆
汴京
ラホール
デリー
ゴール朝
臨安
南宋
大理
大越

12世紀末のユーラシア（チンギス・ハン征服以前）

は不明だが、現実的な描写である。

なお、他の文献『元史』や『聖武親征録』などには、この事件に関する記述は見当らない。

●勝利の味わい

（注25）ボルテ奪回の戦い（次ページの地図参照）

ボルテ奪回の戦い

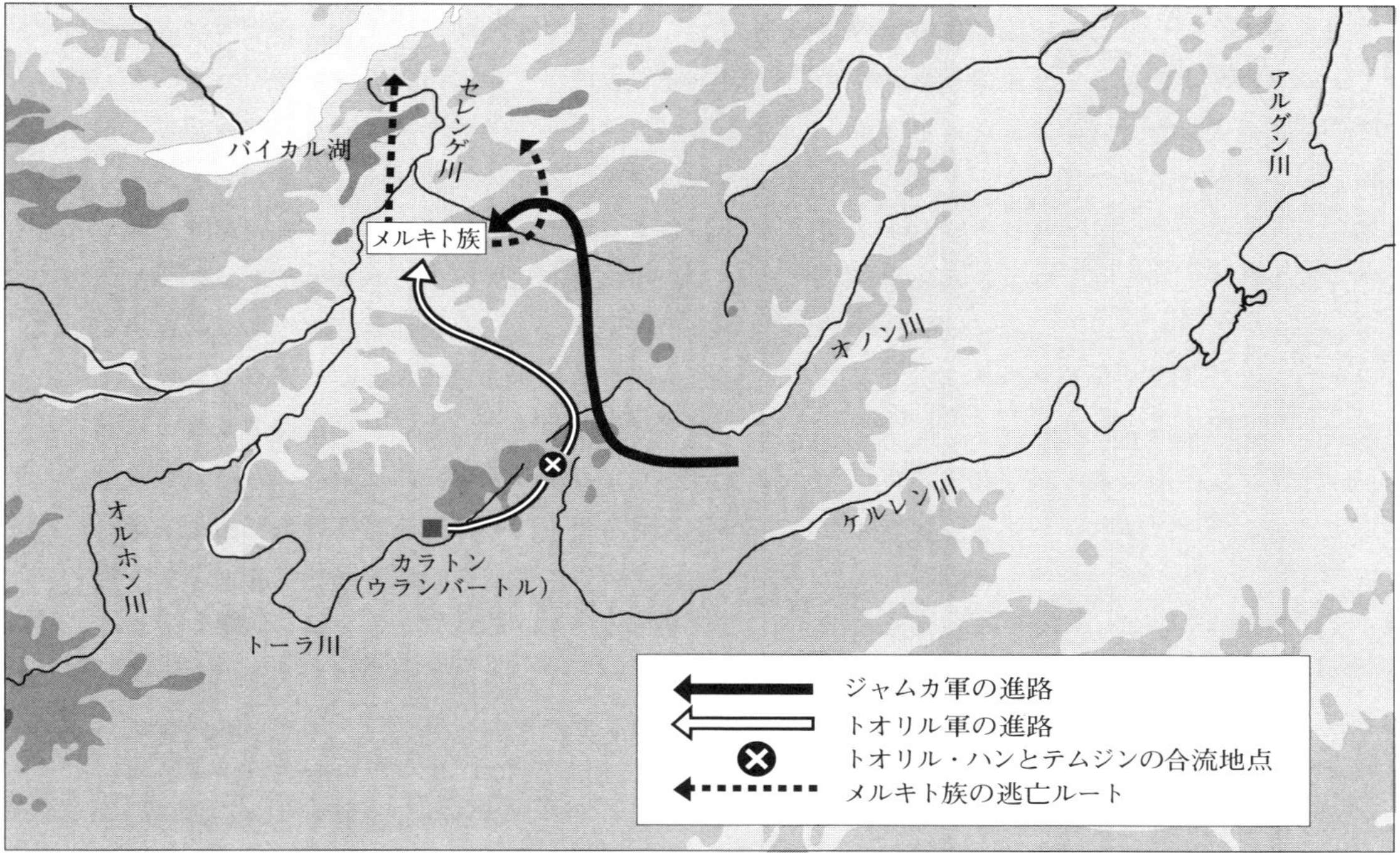
バイカル湖
セレンゲ川
メルキト族
アルグン川
オノン川
ケルレン川
オルホン川
カラトン
(ウランバートル)
トーラ川
ジャムカ軍の進路
トオリル軍の進路
トオリル・ハンとテムジンの合流地点
メルキト族の逃亡ルート

初出　日本経済新聞朝刊二〇〇六年二月一日～二〇〇六年六月四日

●著者紹介
堺屋太一（さかいや・たいち）作家、元経済企画庁長官。1935年大阪府生まれ。60年東京大学経済学部卒業後、通商産業省（現・経済産業省）入省。62年の通商白書で「水平分業論」を展開して注目され、70年には日本万国博覧会を手がけた。78年に同省を退官し、作家としての活動を開始。85年「知価革命」理論で国際的注目を集める。98年7月から2000年12月まで、小渕恵三内閣、森喜朗内閣で経済企画庁長官を務めた。著書に、予測小説『エキスペリエンツ7』『平成三十年』『油断！』『団塊の世代』、歴史小説『巨いなる企て』『鬼と人と』など多数。

世界を創った男
チンギス・ハン
1
絶対現在

2007年7月30日　　第1刷

著者　　堺屋太一

発行者　羽土力

発行所　日本経済新聞出版社
http://www.nikkeibook.com/
東京都千代田区大手町1-9-5
郵便番号　100-8066
電話　03-3270-0251

印刷／製本・凸版印刷

ISBN978-4-532-17078-3
Printed in Japan

読後のご感想をホームページにお寄せ下さい。
http://www.nikkeibook.com/bookdirect/kansou.html